Märkischer Dichtergarten

Achim von Arnim

»Mir ist zu licht zum Schlafen«

Gedichte, Prosa, Stücke,
Briefe

Mit zeitgenössischen Illustrationen

Herausgegeben
und mit einem Nachwort von
Gerhard Wolf

W0303146

Fischer Taschenbuch Verlag

In der Reihe »Märkischer Dichtergarten« stellen die beiden Herausgeber Günter de Bruyn und Gerhard Wolf Werke von Dichtern und Schriftsteller aus der literarischen Tradition Berlins und der Mark Brandenburg vor, von den Hofpoeten des 17. Jahrhunderts über Nicolai und die Aufklärung, Gleim und seinen Kreis und die Berliner Romantik bis hin zu den Realisten des 19. Jahrhunderts.

Bereits erschienen:

Heinrich Heine (Bd. 5042)
Anna Louisa Karschin (Bd. 5109)
Ewald Christian von Kleist (Bd. 5110)
Friedrich de la Motte Fouqué (Bd. 5041)
Christoph Friedrich Nicolai (Bd. 5111)
Schmidt von Werneuchen (Bd. 5108)
Ludwig Tieck (Bd. 5113)

Ungekürzte Ausgabe
Fischer Taschenbuch 5112
Veröffentlicht in der Fischer Taschenbuch Verlag GmbH,
Frankfurt am Main, 1984
Lizenzausgabe mit freundlicher Genehmigung
des Buchverlags Der Morgen, Berlin (DDR)
© Buchverlag Der Morgen, Berlin 1983
Umschlagentwurf: Jan Buchholz/Reni Hinsch
unter Verwendung eines Motivs des Originalumschlags
Druck: H. F. Jütte (VOB), Leipzig
Bindung: G. Lachenmaier, Reutlingen
Printed in the German Democratic Republic
ISBN-3-596-25112-5

ZUEIGNUNG

an meine Freunde Jakob Grimm und Wilhelm Grimm im Jahre 1811

An meinem Fenster grünt ein feiner Strauch,
Der scheint hier fremd und hat so frommen Brauch;
Ihn freut das Licht, er wächst durch Sonnenmilde,
Und sinkt die Sonne Abends ins Gefilde,
Da faltet er die Blätter zum Gebet,
Und hebt sie grüßend auf, wenn Morgen weht. –
So dankbar ist er diesem Licht der Welt,
Das ihn erweckt, und färbt, und frisch erhält;
Doch mehr als Licht ist ihm mein Aug' verwandt,
Das seinen Sinn im eignen Licht verstand!
Wenn ihm ein Händedruck von mir geschenkt,
Gelebt ist dann sein Tag, sein Blatt gesenkt;
Er wünscht sich Nacht, wenn es noch helle tagt,
Daß keine Fliege summt, kein Räuplein nagt;
Er wünscht sich Nacht, weil er so innig liebt,
Und weil ihn stört, was ihn nicht wieder liebt.
Falsch nennt die Welt den Strauch: *Berühr mich nicht,*
Er heißt: *Umschließ mich Freund, ich scheu das Licht.*

So scheut mein Buch das Licht, und braucht es doch,
Es lebte seinen Tag und lebet noch
Vom Beifall lieber Freunde, die es hörten,
Jetzt sind sie weit zerstreut die Frohverehrten!

. . . .

Ich hör ganz nah' im Grün die Raupen nagen,
Woher die Brut in solchen schönen Tagen?

. . . .

Der Teufel brütet sie in seinem Kasten,
Damit sie alles Frühlingsgrün antasten,

. . . .

Auf alle Blätter gleich ihr Urtheil legen,

Und ehrlich thun, als wär' es Gottes Segen,
. . . . unbescheiden
So Gott, wie Menschen diese Welt verleiden,
Und jene Welt scheint ihnen sehr bedenklich,
Die Erde schwächlich und der Himmel kränklich;
Wenn sie als Schmetterling den Himmel grüßen,
Wird sie der Teufel fürs System aufspießen. –
Maikäfer hör ich auch schon wieder summen,
Sie sind geharnischt, sind die rechten Dummen;
Es ist kein Thier so klug, es wird doch platt,
Wenn es zernagt ein lust'ges Blatt.

. . . .

Die schlimmsten sind die Gallenthierchen kühn,
Die Dinte machen aus dem ew'gen Grün,
Wenn sie nur einen Biß ins Blatt gethan,
Gleich wächst ein bitt'rer Gallenapfel dran,
Der uns erbittert durch die Niedertracht.
Zum Bösen ärgert durch der Bosheit Macht.

. . . .

Seit man nun Deutschland nur in Büchern nennt,
Da haben sich die Deutschen drinn getrennt,
Wie sonst im Rath. – Und die vom Rath verbannt,
Die haben sich zur Lit'ratur gewandt,
Entlassene Geschäftsleut' ohne Brod,
Soldaten ohne Glück und ohne Tod.
Für allen Ärger, den sie irgend haben,
Sie wollen sich an der Kritik erlaben,
Wie *der* am Stuhl in den Mitschuld'gen,
So führen sie nun Krieg mit ganz geduld'gen
Poet'schen Büchern – geben ihnen Schuld
Verlorne Schlacht, verlorene Himmelshuld,
Und jeder meint den Irrthum zu entdecken,
Worin die dreißig Millionen stecken,
Und was Jahrtausende mit Lust vollbracht,
Das haben sie im Augenblick verdacht;
Sie meinen, daß die Poesie vorhanden,
Damit die Welt daran jetzt geh' zu Schanden.

. . . .

Wer nichts gelesen, hat doch Übersicht
Von all' und jedem möglichen Gedicht,
Und schwatzt von Mystik, neuer Schul', Sonetten,
Das hängt dem Narren an dem Kleid wie Kletten.
O könnt' ich nur ein Tröpflein Mystik finden
Im krit'schen Meer voll Nüchternheit und Sünden.

Aus diesem Ekel, der mich übernommen,
Worin ich sicher früher schon verkommen,
Hab ich mich oft im Geist zu Euch geflüchtet!
Ihr achtet, was ein freies Herz gedichtet,
Was uranfänglich, doch der Welt verbunden,
Was keinem eigen, was sich selbst erfunden,
Was unerkannt, doch nimmer geht verloren,
Was oft erstirbt und schöner wird geboren.
So nehmt dies Buch, es ist das schönste nicht,
Doch ist's empfangen und gereift am Licht,
Es ist sich selber keiner Schuld bewußt,
Und was ihm fehlt, das fehlt der Menschenlust.
Ihr Freunde wißt, daß ich von *keiner* Schule,
Daß ich um *keines* Menschen Beifall buhle;
Ihr wißt, daß wir uns oft um Wahrheit stritten,
Und keinen Irrthum an einander litten:
In Eurem Geist hat sich die Sagenwelt
Als ein geschloß'nes Ganze schon gesellt,
Mein Buch dagegen glaubt, daß viele Sagen
In unsern Zeiten erst recht wieder tagen,
Und viele sich der Zukunft erst enthüllen,
Nun prüfet, ob es Euch das kann erfüllen.

... Siehe meine Leiden, geehrtes Publikum, da blätterte ich schon drei Tage in allerley alten und neuen Bildnissen herum, und konnte das Deine nicht finden, bis endlich ein sehr wunderbarer Zufall mir diesen beiligenden Kopf in der dicken Nachtmütze zuführte ... Treffend ist die Aehnlichkeit deines Bildes, geehrtes Publikum, dieses listige Lauern; dieser schiefe Mund, der auf eine Autorität oder Kritik wartet, um sein Urtheil zu bestimmen; die steifen Locken, die sich aus der Nachtmütze drängen, wie alte verrostete Gedanken, die du immer wieder hören möchtest; nach einer Seite ist sie aufgeschoben, denn auch Du hast einmal gedacht, und Dir die Stirne gerieben, und weist es noch recht gut und meinst, daß die Verfasser von Dir erst denken und fühlen lernen sollten. Hat Dir meine Zeitung Sorge gemacht, ich sehe es an Deinen bedenklichen Augen? Du willst es nicht sagen, wenn Dir einer in die Augen sieht, lächelst Du immer und magst deine Meynung nicht sagen. Eine Hand wäscht die andre, so will ich es auch keinem sagen, daß Deine Nachtmütze darüber an Deinem Sparlichte beim Lesen anbrennte; ich weis es recht gut, worauf Du die Funken fallen sahest vor Deinen Augen, und in Gedanken Feuer riefest in die ruhige Welt. Aber mit einem Schlage auf Deinen Kopf, war das Feuer gelöscht, und meine Zeitung war aus, denn Du fürchtetest sie und wolltest in der Angst sie zerreißen. Verehrtes Publikum! wäre der Kaffe nicht so theuer geworden, Du könntest sehr glücklich wieder leben in deinem Kaffeehause, oder wo es vornehm hergeht, in Deinem Kasino; denke Dir, wir treffen jetzt zum erstenmal zusammen, hätten wir uns eher gekannt, Du läst mit Dir sprechen, und bis sehr verständig, sobald Du jemand persönlich kennst, nun machst Du gleich Dein Bedauern kund, daß Dein Einsiedler mit Todte abgegangen, oder vielmehr ein wahrer Einsiedler geworden sey. Darauf antworte ich: Mein Unternehmen lebt noch, wenn es in Dir einen so neuen sinnreichen Ausdruck erzeugen kann: Deinen eingeschlummerten Witz anzuregen war mein Zweck. Dein Beifall, geehrtes Publikum, ist mein Glück, und so sehe ich mit dankbarer Zufriedenheit auf diesen Versuch, ich machte ihn mit dem Vorgefühle unter dem Versuche allein gelingen ...

(Aus der Vorrede »An das geehrte Publikum« zur Herausgabe der gebundenen Fassung der Zeitung für Einsiedler von 1808 unter dem Titel »Trösteinsamkeit«)

GEDICHTE

I

Der freye Dichtergarten

Kranker König laß nicht schließen
Mit der Eisengitterthür
Deinen Garten, wo uns grüßen
Edle Hirsch und Tannenthier,
Wo die goldnen Fische spielen
In dem letzten Sonnenstrahl,
Wo sich goldne Aepfel kühlen
In des Sees Spiegelthal,
Wo sich Goldfasanen brüsten
Unter wildem Rosenglanz,
Wo die stolzen Pfauen rüsten
Hell den Tausend-Augen-Kranz,
Wo die türkschen Enten rauschen,
Fast gedeckt von Schaum und Fluth,
Und die lichten Schwäne lauschen
Auf den Kreis von rothem Blut:
Laß den Mädchen manche Blume,
Laß den Kindern manchen Zweig,
Ihrem Schatz ist die zum Ruhme,
Dieser wird zum Schwerdt sogleich!
Und mit solchen muth'gen Kindern,
Und mit Buhlen keck und kühn,
Kann dein Glück die Welt nicht hindern,
Kannst du in die Schlachten ziehn.

Bürger kommen an dem Abend,
Wie es die Gewohnheit ist,
Zu der Thüre, wo so labend
Frischer Duft sich still ergießt,

Treten an in frohem Tanze,
Von der Arbeit die beglückt;
Zwitschernd aus dem Blätterkranze
Der Canarienvogel blickt,
Zu des Abends lust'gem Reihen
Macht er selbst Musik so gern,
Kranich selber, tanzend schreien
In dem Duft der Wiese fern.
Doch die Thüre ist geschlossen,
Die der Freude offen schien,
Alle Bürger stehn verdrossen,
Und die Frauen klagen kühn:
»Wird der Garten uns genommen,
Dieser Fluß, der kühl uns faßt;
Wo wir frischend oft geschwommen,
Wer ertrug der Arbeit Last?
Will der König uns versperren?
Stehn wir vor des Feindes Land?
Machte Gott ihn da zum Herren,
Uns vom Paradies verbannt?«

Zu des Volks empörten Sinnen
Flimernd durch das Gitterthor
Schöne Flammenbäche rinnen,
Dürstend steht das Volk davor!
Hoch des Springbrunns Tropfen spritzen,
Himmlisch wird ihr Zeugenchor,
Hoch als Himmelsstern sie blitzen,
Durstend steht das Volk am Thor.
Nachtviole giebt ein Zeichen,
Und ein Irrlicht steiget leis,
Und die Leuchtgewürme streichen,
Suchen in dem lichten Kreis,
Leuchten, daß der Schwimmer kehre
Heim ins liebe grüne Land,
Daß der Hellespont nicht störe,
Was die Liebe fest verband.
Doch die bunten Reben weinen,

Klagend steigt die Nachtigal,
Kein Begegnen in den Hainen,
Nirgend ist ein Liebesmahl.
Schweigt ihr Blätter, Flüsterstimmen
Von versäumter Liebesstund,
Wollet ihr das Volk ergrimmen,
Seyd ihr im geheimen Bund?

Wiehernd kommt ein Zug von Rossen,
Viere, schwarz und kraus heran,
An die Thüre, die geschlossen
Spannt sie an ein Bürgersmann;
Und die Thüre stürzet krachend
Bey dem ersten Peitschenhieb,
Und die Bürger ziehen lachend
In den Garten doppelt lieb.
Doch die Rappen von dem Knalle,
Hintennach das Eisen schallt,
Rissen aus und zogens alle
Durch die Straßen mit Gewalt;
Wie ein Geist auf ihre Füße
Schlug vom Pflaster hoch das Thor,
Und sie traten aus wie Flüsse,
Muth und Angst in ihrem Chor.
Und der König kam gegangen,
Dieser Stromwuth nicht entging,
Blind sie auf den Kranken drangen
Wußte nicht wies ihm erging;
Nieder wurde er getreten,
Seine Räthe allzugleich,
Keiner konnte beichten, beten;
Frey ist nun das ganze Reich.

Selbstbescherung

Alles aus einem Gemüthe,
Alles aus einer Brust,
Springet mein Geblüte,
Singet meine Lust.

Vieles ihr möget tadeln,
Vieles sey ehrenwert,
Alles ums zu adeln
Wird es mir beschert …

Selbstberuhigung

Wie übers Meer die Schiffe
Zu heitrer Ferne ziehn,
Schlagt an der Laute Griffe
Dir selber zu entfliehn.

Die Ruder schlagen helle
In die krystalne Fluth,
Es springet Well auf Welle,
Ein junges Blut thut gut.

Wie alle Segel schwellen,
Wie schäumt der muntre Kiel,
Mit Schäumen sich erhellen
Der dunklen Wellen viel.

Nun ruhet euch ihr Arme,
Ihr Ruder tröpfelt ab,
Ich fühle ein Erbarmen,
Das ich mir selber gab.

Die Winde sich versuchen,
Wies in der Laute tönt,
Wers Leben will versuchen,
Der ist zur Stund versöhnt.

Im Schrecken zu genießen,
Schau um im raschen Blitz,
Verlorne Freuden grüßen
Dich neu im Menschenwitz.

Lieben und geliebt zu werden

Lieben und geliebt zu werden
Ist das Einzige auf Erden,
Was ich könnte, was ich möchte,
Was ich dächte,
Daß es mir noch könnte werden,
Lieben und geliebt zu werden.

Lieben und geliebt zu werden
Lehrt ihr mich ihr muntern Heerden,
Wenn gehörnte Böcklein springen,
Muß ich singen
Lieben und geliebt zu werden
Wünsch ich mir, es wird mir werden.

Lieben um geliebt zu werden
Treibt des Abends Gold die Heerden
Mit dem frohen Sängergruße
Zu dem Flusse;
Könnt ich meinen Sinn erkühlen,
.auszuströmen, auszufühlen.

Liebend auch geliebt zu werden,
Ach wer trug da nicht Beschwerden,
Seht die Stiere scharf sich drängen;
Leichte Gänge!
Streitend möcht ich für sie sterben,
Für sie leben, sie erwerben.

Liebe, die ich lieben werde,
Ich der glücklichste der Erde,
Und sie muß mir bald begegnen,
Mich zu segnen;
Denn noch nie mit süßerm Schallen
Schmetterten die Nachtigallen.

Liebe trit mir bald entgegen,
Wie dem Fruhling warmer Regen,

Grüne Blätter und von allen
Tropfen fallen;
Und kein Tropfen soll verkommen,
Warum war ich doch beklommen?

Liebend um geliebt zu werden,
Lauscht der Wald dem Tritt von Pferden!
Kommt Sie da? Ich hör im Düstern
Vögel flüstern!
Nein, es jagen sich die Füllen,
Kinder lieben nicht im Stillen.

Lieb ich um geliebt zu werden,
Still genügen mir Geberden,
Vor mir leise reden, lachen,
Sie umwachen!
Mein vertrauter Lustgefährte
Wär der Traum auf ihrer Fährte.

Liebend um geliebt zu werden
Reis' ich um die grüne Erde;
Ach wo wird der Blick mich finden,
Der mich bindet?
Und an welchem frommen Heerde
Bleib' ich um geliebt zu werden?

Lieben und geliebt zu werden,
Lieblich Daseyn, lieblich werden,
Heimlich Wesen und verstohlen,
Wo sie holen?
Ach in welchen öden Mauern
Mag sie lauern, mag sie trauern.

Liebend gleich geliebt zu werden,
Letzte Abendröth' bescheere,
Löse auf der rothen Schleifen
Himmelsstreifen:
Sinkt des Auges helle Wonne,
Mir im Herzen steigt die Sonne.

Wie mein Auge sich verklärt,
Alles flüchtet, was beschwerte,
Wie auf Wiesen Lüftlein zittern
Hell zu flittern:
Flitterwoche wird mein Leben;
Wird dann hell in Nacht verschweben.

Liebend so geliebt zu werden,
Ach zu arm ist diese Erde,
In die Lüfte muß ich küssen,
Sie zu grüßen:
Nur der Ueberfluß der Sterne
Giebt mir Zeichen aus der Ferne.

Liebend wieder liebt zu werden
Lieget ruhig liebe Heerden,
Laßt euch nicht im Schlafe stören,
Mich zu hören.

Hört ich muß nur Luft mir machen,
Singend in das Feuer sehn und wachen.

Dichter Wald der Dichter

Erste Stimme.
Die Verzweifelnde.
Könnet ihr nur wiederhallen
Dunkle Wälder meinen Ruf,
Müsset ihr wie ich auch fallen,
Meine Klage Sturm erschuf:
Auf die umgestürzten Stämme
Werf ich mich verzweifelnd hin,
Und der Schmerz bricht durch die Damme,
Überfließt den dürren Sinn.

Wie des wilden Weines Reben
Klammre ich mich an euch fest,
Nie werd ich mich wieder heben,

Denn zerschmettert ist mein Nest;
Horchend lieg ich auf dem Boden,
Auf der Ameis Trümmerreich,
Und es zieht ein milder Odem,
Eine Stimme hold und weich!

Ferne Stimmen.
Wie sind wir erschlossen
Im Sange so freundlich,
Und alle Genossen,
Und keines mehr feindlich.

Vierte Stimme.
Die Müßige.
Ach was hat man vom Spazieren,
Grün ist überall doch grün,
Und wohin wollt ihr mich führen,
Meine Füße, ihr seyd kühn.
Nein der Tag soll nicht versinken
Unachtsam und unbemerkt,
Sehnsuchtsvoll die Wälder trinken
Aus dem Strahlenmeer gestärkt.

Doch ich wollt ich wär am Ziele,
Wollte, daß ich hätt ein Ziel,
Doch es giebt so viel Gefühle,
Und es wird schon etwas kühl;
Ey das paßt sich ja recht prächtig,
Allerliebst ist dieser Sang,
Der so heimlich, der so mächtig
Aus dem dunklen Walde drang.

Ferne Stimmen.
Wie sind wir erschlossen usw.
Die Blumen umschlingen
Die Füße mit Kränzen,
Sie glänzen dem Singen,
Sie duften den Tänzen.

Sechste Stimme.
Die Wirthliche.
Alle sind mir fortgelaufen,
Keine sorget für den Tisch,
Denn die Erdbeer, roth im Haufen
Ladet sie zum Walde frisch;
Wenn sie dann nach Hause kommen
Fragen sie nach Ladung gleich,
Eine hat sich müd geschwommen,
Jene klettert durch den Zweig.

Wenn ich auch so denken wollte,
Wie bestände da das Haus,
Lieber wärs mir auch ich holte
Statt der Kräuter einen Straus,
Was sie da wohl wieder singen?
Ach das klingt doch gar zu schön,
Mag die Katz das Essen bringen,
Ich muß hin zu dem Getön.

Nahe Stimmen.
Wie sind wir erschlossen
Im Sange so freundlich,
Und alle Genossen
Und keines mehr feindlich,
Was jeden beglücket
Macht sorgenfrey alle,
Uns alle beglücket
Und löst sich im Schalle.

Wie eilen die Schritte
Als wär es ein Tanz,
Es tanzt in der Mitte
Der Abend mit Glanz,
Die Blumen umschlingen
Die Füße mit Kränzen,
Sie glänzen dem Singen,
Sie duften den Tänzen.

Der Waldglanz versinket,
Beym nächtlichen Gang,
Und spiegelnd uns winket
Viel heller der Sang,
Dies Bächlein noch rauschet,
So träumend wir grüßen,
Die Nachtigal rauschet
Mit lustigen Küssen.

Wie sind wir verbunden
Im Sange so freundlich,
Die feindlichen Stunden
Sind alle vereinlich,
Wie wird hier erschlossen
Ein Wiederhall prächtig,
Der nimmer genossen;
Wir werden andächtig!

(Auszug)

II

Zum Verwundern spricht das Kind

Zum Verwundern spricht das Kind
Seiner Sehnsucht erste Worte,
Alles weiß es nun geschwind,
Öffnet sich des Frühlings Pforte.
Lange sah sichs danach um,
Doch wir hielten es für stumm.

Jede Stimme braucht ein Ohr,
Soll sie klingend sich erheben,
Ein Vertrauen, das ihr schwer,
Das sie trägt im selgen Schweben,
Dieses Ohr ich küssend fand;
Dies Vertraun ist mein Verstand.

Gebet

Gieb Liebe mir und einen frohen Mund,
Daß ich dich, Herr, der Erde thue kund;
Gesundheit gieb bei sorgenfreyem Gut,
Ein frommes Herz und einen festen Muth;
Gieb Kinder mir, die aller Mühe werth,
Verscheuch die Feinde von dem trauten Heerd;
Gieb Flügel dann und einen Hügel Sand,
Den Hügel Sand im lieben Vaterland,
Die Flügel schenk dem abschiedschweren Geist,
Daß er sich leicht der schönen Welt entreißt.

Ostern

Vom Erdenstaub zu reinen, blauen Lüften
Dringt weit der Blick in ersten Frühlingstagen,

Und höher steig der mächt'ge Sonnenwagen,
Die Erde sehnt nach Blättern sich und Düften,
Und heilige Geschichten uns dann sagen
Was sich geahnet in des Herzens Klüften.
Er ist erstanden aus den Todesgrüften,
Und wie vergebens war der Menschen Zagen,
Ja so ersteht die Welt der Himmelsgaben
Mit jedem Jahre neu, die Knospen brechen,
Und nichts ist unsrer Liebe zu erhaben,
Sie gibt uns alles in den Wonnebächen,
Die nach dem Eisgang Flur und Aug' durchgraben,
Das Unsichtbarste will zum Lichte sprechen.

Die schönen Ringelraupen

Winterwolken schmelzen nieder,
Aus den Augen, aus dem Sinn,
Lässig strecken alle Glieder
Sich auf grünen Rasen hin,
Zögernd sehn sich um die Zeiten,
Und der Tag will sich erweiten,
Denn die Sonne stehet still.

Süße Frühlingslangeweile
Füllt mit Wollust, füllt mit Scherz;
Langsam, langsam, keine Eile,
Sey doch folgsam liebes Herz!
Langsam wird, was gut auf Erden,
Langsam ziehn die Lämmerheerden,
Und sie stehen alle still.

Nehmt mich auf in euren Weiden
Schäflein bin ich auch wie ihr,
Euer Gras, das will ich meiden
Doch die Blumen schenket mir;
Seht die Blumen auf mich schauen,
Soll sie brechen schönen Frauen,
Und sie halten alle still.

Frauen nehmt mir ab die Blüthen
Bin ein Baum, an Blüthen reich,
Wenn als Früchte sie geriethen,
Bräche mir wohl jeder Zweig;
Kommt ihr schlanken Ringelraupen,
Wollet ihr mich nicht entlauben?
Seht ich halte ja so still.

Jung und alt im Frühling

I

Aus der Berge dunklen Klüften
Braust nicht mehr die kalte Fluth,
Fenster öffne ich den Lüften
Und das Thor dem Jugendmuth:
Springend geht's zum Thale nieder,
Leicht beflügelt ist das Herz,
Frühling breitet das Gefieder,
Luft erklingt wie edles Erz.

Neue Vögel sind erschienen,
Fort ins Freie, in die Luft,
Neues Schauspiel, grüne Bühnen,
Nachtigall so sehnlich ruft:
Seht das Schauspielhaus geschmücket
Mit dem Dach aus Himmelblau,
Wolken-Schäflein sehn entzücket
Nach dem hocherhabnen Bau.

Alle schweben in Verlangen
Nach des Tages Neuigkeit:
Ist der Vorhang aufgegangen?
Welches Schauspiel gibt man heut?
Soll ein Heldenspiel beginnen,
Rüstet sich die frische Kraft?
Soll die Lieb' in Lieb' zerrinnen,
Daß sich neues Volk erschafft?

Alles drängt sich noch zusammen,
Herz an Herz und Baum an Baum.
All' aus einer Erde stammen,
Flammend einer Liebe Traum:
Himmlisch Spiel, die frischen Kränze
Decken all' mit gleichem Grün,
Jenen, daß er siegend glänze,
Diese, daß sie drunter blühn.

2

Eine bange Reiselust
Weht in Frühlingstagen,
Füllt mit Wehmuth unsre Brust
Will zum Himmel tragen,
Wo die ganze Seligkeit
Schimmert in dem Lichte,
Und ein Bild der Ewigkeit
Wird des Jahrs Geschichte.

Erste Jugend stellt sich dar
Mit verwirrtem Leiden
In den Blättern, die so klar
Alles erst umkleiden,
Wie wir aus erschloßner Haft
In die Welt gedrungen
Wie in neuer Schöpfungskraft
Vieles uns gelungen.

Öffnet dann die Blüthenzeit
des Triumphes Pforte,
Wird ihr Fall in Lust geweiht
Durch die schönsten Worte:
Jedes Wort es dringt hinauf,
Eh' wir es noch meinen,
Aufwärts zu dem Sonnelauf
Daß wir strahlend scheinen.

Ja dies ist die Himmelfahrt,
Die wir heute feiern,
Bis die Wolken golden zart
Uns die Welt verschleiern:
Ach, dann fraget wohl die Welt,
Wo wir sind geblieben,
Vieles dann von uns gefällt,
Manches lernt sie lieben.

Der Kirschbaum blüht ...

Der Kirschbaum blüht, ich sitze da im Stillen,
Die Blüte sinkt und mag die Lippen füllen,
Auch sinkt der Mond schon in der Erde Schoß
Und schien so munter, schien so rot und groß;
Die Sterne blinken zweifelhaft im Blauen
Und leiden's nicht, sie weiter anzuschauen.

Blumen athmen gern auf Erden

Blumen athmen gern auf Erden
Dir ein Liebes anzuthun,
Könnt ich eine Blume werden
Würd ich nicht im Grünen ruhn.
Meinen Blättern lehrt ich Fliegen
Und dem Kelche süssen Schall,
Um an deinem Mund zu liegen
Dich zu küssen überall.
Ach wie viel könnt ich erfinden
Warst du Liebe noch nicht mein,
Jezt nur fester dich zu binden
Soll die einzge Freude seyn.
Sieh mit diesem goldnen Bande
Bind ich deine Flügel fest,
Und dies Grün in seinem Stande
Neue Hoffnung blicken läst.

Hab ich dich nur erst gebunden
Brauch ich nicht der Vogel Flug
Ihr Gesang ist bald erfunden,
Küsse zwitschern süß genug.

Sie gab, was mich verarmet

Sie gab, was mich verarmet,
Mir scheidend ihren Mund,
Sie hat sich mein erbarmet,
Ach Gott, wem thu ichs kund!
Ich kann's nicht in mir lassen,
Es sprenget meine Brust,
Es kann's die Welt nicht fassen,
Was mir allein bewußt.
Wie mir der Abend röthet,
Noch niemand wissen muß:
Ach hätt' sie mich gedtötet
Im ersten, ersten Kuß!
Von Schmerzen könnt' ich ruhen,
Im Jubel vieles tun,
In schweren Reiseschuhen
Tanz ich so thörigt nun!

Zueignung

Es war an des Orangengartens Pforte,
Wo Dich der Wagend donnernd von mir riß; –
Ich sah ihm nach, – so blieb an diesem Orte
Noch etwas mir auf weiter Welt gewiß, –
Der Wagen schwand, der Schmerz kam nun zu Worte,
Es drückte mich der Thränen Finsterniß:
All, was mir lieb, es sind nun bloß Gedanken,
Und was mir nah, es sind der Aussicht Schranken.

Des Tages Auge sah auf mich hernieder,
Gleich wie ein Leu aus einer Wüstenei,
Zerrissen sind die fest verbundnen Glieder,
Als wir beisammen, waren *eins* wie zwei;
Blieb mir die Stimme *nicht* der Klagelieder,
Mir *blieb* ein Herz, zu fühlen, was vorbei;
Die Welt wird eng, das Herz um so viel bänger,
Die Tage kurz und alle Schatten länger.

Da stand am Weg ein Kreuz aus Stein gehauen,
Mitleidig sah vom Kreuz ein Gott herab,
Ich sehnte mich, ihn einzig anzuschauen,
Vor ihm zu knieen wie der Bettlerknab,
Der mich verließ, dem Gotte zu vertrauen,
Denn Glockenklang versprach ihm höhre Gab;
Da hielt die Welt so zweifelnd mich gebunden,
Ich wär nicht gerne gleisnerisch befunden.

Da stürzt ich mich ins grüne Meer der Bäume,
Das neben mir im Morgenwind gerauscht,
Derselbe Geist erfüllte diese Räume,
Der dort am Kreuze meinen Schmerz belauscht,
Und daß ich nichts von seiner Gunst versäume,
Die Andacht hat die Bilder leicht vertauscht,
Ein reiner Dienst hält Kirche im Gemüthe,
Der Geist sich offenbart in Frucht und Blüthe.

So fand ichs *dort* bei den Orangenreihen,
Der Gärtner pflückte schon die Blüth und Frucht,
Den Vogel hört ich drüber ziehend schreien,
Der Deines Wagens Spuren sehnlicht sucht;
Was uns gemeinsam freute unter Maien,
Es zieht Dir nach mit dieses Jahres Flucht,
Die Sehnsucht strahlt manch Bild in meine Seele,
Wem theil ichs mit, was mich erfreu und quäle?

Es war ein Helm von altem, rostgen Eisen,
Worin der Gärtner seine Frucht gepflückt,

Manch schwerer Hieb ließ sich darauf noch weisen,
Doch schwerer hat ihn schöne Frucht gedrückt;
So mußt der Helm vor meinen Augen reißen,
Der fest geschmiedet schien und reich beglückt:
Der alten Waffen schwer errungner Segen
Und schöner Künste Frucht läßt sich nicht hegen.

Gleichgültig ließ der Gärtner sie da fallen,
Die schöne Frucht, er hatte deren viel,
Da hörte ich sie am Boden tönend schallen
Und Schellen schmetterten im leichten Spiel;
Ich fand das Tamburin mit Wohlgefallen,
Das unten lag, worauf sie tönend fiel,
Das Schöne ist auf Erden unverloren,
Es klingt zur rechten Zeit, den rechten Ohren.

Es ist so schön in Andern sich verlieren,
Und alles klinget dann erhöht zurück,
So mag die Frucht das Tamburin gern zieren,
Das Tamburin bewahrt mit Klang dies Glück,
Ein Schrecken ist der Klang den wilden Thieren
Und ich bewahr die Frucht vor Wintertück;
Dir reich ich beide, die ich so gefunden,
O liebe beide, die mein Glück verbunden.

Wenn wir vereint zum Tempel wieder steigen,
Wer scheidet dann, was *jedem* lieb am Rhein,
All was uns lieb, das wird sich *unser* zeigen!
Wird Dir die Frucht des Gartens lieblich sein,
So ist sie ohne Zueignung Dir eigen
Und wird in Deiner Lust dann doppelt mein;
Des Fernen Trost mußt Du mit Lust nun lesen,
Denn mir gilt *nichts*, was mir *allein* gewesen.

Stolze Einsamkeit

Im Walde, im Walde, da wird mir so licht,
Wenn es in aller Welt dunkel,
Da liegen die trocknen Blätter so dicht,
Da wälz ich mich rauschend daunter,
Da mein ich zu schwimmen in rauschender Fluth,
Das thut mir in allen Adern so gut,
So gut ist's mir nimmer geworden.

Im Walde, im Walde, da wechselt das Wild
Wenn es in aller Welt stille,
Da trag ich ein flammendes Herz mir zum Schild,
Ein Schwerdt ist mein einsamer Wille,
Da steig ich, als stieß ich die Erde in Grund,
Da sing ich mich recht von Herzen gesund
So wohl ist mir nimmer geworden.

Im Walde, im Walde, da schrei ich mich aus,
Weil ich vor aller Welt schweige,
Da bin ich so frey, da bin ich zu Haus.
Was schadt's, wenn ich thörigt mich zeige,
Ich stehe allein, wie ein festes Schloß,
Ich stehe in mir, ich fühle mich groß,
So groß als noch keiner geworden.

Im Walde, im Walde, da kommt mir die Nacht,
Wenn es in aller Welt funkelt,
Da nahet sie mir so ernst und so sacht,
Daß ich in den Schoß ihr gesunken,
Da löschet sie aller Tage Schuld,
Mit ihrem Athem voll Tod und voll Huld,
Da sterb ich und werde geboren.

Mir ist zu licht zum Schlafen

Mir ist zu licht zum Schlafen,
Der Tag bricht in die Nacht,
Die Seele ruht im Hafen,
Ich bin so froh verwacht!

Ich hauchte meine Seele
Im ersten Kusse aus,
Was ist's, daß ich mich quäle,
Ob sic auch fand ein Haus!

Sie hat es wohl gefunden,
Auf ihren Lippen schön,
O welche sel'ge Stunden,
Wie ist mir so geschehn!

Was soll ich nun noch sehen,
Ach alles ist in ihr,
Was fühlen, was erflehen,
Es ward ja alles mir!

Ich habe was zu sinnen,
Ich hab', was mich beglückt;
In allen meinen Sinnen
Bin ich von ihr entzückt.

Ritt im Mondenschein

Herz zum Herzen ist nicht weit
Unter lichten Sternen,
Und das Aug', von Tau geweiht,
Blickt zu lieben Fernen;
Unterm Hufschlag klingt die Welt,
Und die Himmel schweigen,
Zwischen beiden mir gesellt
Will der Mond sich zeigen.

Zeigt sich heut in rother Gluth
An dem Erdenrande,
Gleich als ob mit heißem Blut
Er auf Erden lande,
Doch nun flieht er scheu empor,
Glänzt im reinen Lichte,
Und ich scheue mich auch vor
Seinem Angesichte. –

Hochzeitsterne sind verglommen

Hochzeitsterne sind verglommen
Und das schwarze Sonntagskleid
Ist dem Himmel abgenommen,
Alle Lust erwacht in Leid;
Freudig ist nun junges Leben
In den frischen Tag gestellt,
Der gerührt des Blickes Beben
Tauend über die erhellt.

Und du glaubst dem neuen Tage,
Endlos scheint er, weil er klar,
Es versinkt in Lust und Klage,
Daß kein Kranz in deinem Haar;
Sieh, dir blühen tausend Kränze,
Dieser ach versank im Fluß,
Führt des Lebens Wellentänze,
Lebensflut im stillen Kuß.

In der Kraft, die er gesegnet,
In der Hoffnung, die er regt,
Seid ihr beide euch begegnet,
Selig, wem das Herz so schlägt;
Selig, denn die tät'ge Ferne,
Der Gedanken Unbestand,
Und des Glückes Wandelsterne,
Trennen nicht dies innre Band.

Hochzeitmorgen ist gekommen,
Trägt ein feurig Freudenkleid,
Und die Welt erscheint vollkommen,
Feiert euren schönsten Eid
Mit dem Licht vom ersten Tage,
Als die Erde jugendgrün,
Als zum heiligen Vertrage
Gott dem Menschenpaar erschien.

Nur was ich liebe, das ist mein

(1810)

Nur was ich liebe, das ist mein,
Und kann nur immer meiner werden,
Du magst mich fliehn, du bleibst mit mir allein,
Was ich in dir geliebt, das bleibt mir rein.

Gehört dem Flügel dieser Ton,
Den meine Finger traurig weckten,
Nein du bist mein, dir selber recht zum Hohn,
Was ich in dir erblickt, gehört mir schon.

Dein Haus ist meine, denn von dir
Ist es erfüllt mit schönen Düften
Ist mein die Perl, gehört die Schal auch mir,
Was ist sie ohne dich, die ihre Zier.

Und was ich habe, das ist dein,
Ich kann es ohne dich nicht leiden,
Ich muß ihn fliehn, den lichten grünen Hayn,
Der liebe Waldhorn Klang wird mir zur Pein.

Ich werf ins Feuer, was von dir,
So manch erstohlnes Angedenken
Du bist ganz mein, ich nichts dabey verlier,
Daß dieser Abgott brennt, der Gott bleibt mir.

Ich geb die Seele, du bist mein,
Du kleines Teufelchen must mir nun dienen,
Du hast verführt mit schönem Augenschein,
Sey alles falsch und untreu, du bist mein.

An Bettine

(1811)

Ein Sternenhauch vom Himmelslauf,
Die offne Brust mit Glanz umkühlt,
Ein Frühling neu im Herzen spielt,
Eine neues Röslein blüht darauf;
Du hast es mir an's Herz gelegt,
So bist du draußen, bist darin,
Des Frühlings Kraft sich doppelt regt,
Das Röslein wächst und füllt den Sinn;
Ich schwimme in dem Liebesduft,
Unendlich scheint das Blau der Luft.

Du fragst mich, Stern der Winternacht,
Ob ich von süßem Weine glüh';
O freu dich, wie ich duftend blüh'!
Mein blühend Herz beim Röslein wacht,
Gern thät' es sich mit Worten kund,
So lebenswarm, wie Tropfen Blut,
Doch schließt das Röschen schon den Mund,
Und thut da kühlend mir so gut;
Die Augen füllt ein süßer Drang,
O Liebesthau, o frommer Dank!

[Aus Briefen an Bettine]

(1811)

Mit jedem Druck der Feder
Drück ich Dich an mein Herz,
Bald tragen mich flüchtge Räder

Wieder zu Lust und Scherz.
Ich öffne leise die Türe,
Und weil es so dunkel ist,
Dir Leib und Schenkel berühre
Ob Du dieselbe bist.

*

(1812)

Vorgenossen, nachempfunden
Waren sonst des Jahres Stunden
Und die Gegenwart so leer,
Trübe Luft auf ödem Meer.

Seit ich dich in steter Nähe,
Mich wie deinen Schatten sehe,
Ach, wie anders Gegenwart,
Stunden, wie von andrer Art.

Keine Zukunft, nichts vergangen,
Gar kein thörigtes Verlangen,
Und mein Zimmer eine Welt,
Was ich treibe mir gefällt.

Selbst bei süßem Müßiggange
Wird mir um die Zeit nicht bange;
Kaum hast du mich angeblickt,
Ist die Arbeit mir geglückt.

Und ein Jahr ist so vergangen,
Und ein Kind, von dir empfangen,
Zeigt des Jahres liebreich Bild:
Großer Gott, wie bist du mild!

*

(1818)

Aus dem Morgen kommt das Licht
Aus dem Abend kommt der Regen

Und ein liebes Angesicht
Winkt ich soll mich zu ihm legen,
Ach was hilft nun Licht und Regen
Gegen diesen Ehstandssegen.

*

Wiegenlied im Freyen

Goldne Wiegen schwingen,
Und die Mücken singen,
Blumen sind die Wiegen,
Kindlein drinnen liegen,
Auf und nieder geht der Wind,
Geht sich warm und geht gelind.

Wieviel Kinder wiegen?
Wieviel soll ich kriegen?
Eins und zwei und dreie
Und ich zähl' aufs neue!
Auf und nieder geht der Wind,
Und ich weine, wie ein Kind.

*

(1818)

Nun weiß ich auch was Einsamkeit,
Nun sich der Himmel mir verschließt,
Und aus der Wolken träge Zeit
Im trägen Regen fließt.

*

(1820)

Zuweilen thut mir das Herz so weh,
Als ob ich Dich nie umschlungen,
Und wenn ich dann zum Himmel seh,
So hat mir das Ohr geklungen,
Was klingt im Ohr was schlägt das Herz?

Das kommt von der Witterung,
Der Himmel treibt im Herzen Scherz,
Und wer noch liebt ist jung.

*

(1820)

Wenn der Sturm treibt,
Wenn es lichtstill,
Wenn es Nacht bleibt
Und ich sehn will,
Denk ich, was mein Kind macht,
Ob es weint, ob es lacht:
Weine nicht sag ich dann,
Lustig fängt die Welt an,
Oben offen
Unten grün,
Frühlingshoffen
Bauet kühn
Und am Ende wirds ein Haus,
Keiner schauet da hinaus.

Abendempfindung

Wie die Tage nehmen ab!
Dunkel wird's hier wie ein Grab,
Abend glänzt, die Bäum am Fenster
Funkeln, rauschen hin und her,
Und die Schwalben, wie Gespenster
Schiessen pfeilschnell kreutz und quer.
In den Büchern wird es trübe
Aller Sinn mir fast vergeht,
Zwielicht scheut der Weisheit Liebe,
Lieb im Freyen sich ergeht;
Und die Nächte nehmen zu
Zu der Liebe Lust und Ruh.

Die freie Nacht ist aufgegangen

Die freie Nacht ist aufgegangen,
Unsichtbar wird ein Mensch dem andern,
So kann ich mit den Thränen prangen
Und hin zu Liebchens Fenster wandern.
Der Wächter rufet seine Stunden,
Der Kranke jammert seine Schmerzen,
Die Liebe klaget ihre Wunden,
Und bei der Leiche schimmern Kerzen.

Die Liebste ist mir heut gestorben,
Wo sie dem Feinde sich vermählet.
Ich habe Lieb' in Leid geborgen,
Ihr Thränen mir die Sterne zählet.
Wie herzhaft ist das Licht der Sterne,
Wie schmerzhaft ist das Licht der Fenster,
Ein dichter Nebel deckt die Ferne,
Und mich umspinnen die Gespenster.

Im Hause ist ein wildes Klingen.
Die Menschen mir so still ausweichen,
In Mitleid mich dann fern umringen;
So bin ich auch von eures Gleichen?
Mich hielt der Wald bei Tag verborgen
Die schwarze Nacht hat mich befreiet.
Mein Liebchen weckt ein schöner Morgen,
Der mich dem ew'gen Jammer weihet.

Wie oft hab' ich hier froh gesessen,
Wenn alle Sterne im Erblassen,
Ach alle Welt hat mich vergessen,
Seit mich die Liebste hat verlassen;
Nichts weiß von mir die grüne Erde,
Nichts weiß von mir die lichte Sonne,
Der Mondenglanz ist mir Beschwerde,
Die Nacht ist meiner Thränen Bronne.

Nur ein Blättchen in Gedanken

Nur ein Blättchen in Gedanken
Riß ich von dem Baume ab,
Alle Blätter mit mir zanken,
Daß ich es zerrissen hab.
Und das Blatt hing fest am Zweig,
Der an tausend Blättern reich,
Wie der Baum an tausend Zweigen!
Alle sind dem Baume eigen,
Sie beschatten seinen Boden,
Und der steht in Gottes Hand,
Durch sein Laub haucht Gottes Oden,
Und er hat ein Vaterland.

Ich kam nicht im Sonnenstrahl,
Schneite nicht in dieses Thal,
Sing ich auch mit aller Völker Kehlen,
Vaterland und Muttersprache fehlen;
Und mein Laub es hängt hernieder,
Wie am neugepflanzten Baum,
Und entfällt mir wie die Lieder,
Was ich singe, weiß ich kaum.

(»Er schloß den Abend gar traurig mit einem deutschen Liede, welches die Versammelten um so mehr überraschte, da er in seiner reinen Aussprache, als ein deutscher Landsmann, um funfzig Meilen näher trat, und zugleich sein Leid klagte, kein Vaterland zu haben, das so vielen Deutschen zu fehlen scheint ...«

Aus der Erzählung »Angelika, die Genueserin und Cosmus, der Seilspringer«)

Erst dreizehn Sommer zählt die Kleine

Erst dreizehn Sommer zählt die Kleine,
Da strich sie durch den grünen Wald
Und sang in seinem Dämmerscheine
Ein Lied, das durch die Wipfel schallt.
Und von den Wipfeln steigt es nieder
Wie Sonnenstrahl, wie Morgentau,
Es wird so eng ihr rotes Mieder
Im Paradies der grünen Au.

Ich trete leise auf die Strahlen,
Die in dem Grase sich ergehn
Und es mit Blumen lieblich malen;
Wird mir denn auch also geschehn?
Es ist ein Frühling wie noch keiner,
Der Atem bebend mir beginnt;
Es sind die Blumen so viel kleiner
Und sind doch alle hell gesinnt.

O Frühlingsliebe, zarte Blume,
Du süße Angst im reinen Sinn;
Im Busen, ihrem Heiligtume,
Versteckt sie scheu ihr freies Kinn.
Und als sie aufblickt, ist verklungen
Das Lied im freudberauschten Wald,
Sie fühlt sich fremd den frohen Zungen,
Wovon ein jeder Baum erschallt.

Nun ade, du altes Schloß

Nun ade, du altes Schloß,
Das da über mir gehangen,
All mein Hoffen und Verlangen
War auch nur ein Wolkenschloß,

Nun ade, ihr ew'gen Quellen,
Die ich gähnend angesehen;
Wenn ich hier nicht werde gehen,
Höret nicht zu fließen auf,
Denn die Welt hat ihren Lauf.

Nun ade, du Berg und Tal,
Die um Waldes Lieblichkeiten
Ihre Felsenarme breiten,
Ihr seid doch, wie überall.
Nun ade, ihr Kindlein kleine,
Euch alleine will ich grüßen,
Für die Gaben laßt euch küssen,
Wißt nichts von des Schlosses Qual,
Seid wie frisches Grün im Tal.

Nun ade, du alte Zeit,
Die in ihren Mutterarmen
Sehnlich trug ein tief Erbarmen,
Mich zu trösten war bereit,
Aber gar nichts konnt' ersinnen
Und mit mir fing an zu weinen,
Tränen froren im Besinnen,
So fiel Hagel mir zum Heil
Und zerschlug die Langeweil'.

Wär' mir Lautenspiel nicht blieben
(1814)

Wär' mir Lautenspiel nicht blieben,
Ach wie sagt ich dir was lieben?
Doch die vielgebrauchten Worte
Öffnen klingend sich die Pforte,
Zu der tiefen Herzenskammer.
Neue Freude, alter Jammer,
Alles was in mir empfunden,
Ruft in einem Klang verbunden.

Wär' mir Lautenspiel nicht blieben,
Wie ertrüg ich all das Lieben,
Dieses Rauschen in den Wellen,
Dieses Mondes früh Erhellen,
Dieser Bäume tausend Zungen.
Was gelebt ist nicht verklungen,
Alles, alles kehret wieder,
Holde Geister, selge Lieder.

Auf den Berg bin ich gezogen

Auf den Berg bin ich gezogen,
Hab den Vögeln zugeschaut,
Wie sie da gespielet haben,
Daß die Federn sind geflogen,
Und ich nahm die kleinen Gaben,
Hab ein Häuschen draus erbaut.

Auf die Wiesen sah ich nieder,
Und die Lämmer, mit Gespött,
Jagten sich in Rosenhecken,
Wolle blieb da hin und wieder
An den Dornenzweigen stecken,
Und ich machte draus ein Bett.

Als der Erntewagen kommen,
Zog er auch am Rosenzweig,
Weil er war zu breit geladen,
Hat der Zweig davon genommen,
Wär's verloren, wär's ein Schaden,
Was ich sammle, macht mich reich.

Haus und Bett und Winterfutter
Hab ich mir nun angeschafft,
Einsam lieg ich in dem Bette,
In dem Haus befiehlt die Mutter;
Wenn ich einen Liebsten hätte,
Wär ich frei aus dieser Haft.

Grimmig ist der Gott verwandelt

Grimmig ist der Gott verwandelt,
Der im Weine lächelnd haust,
Hat mit Schlägen mich behandelt,
In den Haaren mich gezaust.
Keiner trinkt vom Freudenwein,
Der ein traurig Herz verschließt,
Denn er öffnet uns allein
Was in Tränen sich ergießt.

Wein verwandelt sich in Weinen,
Wie er lang den Namen äfft,
Denn die Traurigen erscheinen,
Während Lust sich selbst verschläft.
Trauer sitzet auf zur Wache,
Liebe schließet ihr das Tor,
Und die kalte feuchte Nacht
Weilet sausend ihr im Ohr.

Hatte nicht der frische Morgen

Hatte nicht der frische Morgen
Dich in seinem Arm gewiegt,
Haben dich die müden Sorgen
Vor dem Abend schon besiegt.

Hatte nicht die Sonnenhelle
Dich mit ihrem Strahl umspielt,
Müde liegst du an der Schwelle
Einer Nacht, die alle kühlt.

Hatten nicht des Muts Gedanken
Dich zum Heitern Tanz geführt,
Mußten deine Tritte wanken,
Als dein Herz da tief gerührt.

Hatten nicht die frohen Töne
Deine Stirne kühl umkränzt,
Ach, wo ist nun alles Schöne,
Wo dein Blick, der uns umglänzt?

Hatte nicht die erste Liebe
Dich mit süßem Wort geweckt;
Ach, bald ist's die letzte Liebe,
Die mit Erde dich bedeckt.

Nur Wehmuth, Wehmuth überall

Nur Wehmuth, Wehmuth überall
Wohin die Sonne scheint,
In Wehmuth seufzt die Nachtigall,
Die Liebende vereint,
Es ist nur ein Vorübergehn,
Es ist nur ein Hinüberwehn.

Dem Herzen ist die Brust zu eng,
Der Liebe diese Welt,
Und daß sich nicht der Kopf zerspreng,
Nicht Herz und Welt zerschellt,
Bleibt uns nur die Gewalt des Scheins,
Als blieben wir einst ewig eins.

Doch ich verzichte auf den Schein,
Die Ewigkeit ist nicht
Daß ich bewahre dieses Mein,
Das hier so schmerzlich bricht;
Nein, daß ich es verschenken kann,
Da fängt ein ewiges Leben an.

ELSBETH
S

… Nach der Predigt würde ich beyliegendes altes Bild zur Warnung an die Kinder vertheilen: Fama zieht oben im Drachenwagen zum Mephistophiles, dem Verleger aller höllischen Zeitungen, ihm verschreibt sich Faust der Verfasser, er deutet mit den Fingern: Es ist nichts mit der Literatur, nimm mich hin, wozu ich tauge, wenn mir nur wohl dabey wird! – Fauste, Fauste, rufe ich dir zu, bekehre dich da es noch Zeit ist, siehe dein Haus hinten in Flammen, so wird deine Seele einst brennen müssen! – Mephistophiles fragt ihn aber ruhig und zeigt gen Himmel: Ob er auch Gott nicht mehr fürchte? – Faust bleibt dabey: Es ist nichts mit der Literatur, also auch nichts mit Gott! – Wehe, wehe, wehe! ruf ich dir durch die verschlossne Thüre zu, wie wirds dich noch unter Gottes freyen Himmel treiben und du wirst da keine Luft kriegen –

III

[Spruch]

Willst du dich ganz zurücke ziehen,
Du kannst dir selber nicht entfliehen;
Willst du selbsteigen andre führen.
Du mußt mit Schöpfungskraft regieren.

Ganz unbemerkt und ohne Plan,
Ein jeder Augenblick macht Bahn:
In schlechter Zeit tu nur, was recht,
Dir ist dann diese Zeit nicht schlecht.

Der Weltteil sinkt

Der Weltteil sinkt, wir können hier nicht säumen
Wir schiffen in ein bessres Vaterland.
Sieh hold das Meer im Ufersande schäumen
Der Hoffnung Farbe ist ins Meer verbannt.
Da herrschet sie mit ihren hellen Träumen
Und rufet jubelnd laut: ich sehe Land.
Du Land des Friedens bist mir heut erschienen
Ein froher Weltteil lacht aus deinen Mienen.

Es ruft das Schiff, zerfällt in eigner Schwere
Kaum strecken noch die Rippen ihren Arm
Zu eines stillen Himmels blauer Leere
Polypen bald und Muscheln ohne Harm
Umwachsen sie im lebensreichen Meere
Es tanzt durch sie der blanken Fische Schwarm.
Du fühltest froh dein innres Herz erwachen
Wo die Korallen rot aus Tiefen lachen.

Dichteraussicht

(1804)

Das Paradies der Erde
(Gemählde von Breughel, in der Sammlung
des Herrn von St. Saphorin zu Wien)

Urkräftig treibt die Erd' in neugebor'nen Räumen,
In neuer Sonne Strahlen bunte Sprossen,
Die Blüth' und Frucht sind einer Zeit Genossen
Im klaren Grün der Flur, in Goldorangenbäumen.

Der Vögel rothe Sängerkreise herrlich säumen,
Die Bäume sind vom Farbenglanz umflossen,
Vom Wiederschein im Bache eingeschlossen.
In blauer Höhe zieht der Ar, und nach ihm bäumen

Sich Rosse wiehernd, Wellen fischreich rinnen.
Das bunte Raubthier sich vom Wohlseyn nährt;
Kein Thier entflieht und kein's will andre jagen.

O könnten wir dieß Paradies gewinnen,
Wo frey von Schmerz und Angst das Weib gebärt
Und keine Zeiten uns zum Tode tragen!

Sonett

(1810)

Mein Genius, du hast mir viel verliehen,
Du kannst, was nie geahndet, mir erschließen,
Wenn deine Blicke flüchtig mich begrüßen,
Durch dich gedeiht mir jegliches Bemühen.

O könnt' ich dich mit meinem Arm umschließen,
Daß du dich nimmer könntest mir entziehen,
Daß meine Wangen nie von Scham erglühen,
Verläßt mich Witz, wo andrer Witze fließen.

Schaff mich gewiß und fest in allen Kräften,
Daß sie dem Augenblicke willig dienen,
So bin ich tüchtig jeglichen Geschäfte.

Gleich fern von Furcht und Frechheit in den Mienen,
Laß mich die Blicke frei auf Andre heften,
Und aller Neid soll schwinden im Erkühnen.

Wie ist so leer mein Sinnen
(1806)

Wie ist so leer mein Sinnen,
Was mich erfreuen kann,
Die Thränen nicht mehr rinnen,
Komm' ausgeweinet an.
Hier ist der Ort, der schlimme,
Hier sank mein armes Land,
Doch fühl' ich nichts von Grimme,
Mir ist das wie bekannt.
Ich habe vorgenossen
Die ganze Bitterkeit,
Und wo mein Blut geflossen,
Da steht es stille heut.

Für uns seid ihr gefallen,
Wie sollen wir euch danken?
Ihr Streiter habt Gefallen
Nicht an den Nachgedanken,
Nur an gewalt'ger That Erfüllen,
Wovon die Hügel beben,
Die euer starkes Leben
Mit ew'gem Grün als Denkmal hüllen.

Wie bebt die Himmelsleiter,
Ob ihr seid auch verloren,
Ist euch der Himmel heiter,
Seid ihr für ihn erkoren,

Euch hilft da muthig weiter Streiten,
Mit schwindelndem Entsetzen,
Wir haben das Ergötzen,
Goldnägel eurer Schuhe sehn wir schreiten.

Aus den Kriegsliedern
(1806)

Kein sel'ger Tod ist in der Welt
Als wer vorm Feind erschlagen
Auf grüner Haid' in freyem Feld
Darf nicht hören groß Wehklagen.

Im engen Bett er sonst allein
Muß an den Todesreihen,
Hier aber ist Gesellschaft fein,
Fallen mit wie Kräuter im Mayen.

Kein einzger Tod mir so gefällt!
Wer da mit Klang begraben
Der wird das große Schlachtenfeld
Zum Denkmahl ewig grün haben.

Da denk und ruf ich, wenn ich sterb
Victoria den andern,
Da ist der Todestrank nicht herb,
Da muß das Gläschen noch wandern.

In Varnhagens Stammbuch
(1806)

Fest beiß ich mich, mein schwankend Vaterland,
Und beiß in dich mit allen Zähnen ein,
Dir thuts nicht weh, ich mag nicht schrein! –

Seys Liebeswuth, seys häßlich ohn Verstand,
So tief ich einbeiß, bist du gerne mein,
Willst Mutterbrust dem Kinde seyn.

So schwanke denn im Wind, du loser Sand:
Er schwankt, will mein lustge Wiege seyn,
Meyn Vaterland, und ich bin sein.

Scheinbarer Friede
(1807)

Ja, die Welt wird öde,
Ja, die Welt wird leer,
Und mein Aug' so schnöde,
Grüßt das Licht nicht mehr;
Was in Abendröthe
Schien gewitternd her,
Jetzt in Morgenröthe
Macht die Luft so schwer;
Ferne Donner rollen,
Und die Arbeit gähnt,
Ferne Feinde grollen,
Friede wird gewähnt.

Der König ohne Volk
(1808)

Ein König auf dem Throne
Mit seinem Szepter von Gold
Den Rat oft schlug zum Hohne,
War keinem Menschen hold.

Den Hunden an dem Tische
Der Rat die Teller hält,
Er füttert gut die Fische,
Sein Volk in Hunger fällt.

Sein Völkchen war beritten,
Er ärgert sie so baß,
Daß alle sind fortgeritten,
Da ward der König blaß.

Er konnte sie nicht halten,
Sein ganzes Volk ritt fort,
Er konnt' allein nun walten
An seinem Hundeort.

»Wenn mir die Hunde bleiben,
So bin ich dennoch reich,
Die Zeit mir zu vertreiben,
Das andre gilt mir gleich.«

Die Hunde schlecht bedienet,
Die wurden falsch und wild,
Und als er sich erkühnet,
Zerrissen sie sein Schild;

Zerrissen seinen Mantel,
Da stand er nackt und bloß,
Da sah man bei dem Handel,
Er hätt' ein Buckel groß.

Du muß die Lehre fassen,
Mein edler Fürstensohn,
Wen schon die Besten verlassen,
Der sitzt nicht fest auf dem Thron.

Lustklang
(1808)

Flüchtet nun die Lust mit Brausen
Wie ein Unthier, das ergrimmet,
Sonst da mochte sie hier hausen,
Als die Saiten noch gestimmet,

Die an Aesten aufgezogen
Oft die flüchtige gefangen,
Ach sie hat mich nie betrogen,
Züchtig sang sie ihr Verlangen.

Lauschen sah ich rings die Wiesen,
Drehte langsam meine Augen,
Tausend Blumen sich da wiesen,
Tausend wollen lieblich hauchen,
Ihnen fehlte nur die Stimme;
Und um meine Silbersaiten
Wand ich sie in farbger Krümme,
Wie sie gern um Bäche schreiten.

Luft, die sehnlich erst erklungen,
Schlich nun seufzend zu den Farben,
Die da brennend sie umschlungen
Und in Düften um sie warben;
Ach da mochte sie hier hausen,
Die im goldnen Lichte flimmert,
War bald drinnen, war bald draußen
In den Kelchen unbekümmert.

Will das Glück auf Erden hausen,
Mag es sich nicht gern verrathen,
Denn das Unglück horcht mit Grausen,
Thut dann in Gedanken Thaten,
Reißt die Blumen von den Saiten,
Fährt mit allen Nägeln über,
In den Tönen wird ein Streiten
Und die Saiten reißen drüber.

Verschiedenheit

(1808)

Wie Ketten, die in Höllengluth verbunden,
So schaute ich in unsrer Zeit die Bösen,
Die Guten sind gefesselt und geschunden
Und jeder möchte sich daraus erlösen,
Doch keiner kann den anderen verstehen,
Und einzeln müssen sie Zugrunde gehen.

Woher der Bösen Macht, der Guten Schwäche?
Es trockneten des Glaubens Segensbäche
Im Glücke aus, und nun das Unglück kommen,
Hält Zweifel eure Herzen noch beklommen,
Ihr theilt euch zwischen Gott und eurem Zweifel,
Und jene sind ganz eins mit ihrem Teufel.

Die Wetterfahne

Viele Fahnen sind verloren,
Doch eine ist erkoren,
Sie schwebt noch obenauf
Und zeigt der Stürme Lauf.

So steht die Wetterfahne,
Daß sie uns all' ermahne
Zu steter Wachsamkeit
In Leid und auch in Freud'!

Sie drehet sich geschwinde
Und steht doch fest im Winde,
Es spielet drinn der Wind
Wie ein unartig Kind.

Er kommt nicht, wenn wir glauben,
Doch steht die Fahn' im Glauben
Auf eines Kirchthurms Spitz
Und leitet ab den Blitz.

Das Glück kann Gott nur geben,
Die Sonne will sich heben,
Die Fahne klirrt im Glanz,
Das Wetter ändert ganz.

Und wo die Thränen flossen,
Die grünen Blätter sprossen,
Die Blüten allzumal,
Ich grüß dich freundlich Thal.

Ich grüß dich von der Höhe,
Vom Thurme weit ich sehe,
Ich seh' der Erde Rand,
Die Wellen ohne Stand.

Hier auf des Thurmes Zinnen
Will ich den Geist gewinnen,
Daß er mir frei und klar
Das Schicksal sage wahr.

Das Land ist aufgeräumet,
Das Meer hat ausgeschäumet,
Die Taub' den Ölzweig bringt:
Ihr armen Völker, singt!

Laßt euer Lied ertönen,
Den Erdkreis zu versöhnen,
Gott in der Höh' sei Ehr',
Er straft euch nun nicht mehr.

Gott hat von uns entrücket
Den Feind, der uns erdrücket,
Die Vögel singen laut,
Daß sie den Herrn geschaut.

Rundgesang gegen Unterdrücker des Werdenden in der Literatur
(1808)

Auf ihr meine deutschen Brüder
Feiern wollen wir die Nacht,
Schallen soll der Trost der Lieder
Eh der Morgenstern erwacht,
Laßt die Stunden uns beflügeln,
Daß wir aus der dunklen Zeit,
Wie die Lerche von den Hügeln
Flüchten in die Göttlichkeit.

Alter Glanz ist nun verflogen,
Gestern ist ein leeres Wort,
Scham hat unsre Wang umzogen,
Doch der neue Tag scheint dort.
Unerschöpflich ist die Jugend,
Jeder Tag ein Schöpfungstag,
Wer mit froher reiner Tugend
Fördert was sein Volk vermag.

Eine Erndte ist getreten
Von dem Feinde in den Koth,
Eh ihn unsre Schwerter mähten,
Doch wir wuchsen auch in Noth,
Eine Saat ist aufgestiegen,
Drachenzähne setzt die Brut,
Mag es brechen, wills nicht biegen,
Jugend hat ein heißes Blut.

Bei gestürzten Edeltannen
Steigt die Saat viel freier auf,
Als wenn seltne Strahlen rannen
Durch der Wipfel Säulenknauf;
Ruhmessäulen setzen Gränzen,
Unsrer Jugend frischem Glück,

Frischer Lorbeer soll dich kränzen,
Deckt kein alter Kranz den Blick.

Hebt die Hüthe auf zur Sonne,
Lüftet euch dem frischem Wind;
Athmet ein die Segenswonne,
Erster Athem sey dirs, Kind;
Bade rein vom alten Staube,
Heb dein Aug in Morgenglück,
Und es kommt der alte Glaube
Mit dem neuen Muth zurück.

Es geht die Welt in Sprüngen
(1809)

Es geht die Welt in Sprüngen,
Und wer den Takt nicht hält,
Auf seine Nase fällt,
Mag er curios sich stellen,
Was hilfts in solchen Fällen,
Zum Zusehn fehlt die Zeit,
Die Welt ist gar zu weit,
Es geht die Welt in Sprüngen.

Seit Gott nun genialisch
Ist es die Welt nicht mehr,
Der Herr ists gar zu sehr,
O aller Welt Spectakel,
Was macht er für Mirakel,
Und was wir Großes thun,
Lief ab von seinen Schuhn,
Seit Gott nun genialisch.

Die Welt ist gar zu müde,
Sie steht auf einmal still,
Was das bedeuten will?
Nachdem so viel geschoren,

So klingts ihr in den Ohren:
Lebst du noch, alter Gott,
So zeig dich ohne Spott!
Die Welt des Spotts wird müde.

Das Lied vom Babylonischen Thurme

Als der Thurm zu Babylon
Mit dem Haupte wankte,
Läuft der Meïster gleich davon,
Der vorher sich zankte,
Steckt den Plan in seine Tasche,
Saugt sich Muth aus voller Flasche,
Läßt sie nicht von seinem Mund,
Bis er sieht auf ihren Grund.

Lächelnd tritt er in sein Haus,
Spricht als rechter Kenner:
Diese Rechnung war zu kraus,
Zähler ohne Nenner,
Mauern ohne Fundamente,
Sprache, die uns Menschen trennte,
Seht, der Mond stieß an die Spitz',
Da verbrannte sie der Blitz.

Gieb dem Himmel alle Schuld,
Wenn du schlecht bestanden,
Und du gehst in eigner Huld
Nimmermehr zu schanden.
Ist der Thurm dir eingefallen,
Diese Dummheit kommt von allen,
Wer das Geld hat nach dem Streit,
Gilt doch einzeln für gescheit.

Doch die Zeit will neue Thaten

Doch die Zeit will neue Thaten
Und erzählt ist schon genug,
Gott im Himmel wird uns rathen,
Schützt uns vor des Teufels Trug,
Wird uns seine Sänger senden,
In des Schmerzes Einsamkeit,
Daß wir ahnden, wie zu enden
Das Beginnen dieser Zeit.

Auf Menschen sollst du nicht vertrauen

Auf Menschen sollst du nicht vertrauen,
Sie kennen nur die eigne Noth,
Es überkommt sie leicht ein Grauen,
Und du lebst einsam in dem Tod.

Vertrau dem Wort in deiner Seele,
Das dir nicht eigen, du bist sein,
Es dringt aus freudensel'ger Kehle,
Es klingt in deinem Jammerschrein.

Die Glocke wird umsonst geschwungen,
Trifft sie kein harter Hammerschlag,
So wird das Wort von dir errungen,
Du bebst dem Klange lange nach.

Der Kindheit Schrein und Freudenlallen
Hat manchen ernsten Mann belehrt,
Das Wahre muß uns erst gefallen,
Das jeden in sich selbst bekehrt.

Des Paradieses Frucht bewahre,
Der Apfel reift zur Weihnachtszeit,
Und du wirst selbst das ewig Wahre,
Suchst du des Schönen Seligkeit.

Laßt uns ruhig weiter bauen

Aus tiefer Not schrei ich zu dir,
Herr Gott, vernimm mein Rufen!

Laßt uns ruhig weiter bauen,
Nur auf Gottes Himmel schauen,
Wie er alle Sterne trägt,
Sonn' und Mond sich da bewegt.
Ein Vertrauen strahlt hernieder,
Fallet auf die Kniee nieder,
Herr, mein Gott, dich loben alle.

Nein, die Sündflut kommt nicht wieder,
Und das Feuer stürzt nicht nieder,
Es erhebet himmelauf
Alles zu der Sterne Lauf:
Ein Vertrauen strahlt hernieder,
Fallet auf die Kniee nieder,
Herr, mein Gott, dich loben alle.

Eine Taube laß ich fliegen,
Die Gebete werden siegen,
Nicht der Feinde wilder Fluch;
Schon mit gleichem Flügelflug
Bringet sie ein Ölblatt wieder:
Fallet auf die Kniee nieder,
Herr, mein Gott, dich loben alle.

Wo soll ich mein Haus nun bauen?
Laß dein Angesicht nur schauen
In der Liebsten Angesicht
Durch die wolk'gen Locken licht:
Ein Vertrauen strahlt hernieder,
Fallet auf die Kniee nieder,
Herr, mein Gott, dich loben alle.

Nur noch eines mir gewähre,
Daß ich selber mich erkläre,
Denn ich fürchte, was ich such',
Allzuhoch ist wohl mein Flug:
Doch, Vertrauen strahlt hernieder,
Höher schwebt die Sonne wieder,
Herr, mein Gott, du schufst uns alle.

Wenn die Stadt auch soll vergehen,
Laß mich *ihr* zur Seite stehen,
Daß uns drängt zum engsten Raum
Süße Not, wie in dem Traum.
In der Not sind alle Brüder,
Ja, ich sag es bald ihr wieder,
Wie sie mir so wohl gefalle.

Hast du Sprache doch gegeben
Jedem Menschen mit dem Leben;
Sprach' und Leben ist ihr Blick,
Kündet mir verborgnes Glück,
Ein Vertrauen strahlt hernieder,
Sie vergibt und liebt mich wieder;
Herr, mein Gott, dich loben alle.

Grüner Wald im deutschen Lande
(1810)

Grüner Wald im deutschen Lande,
Könnte ich dich wiedersehen,
Wiederfühlen dein kühles Wehen
Ohne Schande.

Rhein, du bringst das Gold im Sande,
Spiegelst Sonne an die Trauben,
Füll' den Becher mit altem Glauben
Bis zum Rande.

Wein, du kühlest mich im Brande
Wie die feuerroten Rosen,
Die mit kühlenden Lippen kosen
Meine Schande.

Rosen, die mit kühlem Bande
Hier die heiße Stirne kränzen,
Stächen mich bei den heitern Tänzen
Deutscher Lande.

Deutsches Blut, zerreiß die Bande,
Deutsche Berge stehen feste,
Und der Adler entsteigt dem Neste
Ohne Schande.

Still bewahr es in Gedanken
(1810)

Still bewahr es in Gedanken
Dieses tief geheime Wort,
Nur im Herzen ist der Ort,
Wo der Adel tritt in Schranken,
Wenn die Jugend in den Nöthen
Hellaut rufet mit Trommeten.

In den Schranken stehn die Ahnen,
Wenn der Zweifel Kampf beginnt,
Wie aus Fels die Quelle rinnt,
Frischend ihre Geister mahnen,
Geister werden zu Gedanken,
Halten fest, wo allen wanken.

Geister sind in jedem Hause,
Wecken aus dem Schlaf den Muth,
Also rinnt das edle Blut,
Geistig wie der Wein beim Schmause,
Daß vereinet, die getrennet,
Eine Lieb' in allen brennet.

Immer mit dem größten Maße
Mißt des Hauses Geist das Kind,
Und das Kind sich dehnt geschwind,
Will sich zeigen von der Rasse,
Was ihm Herrliches bescheeret,
Zeigt sich höher, sicher währet.

Nicht die Geister zu vertreiben,
Steht des Volkes Geist jetzt auf,
Nein, daß jedem freier Lauf,
Jedem Haus ein Geist soll bleiben:
Nein, daß adlig all auf Erden,
Muß der Adel Bürger werden.

Auf den Tod des Mahlers Runge

(am 2. Dezember 1810)

Sonett

Die Tage werden kurz, die Nächte lang
Die kranke Erd' erträgt nicht mehr die Lust,
Da flammt der Baum im Herbst, sich unbewußt,
Mit rothem Blatt; uns ward vom Wunder bang!

Weil dunkle Zeit mit diesem Glanze rang,
So kreist der Saft in sich, wird sich bewußt,
Sein neues Licht verengt ihm Herz und Brust,
Er schaut's im Strom, der ihn dann bald verschlang.

Er schaut, wie durch der Blätter Farbenthor
Der Regenstrom des Herbstes siegend zieht,
Und seufzet mit in seinem Todeschor:

»Wer sich erkannt, der hat hier ausgeblüht,
Lebt *einst* in Früchten, die er jetzt verlor;
Einst *lebt* die Kunst, die euch mein *Tod* errieht.«

Ich sehe ihn wieder
(1811)

Ich sehe ihn wieder
Den lieblichen Stern;
Er winket hernieder,
Er nahte mir gern;
Er wärmet und funkelt,
Je näher er kömmt,
Die andern verdunkelt,
Die Herzen beklemmt.

Die Haare im Fliegen
Er eilet mir zu,
Das Volk träumt von Siegen,
Ich träume von Ruh',
Die andern sich deuten
Die Zukunft daraus,
Vergangene Zeiten
Mir leuchten ins Haus.

Nachruf an Heinrich Ferdinand von Krosigk
(1813)

Nun die Schlacht vorüber,
Nun die Lebenden gezählt,
Ach der Tote, der uns fehlt,
War vor allen uns doch lieber,
Und der Nachruf klingt so trüb:
Ach der Tote war uns lieb
Und die Nacht, die uns umgiebt,
Hat vor allen ihn geliebt,
Hat ihn an ihr Herz gelegt,
Und so schwer an Thränen trägt.
Ach was ist hier Lieben?
Alles, was uns hier entzückt,

Uns der Erde frei entrückt!
Und ihr fragt, wo Er geblieben?
Jedes Leben wäre Wahn,
Wenn es nicht des Himmels Bahn;
Droben weiß das Herz die Lust,
Die es suchte unbewußt,
Und das Kreuz auf seinem Grab
War der Liebe Wanderstab.

Fichte

Gestorben am 29. Januar 1814

Sonett

Auch dich hat uns die Pest der Zeit entrissen,
Dich muthigsten Bestreiter schlechter Zeit;
Du hattest dich als Opfer ihr geweiht,
Als du ihr strafend riefest in's Gewissen.

Es war die Welt von Zweifeln lang zerrissen,
Du sahst den Abgrund, wie er tief und weit,
Doch wie der Römer warst du kühn bereit
Ihn zu verschließen nach dem besten Wissen;

Du warfest *dich* hinein, um ihn zu füllen,
Du sprachst zu Deutschen, als die Andern schwiegen,
Du riefst uns aus der Schmach zu neuen Siegen.

»Bekämpft die Zeit in *euch* mit heil'gem Willen!«
So riefest du. – Den Bogen spannt im Stillen
Die tück'sche Zeit, – auch du mußt ihr erliegen.

Oeffne nicht die goldnen Thore
(1815)

Oeffne nicht die goldnen Thore,
Staub und Nebel sind mein Schild,
Schalle nicht zu meinem Ohre,
Stimmenfrühling, selig mild.

Ließe ich mich einmal stören
In der Mühle der Geschäfte,
Möchtet ihr mich neu bethören,
Heimatlose, wilde Kräfte.

Fühl euch noch in Seelentiefen,
Die mich einst zur Höh getrieben,
Wo von Stromfall Felsen triefen,
Und kein Korn damit zerrieben.

Wo kein Wind durch Mühlenflügel,
Nur durch Adlerflügel stürmet,
Und die Wolken überm Spiegel
Weiter Seen spielend thürmet.

Wo die Erde wagt zu tragen,
Was ihr kleidet, Blumenkränze,
Wo das Korn sich nie darf wagen
Ueber die Befreiungs-Grenze.

Wo der Heerden Muthwill irret
Durch die grüne Nahrungsfülle,
Und der Vogel sinnlos schwirret
Ewig freudig durch die Stille.

Sonne, schließt die goldnen Thore,
Staub ist mir ins Aug gestreuet,
Stimmenfrühling, schweig dem Ohre,
Daß dein Larm mich nicht zerstreuet.

Wozu Erde, als zum Pflügen,
Wozu Heerden, als zum Schlachten,
Nur zur Mühle Winde fliegen,
Nur zur Mühle Ströme trachten.

Braust des Mühlstroms zahm Geäder
Schwerem Dienste lang geweihet,
Durchs Geklapper der Mühlräder
Auch die Eselschaar sich reihet:

»Nehmt die Säcke auf den Rücken
Mit den Schlägen zum Willkommen,
Muß ich mich doch selber bücken,
Wenn der Mühle Gäste kommen.«

Sonne, schließ die goldnen Thore,
Staub ist mir ins Aug gestreuet,
Stimmenfrühling, schweig dem Ohre,
Daß dein Lärm mich nicht zerstreuet.

Wenn ich auf der Mühlenwage
Recht im Unrecht mir abschätze,
Seht, das gilt am jüngsten Tage,
Und ich leb nach dem Gesetze.

Das Gesetz der Weltgeschichte
Ist bald früh, bald spät beschworen,
Daß im Schweiß vom Angesichte
Brodt und Weisheit wird geboren:

Denkt voraus ins thätge Leben,
Was ihr hofft, und was ihr suchet,
Jenem seid ihr hingegeben,
Was euch lockt, wird euch verfluchet.

Der Welt Herr

Morgenstund hat Gold im Munde,
Denn da kommt die Börsenzeit
Und mit ihr die süsse Kunde,
Die des Kaufmanns Herz erfreut:
Was er Abends spekuliret
Hat den Kurs heut reguliret,

Eilend ziehen die Kuriere
Mit dem kleinen Kursbericht,
Daß er *diese Welt* regiere
Von der *andern* weiß ichs nicht:
Zitternd sehn ihn Potentaten
Und es bricht das Herz der Staaten.

Kaufherr und Bauer

Parabel

Ein Kaufherr verirrte sich beim Spazieren
Und mochte wohl großen Hunger verspüren;
Er tritt in den nächsten Bauernhof ein
Und fragt nach Braten und fragt nach Wein;
Doch das alles hat der Bauer heut nicht,
Drum setzt er ihm vor von seinem Gericht:
Ein trockenes Brot, einen dürren Käs',
Daß er davon nach Gefallen äß'.
Der Kaufherr läßt sich ein Schnittchen schmecken,
Der Hunger mußte den Tisch ihm decken;
Er bietet zum Scherz dem Bauer viel Geld,
Der Bauer nimmt's ohne Gottvergelt;
Er bittet den Bauer, als er nun satt,
Daß er den Weg ihm zeige zur Stadt,
Da wollse er ihn auch wieder traktieren.
Der Bauer mag sich nicht lange zieren,
Er zeigt ihm den Weg; sie kommen zum Haus,

Als aufgetragen der Mittagsschmaus.
Der Kaufherr nötigt ihn zu dem Tisch,
Eh noch die andern gekommen, und frisch
Während der Kaufherr in die Briefe guckt,
Hat der Bauer das ganze Essen verschluckt;
Und als er aufblickt, steht noch allein
Ein Limburger Käs' auf dem Tische sein,
Der in der Gegend gar selten ist.
Doch unser Bauer ihn nicht vergißt
Und spricht: »Das Essen ist leicht gewesen,
Da hab ich vor allem den Käse erlesen,
Um meinen Magen dran satt zu weiden.«
Er tut ihn in drei Stücke zerschneiden,
Das eine nimmt er sogleich aufs Brot;
Der Kaufherr sieht starr, jetzt bleich, dann rot,
In des Bauers gewaltigen Rachen hinein:
»Es ist Limburger Käse!« sagt er ganz fein.
Der Bauer spricht trocken: »Das hab ich geschmeckt!«
Und nach dem zweiten Stücke sich streckt.
»Er kostet zwei Thaler!« im Vorwurf spricht
Der Kaufherr, doch mit frechem Gesicht
Der Bauer entgegnet: »Das ist er wert!«
Und ruhig sein zweites Stück auch verzehrt.
Doch als er nun nach dem dritten auslangt,
Dem Kaufherr in tiefer Seele bangt
Und traurig ruft er: »Es ist der letzte!« –
»Das ist's, was ich an dem Käse recht schätzte!«
Der Bauer spricht, als er's verschlucket hat,
»Seid ruhig, mein Guter, ich bin nun satt!«
Wischt sich den Mund und geht aus dem Haus.
Der Kaufherr rechnet, was es gekostet, aus
Und kriegt so viel zusammen zu addieren,
Daß er nicht mehr wollt' aufs Land spazieren.
Und als die Frau nach Haus gekommen,
Da hat er erst gute Lehren vernommen:
»Daß es verschiedene Stände gebe,
Und daß kein Kaufherr mit Bauern lebe,

Daß alles müsse seine Ordnung haben;
Der eine soll schreiben, der andre soll graben;
Wer Bauern mit Fasanen wollt' füttern,
Der müsse sich begnügen mit armen Rittern,
Die wolle sie eilig in der Küche braten.« –
So geht es im kleinen, so geht's in den Staaten!

Hier zu Land

Hier zu Land
Gilt die Hand,
Die mit Kunst
Lohnt die Gunst
Sündger Frauen,
Daß sie schauen
Sich im Bild
Heilig mild.
»Raphael,
Gut Gesell,
Mahle mich,
Ich bitt' Dich, stich
Mark Anton,
Lieb ist Lohn,
Und ein Kuß,
Helfen muß.«
Andre Staaten
Andre Saaten,
Andre Städtchen
Andre Mädchen,
Andre Orte
Andre Worte,
Andre Kleidung
Und Bescheidung,
Andre Seen
Andre Ehen,
Andre Flüsse
Andre Fische,

Andre Netze
Und Geschwätze,
Laut und leise
Um die Preise,
Andre Küche
Und Gerüche,
Hier nach Knoblauch
Dort nach Lob-Rauch,
Frische Fische
Gute Tische,
Kommt ein frischer
Herzensfischer,
Wird gebraten,
Mit Salaten
Froh gegessen,
Und vergessen,
Denn der Fang
Hält nicht lang
Nur wer stirbt
Der verdirbt.

Epigramme

Adel

Nun so freut euch des Glücks, ihr Adlichen, starrt nicht wie andre,
Freut euch, weil es noch währt, trauert nicht wenn es vergeht.
Nur im trockenen Stamm da bauen die Bienen sich Nester,
Fresset den Honig jetzt aus, denn der Stammbaum ist dürr.

Genie

Fragt nicht woher der Genius komme auf wenige Menschen,
Alle, alle, sind Kinder des Genius doch.
Fragt nicht woher die Spitzen der Berge entstanden,
Fragt zuerst nur warum, manche der Spitzen verschwand.

Geschichtschreiber

Hofrath du machest mich bang mit Zahlen und ewgem Zitieren
Wäre der Teufel noch mod, sicher zitirtest du ihn
Aber du führst mit Verstand Geschichten über das Glateis,
Fliegt aus dem Schlitten was weg, heist das kritischer Sinn
Sublimire in Worte den Rost des alten Metalles,
Giebt doch Blumen der Zink, die zum Mahlen geschickt.
Ach was bleibet dir nun, ist die Geschichte geblieben,
Lies sie nur jegliches Jahr, ziehe dein schönes Gehalt.

Sturm

Gegen den Sturm anlaufen das ist wohl muthig zu fühlen
Mit dem Sturme zu ziehn ist doch wahrlich nicht leicht.

Schluß

Wie die Spuren mein Wagen: so lasse ich mancherley Reihen,
Folget doch willig mir nach, Unlust machet nicht froh.
Eines erbitte ich mir, nicht fahret auf selbigen Spuren,
Ihr verderbet mir sonst diesen geebneten Weg.

Zur Erinnerung des Frühlings 1816

In jedem Frühling, jeder Blüthe
Begrüßet uns das Vaterland,
Es feiert still der Schwerbemüthe,
Daß er's im Herzen wiederfand;
Und wer kein Vaterland verloren,
Dem ist der Kindheit Lust geboren.
Er klaget nicht in Regengüssen,
Und blendet sich in Blitzes Glühn;
Sie wecken auf, die wir noch missen,
Bald werden alle Freunde blühn,
Der Himmel sinkt zur Erde nieder,
Das Wetter schweigt, die Nacht singt wieder.

Oliviers Berchtolsgadner Landschaft
(1818)

Ich schließ die Augen, und vor meinen Blicken
Steht noch das Bild und zwingt mich, es zu sehen,
Die Alpenhöhen bleiben glänzend stehen,
Die Wolkenschäflein ziehn auf ihren Rücken.

Und wie der Bach, im Talgrün ungesehen,
Die Ulmen nährt, die seinen Rand umschmücken,
So fühl ich auch in Worten voll Entzücken,
Daß heimlich große Wohltat mir geschehen

Mich tränkten diese reinen Bergesquellen,
Ich atme Luft, in der die Berge prangen,
Ich horch dem Rauschen aus den Wasserfällen;

Die Wanderzeit ist mir nicht mehr vergangen,
Ich kann die Bergluft mir im Geist bestellen,
Vergeistigt hat mich Wirklichkeit umfangen.

Gebet

O Herr, gieb deiner Gaben viel,
Damit Wir dich erkennen!
Die Sorge macht die Herzen kühl,
In Freuden sie entbrennen,
Und glühen für das ewge Heil
In dieses Lebens rascher Eil.

In deinem Lichte schwindet Neid,
Wie Reif in Frühlingssonne,
Wer trüge sich mit falschem Leid
In deiner Gnadenwonne!
Wer sehnte sich nach falschem Geist
Dem du den heilgen Geist verleihst!

Wen schreckte Furcht vor seinem Heil,
Der deinen Muth empfunden!
Wen tödtete die Langeweil,
Der thätig dir verbunden!
Wer fühlte nicht der Jugend Kraft,
Der je in deinem Geiste schafft!

In deiner Stunde that er mehr,
Der deine Ruh erfahren,
Als sonst betrübt und traurig sehr
In freudelosen Jahren.
Du bist allein die wahre Zeit,
Nach dir mißt sich die Ewigkeit.

Und eine Kirche baust du auf
In seligen Gedanken
Und einen Himmel auch darauf,
Die stehen ohne Wanken;
Und wo in Noth die Seele bebt,
Jedem dein Geist das Herz erhebt.

O Herr, du wahrer Frühlingstag,
Du kannst gefange Herzen lösen,
Wie auch das Wetter drohen mag,
Wie stark die Sehnsucht nach dem Bösen,
Du hältst was du verkündet hast,
Als du auf Erden unser Gast!

Ich grüsse dich, du reines Licht,
Mit meinem tiefsten Athem
Du schenckst dein freudig Angesicht
Und deiner Liebe Thaten,
Und breitest deine Hände aus
Hell segnend deiner Kinder Haus.

Wir knieen nicht auf hartem Stein,
Auf weichem Grab wir knieen;
Der Himmel ist so klar und rein,
Und alle Welt im Blühen;
Des Geistes Wort blüht ohne Zwang
Zu deiner Stimme süssem Klang!

Ja, die Zeichen sind erfüllet

Ja, die Zeichen sind erfüllet,
Als sich der Himmel so dunkel umhüllet,
Sonne auf blutenden Gleisen entstieg.
Wie die häuslichen Tiere sich bargen,
Ha! da schauderte allen vorm Argen,
Ahnend der Unterwelt nahenden Sieg.

Glühender, stiller werden die Winde,
Vögel verfliegen vom Neste geschwinde,
Säulen des Wassers wirbeln im Meer,
Rollende Donner von unten nach oben
Gegen die Flammen, die unter uns toben,
Stiebet der Himmel in Blitzen sich leer.

Gärende Tiefe will neu sich erheben,
Unterweltschatten durchstoßen im Beben
Lieblicher Auen blühenden Grund,
Jupiter schleudert vergebens die Blitze
Von des dröhnenden Götterbergs Spitze
Nach des Vulkanes eröffnetem Schlund.

Weh! die Titanen sich wieder erkühnen,
Schon die feurigen Augen erschienen,
Schon der dampfende Atem sich hebt,
Schön wie ein Fruchtbaum im Herbste zu schauen,
Aber den Früchten ist nimmer zu trauen,
Denn sie zerschmettern bald alles, was lebt.

Sehet, die Zähne im geifernden Munde
Reißen dem Berge die berstende Wunde,
Lange verschloß er die glühende Wut,
Sehet, der Atem der Riesen entbrennet,
Zündend mit bläulicher Flamme hinrennet,
Sticket der Menschen erdreistenden Mut.

Könnten sie dräuend die Glieder noch regen,
Tapfer die Brust entgegen ihm legen,
Fühlten sie rächend dies Leiden nicht ganz,
Aber die glühenden Arme, sie schwinden
Mutige Augen im Feuer erblinden,
Jammernd verrinnet begeisternder Glanz.

Erde und Himmel zusammen sich brennen,
Chaos, das alte will keiner erkennen,
Wehe dem letzten, der alles das sieht.
Jeglicher glaubt sich geblendet der letzte,
Ehe die stromende Lava sich setzte,
Wie sie jetzt dampfend hernieder sich zieht!

Doch da steht der Glutstrom gebannet,
Langsam sich jeder vom Schrecken ermannet,
Suchet und findet das eigene Haus,

Findet die Seinen und forschet entzücket,
Wie sie dem Feinde alle entrücket,
Alle erkennen ein Wunder im Graus.

Leiser ertönet der siegende Himmel,
Ziehet zum Berge der Wolken Getümmel,
Ströme zum alten Bette zurück.
Kühlende Blitze durchspülen die Ferne.
Einzeln entzünden sich wieder die Sterne
Wie der Versöhneten liebender Blick.

Luna, die ziehet im glänzenden Wagen,
Schauer verwundert die Freuden und Klagen,
Leuchtet, beleuchtet das Wallen der Welt,
Daß die Verirrten die Straße erkennen
Und die Verwirrten sich freudig anrennen.

Aus meiner Zelle treibt mich fort

Aus meiner Zelle treibt mich fort
Die leere Einsamkeit,
Es füllet sie kein heilig Wort,
Es nährt den innern Streit.
Das innre Leben ward nicht mein,
Weil ich das äußre mied,
Das Ewige will nicht zeitlich sein,
Das in der Zeit erblüht.

Es gleicht mein bleiches Angesicht
Des Grabes Bild von Stein,
Es scheint gewesen, strahlt kein Licht
Ins Innere hinein.
Die Sanduhr gleicht der Todeshand,
Lauft ab des Lebens Geist,
Es hat sie keiner umgewandt,
Und keiner naht mir dreist.

Der fromme Schauder war bald hin,
Der mich der Welt entriß,
Ein endlos Meer ist kein Gewinn,
Wenn ich das Land vermiß.
Ich flehte, daß ein höhres Wort
Der Seele Flügel wär,
Es riß mich keins zum Himmel fort,
Ich blieb mir immer schwer.

Weh jedem, dem hier nichts geschieht,
Weil alles scheint gering,
Weh jedem, der hier gar nichts sieht,
Weil er das Licht verhing,
Der sich in die Beschauung senkt
Und nichts zu schauen hat
Und, was er findet, immer denkt,
Daß er des Denkens satt.

Es treibt mich wieder in die Welt,
Die ich mit Hohn verließ,
Ach, wie sie mir so wohl gefällt,
Die ich einst von mir stieß!
Als ob ich nimmer von ihr ließ,
So bin ich drin zu Haus,
Gewinn, der Seligkeit verhieß,
Spielt schon das Leben aus.

Es spiegelt sich die Ewigkeit
In engster Gegenwart,
Und rückwärts die Vergangenheit
Erscheint von höchster Art,
Wie ein verlornes Paradies
Seh ich's vor meinem Blick,
Was ich betrauert, war so süß,
Was ich verflucht, mein Glück.

Ich suche nach dem reichen Schmuck,
Den ich ins Wasser warf,

Mein Finger sehnt sich nach dem Druck
Von der zerschlagnen Harf,
Mein Mund nach jener Lippen Hauch,
Den Seligkeit verschließt,
O spräche er doch wieder auch,
Nun Frühling mich begrüßt!

Es kehret wieder jeder Keim
Aus Winters Einsamkeit,
O kehrte sie auch wieder heim
Zu dieser Frühlingszeit:
Es meidet keiner Lebensnot,
Wohin er sich entzieh,
Und wer nicht sorgt für täglich Brot,
Genießt das ewge nie.

Durchbrich das Gitter, das dich hält
Von mir wie Todesband,
Zum Schweigen schuf nicht Gott die Welt,
In ihr dies Frühlingsland.
Er gab dir mehr als einen Mund,
Der die Gebete lallt,
Es ist ein Herz des Busens Grund,
Es spricht mit Allgewalt.

Des Herzens Stimme schallt zurück
Aus jeder Nachtigall,
Die in dem Garten sucht ihr Glück
In weißer Blüten Fall,
O dieser Schnee, er ist so heiß,
Und dieser Duft so süß,
Wer's Frevel nennt, ich sag es leis,
Dies ist das Paradies.

… auf der Rastrirung ist eine gar anmuthige musikalische Landschaft zu schauen, die wie der Augenschein ergiebt, ein ganz vortrefflicher Canon ist, den die lieben Englein aus den Wolken heraus posaunen und der Teufel mit einem falschen Strohbaß accompagniert, wodurch alle Uebel und alles Böse, unter anderm auch die schlechten Journale in das himmlische Jerusalem eingeschwärzt werden. Die solidesten viereckigen Noten sind herunter gesunken, und die Töne sind so gründlich fest und gedrungen und widerhaltig, daß sie in ihren Haufen wie Berge da stehen, und die Leute ordentlich darauf herumgehen und drin graben und pflanzen können. Dabey hat sich alles in schöner geologischer Folge und Ordnung zusammengefügt; schichtenweise liegen die Accorde, die gröblichten, körnigen Baßnoten sind, wie bei b zu sehen, zuerst niedergesunken, und haben einen groben festen Granit gebildet; fern erfolgt das Uebergangsgebürge bey c, dann gehts mit Discant und Alt bis nach und nach ins zwey und dreygestrichene a hinüber, und die Kuppen werden so spitz wie Nadeln, während anderwärts ein Pizzicato eine merkwürdige Nagelfluhe gebildet hat. Und wie nun alles so fertig gewesen, da sind die Menschen gekommen, und haben fortgefahren, wo die Englein nachgelassen, und auch musizirt und psallirt, und da ist in der Mitte bey f die Stadt entstanden ... Die Stadt hat sich aber bald mit der schönen Natur entzweyt, und der benachbarte Berg streckt durch ein angenehmes Naturspiel dem Neste die Zunge bellend entgegen. In der Ferne g steht das Schloß ... mit einem runden Thurme aus b molle etwas schadhaft, weil der Sturm von Jericho gleich nach der Verfertigung in ihm ausgeführt worden, und einigen Viereckten aus Dur. Nachdem aber die vernünftigsten Creaturen so ihr Werk vollbracht, sind, was bey i zu sehen, nun die Unvernünftigen gleichfalls eingerückt, und moquiren sich über alles, und wollten etwas Bessres machen, es giebt aber wie vorauszusehen nichts als Ställe und Koven u. dgl. Es erklärt das aber recht schön den andern Theil von dem wir Auskunft geben wollten, die Hundeschnauzen nämlich: Simia, der Affe, hockt in der Expedition und zeigt aufs Blatt; da stehen die Geschnautzten umher und heulen nach wie's geschrieben steht fiat Lux, aber Mohrenköpfe! es giebt nur schlechte Brühe, und alle Morgen werden mit neuem Gespühlig die Tröge gefüllt, und da treibt die Bande nun Völlerey mit, und schlappert sie aus bis auf den Boden. Willst du die Gans nit lassen, räuberischer Fuchs! – Schriftproben – schwirrt der Zug im Hintergrunde dahin, umsonst läuft der Listige dem Braten davon, das Publicum nach: Heysa, so lauft denn immer nur zu ...

(J. Görres aus »Correspondenznachrichten aus Bädern und Brunnenorten«)

VOLKSLIEDER

Aus »Des Knaben Wunderhorn«

Das Wunderhorn

Ein Knab' auf schnellem Roß
Sprengt auf der Kais'rin Schloß,
Das Roß zur Erd' sich neigt,
Der Knab sich zierlich beugt.

Wie lieblich, artig, schön
Die Frauen sich ansehn;
Ein Horn trug seine Hand,
Daran vier goldne Band.

Gar mancher schöne Stein
Gelegt ins Gold hinein,
Viel Perlen und Rubin
Die Augen auf sich ziehn.

Das Horn vom Elefant,
So groß man keinen fand,
So schön man keinen fing,
Und oben dran ein Ring

Wie Silber blinken kann,
Und hundert Glocken dran
Vom feinsten Gold gemacht,
Aus tiefem Meer gebracht,

Von einer Meerfei Hand
Der Kaiserin gesandt
Zu ihrer Reinheit Preis,
Dieweil sie schön und weis'.

Der schöne Knab' sagt auch:
»Dies ist des Horns Gebrauch:
Ein Druck von Eurem Finger,
Ein Druck von Eurem Finger,

Und diese Glocken all'
Sie geben süßen Schall,
Wie nie ein Harfenklang
Und keiner Frauen Sang,

Kein Vogel obenher,
Die Jungfraun nicht im Meer
Nie so was geben an!«
Fort sprengt der Knab' bergan,

Ließ in der Kais'rin Hand
Das Horn, so weltbekannt;
Ein Druck von ihrem Finger,
O süßes, hell Geklinge!

Die mystische Wurzel

Von Jesse kommt ein Wurzel zart,
Daraus ein Zweig von Wunderart,
Der Zweig ein schönes Röslein bringt,
Das wunderlich vom Zweig entspringt.

Die Wurzel der Stamm Davids ist,
Maria, du das Zweiglein bist,
Dein Sohn, die Blum', die schöne Ros',
Ist Gott und Mensch in deinem Schoß.

Der heilig Geist von dir allein
Erschaffen hat das Kindlein fein,
Gleichwie die Sonn' durch ihre Kraft
Allein von Zweiglein Rosen schafft.

O Wunderwerk! auf einem Stiel
Stehn Röslein und auch Blätter viel,
O Wunderwerk! In Gottes Sohn
Sind zwei Naturen in Person.

Rot ist die Ros', grün ist das Blatt,
Ein Zweiglein gleichwohl beide hat,
Also man zwei Naturen find't
Und ein Person in diesem Kind.

O Zweig! dich ziert die schöne Blum',
Die Ros' dir bringt Lob, Ehr' und Ruhm,
Die Ros das Zweiglein nicht verstellt,
Dein Jungfrauschaft dein Kind erhält.

Drei Schwestern:
Glaube, Liebe, Hoffnung

Es wollt' ein Jäger jagen
Dort wohl vor jenem Holz.
Was sah er auf der Heiden?
Drei Fräulein hübsch und stolz.

Die erste hieß Frau Glaube,
Frau Liebe hieß die zweit',
Frau Hoffnung hieß die dritte,
Des Jägers wollt' sie sein.

Er nahm sie in der Mitte,
Sprach: »Hoffnung, nicht von mir laß!«
Schwang s' hinter sich zurücke
Wohl auf sein hohes Roß.

Er führt' sie gar behende
Wohl durch das grüne Gras,
Behielt's bis an sein Ende
Und nimmer reut' ihn das.

Hoffnung macht nicht zuschanden
Im Glauben fest an Gott,
Dem Nächsten geht zu Handen
Die Liebe in der Not.

Hoffnung, Liebe und Glaube,
Die schönen Schwestern drei,
Wenn ich die Lieb' anschaue,
Ich sag, die größt' sie sei.

Nachtmusikanten

Hier sind wir arme Narrn
Auf Plätzen und auf Gassen
Und tun die ganze Nacht
Mit unsrer Musik passen.

Es gibt uns keine Ruhe
Die starke Liebesmacht,
Wir stehen mit dem Bogen
Erfroren auf der Wacht;

Sobald der helle Tag
Sich nur beginnt zu neigen,
Gleichen stimmen wir die Laut',
Die Harfen und die Geigen.

Mit diesen laufen wir
Zu mancher Schönen Haus
Und legen unsern Kram,
Papier und Noten aus.

Der erste gibt den Takt,
Der andre bläßt die Flöten,
Der dritte schlägt die Pauk',
Der viert' stößt die Trompeten.

Ein andrer aber spielt
Theorb und Galischan
Mit gar besonderm Fleiß,
So gut er immer kann.

Wir pflegen auch so lang
An einem Eck zu hocken,
Bis wir ein schön Gespenst
Hin an das Fenster locken;

Da fängt man alsbald an
Vor der Geliebten Tür
Verliebte Arien
Mit Pausen und Suspir.

Und sollten vor der Wacht
Wir endlich weichen müssen,
So macht man, statt der Händ',
Die Läufe mit den Füßen.

Und also treiben wir's
Oft durch die lange Nacht,
Daß selbst die ganze Welt
Ob unsrer Narrheit lacht.

Ach schönste Phyllis, hör
Doch unser Musizieren
Und laß uns eine Nacht
In deinem Schoß pausieren.

Laß rauschen, Lieb, laß rauschen

Ich hört ein Sichlein rauschen,
Wol rauschen durch das Korn,
Ich hört ein Mägdlein klagen,
Sie hätt ihr Lieb verlorn.

Ich hört ein Hirschlein rauschen,
Wol rauschen durch den Wald,
Ich hört mein Lieb sich klagen:
»Die Lieb verrauscht so bald.«

»Laß rauschen, Lieb, laß rauschen!
Ich acht nicht wie es geh;
Ich hab mir ein Buhlen worben
In Veiel und grünem Klee.«

»Hast du ein Buhlen worben
In Veiel und grünem Klee,
So steh ich hier alleine,
Thut meinem Herzen weh.«

Gedankenstille

Vögel, tut euch nicht verweilen,
Kommet, eilet schnell herzu,
Wölfe, höret auf zu heulen,
Denn ihr störet meine Ruh'.

Götter, kommt und helft mir klagen,
Ihr sollt alle Zeugen sein,
Dürft' ich es den Lüften sagen
Und entdecken meine Pein.

Wehet nur, ihr sanften Winde,
Bächlein, rauschet nicht so sehr,
Fließt und wehet jetzt gelinde,
Gebt doch meinem Lied Gehör.

Äst' und Zweige, tut nicht wanken,
Bäum' und Blätter, haltet still,
Weil ich jetzo in Gedanken
Euch mein Leid entdecken will.

Morgenlied

Steht auf, ihr lieben Kinderlein,
Der Morgenstern mit hellem Schein
Läßt sich sehn frei gleich wie ein Held
Und leuchtet in die ganze Welt.

Sei willkommen, du lieber Tag,
Vor dir die Nacht nicht bleiben mag,
Leucht uns in unsre Herzen fein
Mit deinem himmelischen Schein.

Frühlingsblumen

Herzlich tut mich erfreuen
Die fröhliche Sommerzeit,
All mein Geblüt erneuen,
Der Mai in Wollust freut,
Die Lerch' tut sich erschwingen
Mit ihrem hellen Schall,
Lieblich die Vögel singen,
Dazu die Nachtigall.

Der Kuckuck mit seinem Schreien
Macht fröhlich jedermann,
Der Abends fröhlich reihen
Die Mägdlein wohlgetan,
Spazieren zu dem Brunnen,
Bekränzen sie zur Zeit,
Alle Welt sich freut in Wonnen
Mit Reisen fern und weit.

Es grünet in dem Walde,
Die Blumen blühen frei,
Die Röslein auf dem Felde
Von Farben mancherlei;
Ein Blümlein steht im Garten,
Das heißt Vergißnitmein,

Das edle Kraut zu warten
Macht guten Augenschein.

Ein Kraut wächst in der Aue
Mit Namen Wohlgemut,
Liebt sehr die schönen Frauen,
Dazu die Holderblüt,
Die weiß und roten Rosen
Hält man in großer Acht,
Tut's Geld darum verlosen,
Schöne Kränze daraus macht.

Das Kraut Jelängerjelieber
An manchem Ende blüht,
Bringt oft ein heimlich Fieber,
Wer sich nicht dafür hüt';
Ich hab es wohl vernommen,
Was dieses Kraut vermag,
Doch kann man dem vorkommen,
Wem lieb ist jeder Tag.

Des Morgens in dem Taue
Die Mädlein grasen gehn,
Gar lieblich sich anschauen,
Bei schönen Blümlein stehn,
Daraus sie Kränzlein machen
Und schenken s' ihrem Schatz,
Tun freundlich ihn anlachen
Und geben Ihm ein' Schmatz.

Darum lob ich den Sommer,
Dazu den Maien gut,
Der wendet allen Kummer
Und bringt viel Freud' und Mut;
Der Zeit will ich genießen,
Dieweil ich Pfennig hab,
Und den es tut verdrießen,
Der fall' die Stiegen herab.

Subrosa

Mitten im Garten ist
Ein schönes Paradies,
Ist so schön anzusehn,
Daß ich möcht drinnen gehn.

Als ich im Gärtlein war,
Nahm ich ein Blümlein wahr,
Brach mir ein Röselein,
Das sollt mein eigen sein.

Das Röslein glänzt so fein
Wie Gold und Edelstein,
War so fein übergüldt,
Daß es mein Herz erfüllt.

Ich nahm das Röslein fein,
Schloß es ins Kämmerlein,
Stellt es an einen Ort,
Da es ja nicht verdorrt.

Wollt mal ins Kämmerlein gehn,
Wollt nach dem Röschen sehn,
Als ich kam an den Ort,
War mein schön Blümlein fort.

Saß ein schön Jungfrau da,
Gar freundlich mich ansah,
Die sprach: »Erschrick nur nicht!
Denn ich bin dir verpflicht,
Denn ich bin deine Braut,
Du sollst mir sein vertraut.«

Wär ich ein Knab geboren

Es wollt ein Mädel grasen,
Wollt grasen im grünen Klee,
Da begegnet ihm ein Reiter
Des Morgens in aller früh.

Der spreitet seinen Mantel aus
Wol über den grünen Klee:
»Ach komm, du hurtig Mägdelein,
Und setz dich zu mir her!«

»Wie wollt ich dürfen sitzen,
Hab meiner Mutter kein Gras,
Hab gar ein zornigs Mütterle,
Sie schlägt mich alle Tag.«

»Hast du ein zornigs Mütterle
Und schlägt dich alle Tag,
So sag, du hast dein Fingerle
Verwundt im grünen Gras.«

»Wie wollt ich dürfen lügen,
Das sieht sie mir gleich an,
Viel lieber will ich sagen:
Der Reiter will mich han.«

»Ach Mutter, liebe Mutter,
Ach gebt mir einen Rath!
Es reitet mir all Frühmorgen
Ein hurtiger Reiter nach.«

»Ach Tochter, liebe Tochter,
Den Rath, den geb ich dir:
Laß du den Reiter fahren,
Bleib noch das Jahr bei mir!«

»Ach Mutter, liebe Mutter,
Der Rath der ist nicht gut;
Der Reiter ist mir lieber
Als all dein Hab und Gut.«

»Ist dir der Reiter lieber
Als all mein Hab und Gut,
So bind deine Kleider zusammen
Und lauf dem Reiter zu!«

»Ach Mutter, liebe Mutter,
Der Kleider hab ich nicht viel;
Gib mir nur hundert Thaler,
So kauf ich was ich will.«

»Ach Tochter, liebe Tochter,
Der Thaler hab ich nicht viel;
Dein Vater hat alles verrauschet
In Würfel- und Kartenspiel.«

»Hat mein Vater alles verrauschet
In Würfel- und Kartenspiel,
So sei es Gott geklaget,
Daß ich sein Tochter bin.

Wär ich ein Knab geboren,
Ich wollte ziehn ins Feld,
Ich wollte die Trommel rühren
Dem Kaiser um sein Geld.«

Die Mordwirthin

Es warn einmal zwei Bauerssöhn,
Die hatten Lust in Krieg zu gehn,
Wol ins Soldatenleben.

Sie bleiben aus eine kleine Weil,
Sie machen sich Geld und Brot dabei,
Auch ungrische Ducaten.

Sie haben sich ganz kurz bedacht
Und haben sich wieder nach Hause gemacht;
Frau Wirthin sprang entgegen.

»Frau Wirthin, habt ihr die Gewalt
Ein Reiter Nacht aus zu behaltn
Dazu und auch gastieren?«

»Warum werd ich die Gewalt nicht habn
Einen Ritter über Nacht zu behaltn
Dazu und auch gastieren?«

»Frau Wirthin, tragt auf und was ihr wollt,
Ich hab viel Silber und rothes Gold,
Ich kanns ja wol bezahlen!«

Der Reiter setzt sich oben an Tisch
Man trug ihm auf gebackne Fisch
Dazu ein Kann mit Weine.

Und als es war als da man schlief,
Frau Wirthin ihrem Manne rief:
»Ach Mann, ich kann nicht schlafen.«

Sie macht das Pfännchen mit Fette heiß
Und schütts den Reiter in Hals hinein:
Es bleibt doch nicht verschwiegen!

Sie nahm ihn an seiner schneeweißen Hand
Und schleift ihn in Keller in kühlen Sand:
»Hier lieg und bleib verschwiegen!«

Sie nahm das Pferd bei seinem Zaum
Und führt es unter den Weidenbaum:
»Hier steh und bleib verschwiegen!«

Und als es kam um Morgen früh,
Der Kamerad stund vor der Thür:
»Frau Wirthin, wo ist der Reiter?«

»Der Reiter der ist nicht mehr hier,
Er ist geritten in aller Früh,
Der Reiter und der ist weiter.«

»Wie kann der Reiter weiter sein?
Er kann in eurem Hause sein,
Sein Pferd steht dort alleine.

Habt ihr dem Reiter was Leids gethan,
So habt ihrs eurem lieben Sohn gethan,
Der aus dem Krieg ist kommen.«

Sie hat sich in den Brunnen gesprengt,
Er hat sich in die Scheuer gehängt:
Müssen an einem Tag drei sterben.

Trinklied

Ich ging einmal nach Grasdorf nein,
Da kam ich vor die Schenke,
Und da ich vor die Schenke kam,
Da fieng mich an zu dursten.
Der Wirth der setzt mich oben an,
Er dacht, ich wär der beste;
Ei Mutter Gottes ja
Mainblümlein bla,
Wie lachten die andern Gäste!

Und weil ich nun gegessen hatt,
Da sollt ich auch bezahlen,
Da sprach der Wirth »ein Thaler«,
Ei Mutter Gottes ja
Mainblümlein bla,
Da hatt ich keinen Thaler.

Der Wirth der zog mein Röckle aus
Und jagt mich in die Scheune,
Ei Mutter Gottes ja
Mainblümlein bla,
Wie lang war mir die Weile!

Und als es gegen Morgen kam,
Da träufelts von dem Dache,
Ei Mutter Gottes ja
Mainblümlein bla,
Da mußt ich selber lachen.

Und als es gegen Mittag kam,
Da zog der Wirth mirs Käpple aus
Und jagt mich auf die Straße;
Und als ich auf die Straße kam,
Die Schuh warn sehr zerbrochen,
Ei Mutter Gottes ja
Mainblümlein bla,
Da lief ich auf den Socken.

Gruß

So viel Stern am Himmel stehen,
An dem güldnen blauen Zelt,
So viel Schäflein als da gehen,
In dem grünen grünen Feld,
Soviel Vögel als da fliegen,
Als da hin und wieder fliegen!
So viel mal sei du gegrüßt!

Soll ich dich denn nimmer sehen,
Nun ich ewig ferne muß?
Ach das kann ich nicht verstehen,
O du bittrer Scheideschluß!
Wär ich lieber schon gestorben,
Eh ich mir ein Lieb erworben,
Wär ich jetzo nicht betrübt.

Weiß nicht, ob auf dieser Erden,
Die des herben Jammers voll,
Nach viel Trübsal und Beschwerden
Ich dich wiedersehen soll.
Was für Wellen, was für Flammen
Schlagen über mir zusammen,
Ach wie groß ist meine Noth!

Mit Geduld will ich es tragen,
Denk ich nimmer nur zu dir,
Alle Morgen will ich sagen:
O mein Lieb, wann kommst zu mir?
Alle Abend will ich sprechen,
Wenn mir meine Äuglein brechen:
O mein Lieb, gedenk an mich!

Ja, ich will dich nicht vergessen,
Enden nie die Liebe mein;
Wenn ich sollte unterdessen
Auf dem Todbett schlafen ein,
Auf dem Kirchhof will ich liegen
Wie das Kindlein in der Wiegen,
Das die Lieb thut wiegen ein.

Lebewohl

Morgen muß ich weg von hier
Und muß Abschied nehmen;
O du allerhöchste Zier,
Scheiden das bringt Grämen.
Da ich dich so treu geliebt
Über alle Maßen
Soll ich dich verlassen.

Wenn zwei gute Freunde sind,
Die einander kennen,
Sonn' und Mond bewegen sich,

Ehe sie sich trennen.
Noch viel größer ist der Schmerz,
Wenn ein treu verliebtes Herz
In die Fremde ziehet.

Dort auf jener grünen Au
Steht mein jung, frisch Leben,
Soll ich dann mein Lebelang
In der Fremde schweben?
Hab ich dir was Leids getan,
Bitt dich, woll's vergessen,
Denn es geht zu Ende.

Küsset dir ein Lüftelein
Wangen oder Hände,
Denke, daß es Seufzer sein,
Die ich zu dir sende:
Tausend schick ich täglich aus,
Die da wehen um dein Haus,
Weil ich dein gedenke.

Zur Kupfererklärung ein Sonet obenein

Sag du Kleiner in dem Stülchen,
Sag was klinget da dein klein Ding.
Ist das etwa auch ein Klingding,
Ich verbitte mir dies Spielchen.

Spielst du an auf mich du Leichtschwing,
Ey so mach ich dich zum Zielchen,
Mache dir ein schlecht Gefühlchen,
Schieß dich todt mit deinem Spitzding.

Schieß nur Alter, sieh den Bogen,
Warf ich weg, weil er gebrochen,*
Und du stahlst ihn ungezogen.

Amor wird an dir gestochen,
Mit der Klapper ungelogen,
Schleudr ich nieder all dein Pochen.

---

* Die Art, wie dieser berühmte Bogen gebrochen, ist von einem Augenzeugen in Keilschrift erzählt; ich erhielt den Stein vor ein Paar Tagen, und übersetzte die Inschrift in einer müßigen Viertelstunde, einige Sprachfehler des Verfassers habe ich verbessert: Homer war gestorben, er hatte drey Söhne, die beiden Ältesten gaben sich mit Kritik der Schriften ihres Vaters ab, der jüngste las sie zu seiner Freude. Der Vater vermachte dem die Leyer, welcher in sein todten Körper dem Herzen am nächsten mit seinem Pfeilgeschoß treffen würde, denn er meinte, es wäre nur einer von den dreien sein rechter Sohn. Die beiden Aeltesten ergriffen ihr kritisches Pfeilgeschoß und schossen in die Brust. Der Jüngste hatte noch kein Geschoß, da gab ihm Amor das Seine, als er aber losdrücken wollte, übernahm ihn die Wehmut, er zerbrach den Bogen auf seinem Knie und entsagte lieber allem Antheil an der köstlichen Leyer. Da gab Apollo sein Urtheil: Daß dieser jüngste Sohn die Leyer allein besitzen sollte, denn er hätte seines Vaters Herz getroffen mit seiner Liebe, die anderen aber wären unechte Söhne und sollten auf die Erde gejagt werden, wo mehr ihrer Art wären, die ihr lebelang kritisirten. – Der Bogen aber war ganz inzwei.

Von Volksliedern

An Herrn Kapellmeister Reichardt.

Wenn das Volk beim Einzuge seines Helden die Pferde vom Wagen spannt, so thut es das wohl nicht, weil es besser ihn zu ziehen meint; ebenso spreche ich von Volksliedern im allgemeinen nur darum, einen guten Sinn zu bewähren, nicht aber die wichtigen Untersuchungen über einzelne derselben zu verdrängen oder aufzugeben. Daß ich zu Ihnen spreche, findet in unsrer Befreundung sein Recht und in der Sache seinen Grund. Haben Sie doch selbst mehr gethan für alten deutschen Volksgesang als einer der lebenden Musiker: haben Sie ihn doch nach seiner Würdigkeit den lesenden Ständen mitgeteilt; haben Sie ihn doch sogar auf die Bühne gebracht. In allem Hohen ist kein Überdruß, so werden Sie sich gern wieder mit mir zu einer hohen und herrlichen guten Sache hinwenden. – Ich führe Ihnen manche Beobachtung vor, aus verschiedenen Zeiten, aus verschiedenen Gegenden, alle einig in dem Glauben, daß nur Volkslieder erhört werden, daß alles andre vom Ohre aller Zeit überhört wird. – Was ist erhört? – Alles, was geschieht, was nur entfallen, nicht vergessen werden kann, was nicht ruht, bis es das Höhere hervorgebracht, das ist erhört. Wohl wußte ich das lange nicht; – viele werden es mir nie glauben; denn jeglicher muß selbst im Schweiße seines Angesichts den Kreis der Zeit um und um bis zum Anfange in sich durchlaufen, ehe er weiß, wie es mit mir steht und wie mit ihm. – Was ich unsre Zeit nenne, was in allen lebt als Methode, was keinem ein Wunder, das fängt mir in der Welt der Nachgedanken mit Kirchenliedern an; lange von mir nicht gehört, bleiben sie mir doch gegenwärtig. Ich hörte sie als Kind von meiner Wärterin beim Ausfegen der Zimmer, das in gleichem Zuge sie begleitete. Mir ward dabei ganz still. Ich mußte oft daran denken. Jetzt mögen Kinder sie seltener horen, und ich weiß nicht, an was sie statt ihrer denken mögen. Nachher hörte ich in geselligen Kreisen allerlei Lieder in Schulzens Melodien, wie sie damals in raschen Pulsen des Erwachens sich verbreiteten. Mein Hofmeister rühmte sie nächst Gellert. Mir war es nur ums Ausschreien darin zu thun; die Langeweile der Welt kümmerte mich nicht. Jetzt muß ich sagen, sie sind nicht ohne Beistand gewesen das damalige Streben zu Krankheit und Vernichtung (die Sentimentalität)*: es war doch darin ein wahrer Ton wie im derben Lachen aus Herzensgrund. Nachher scheint mir die Kraft wunderlich zerrissen. Vieles geht glänzend vorüber; da steht die Menge mit offnem Munde; dann sinkt es unter im Hexenkessel überschätzter Wissenschaft, worin sie damals überkocht wurde. Was mir im Worte lieb, das hörte ich nie allgemein singen, und die schönen Melodien pfiff ich lieber nach, um die falschen Kuckuckseier zu verdrängen, welche dem edlen Singvogel ins Nest gelegt worden. Hörte ich von Gebildeten nach Ihrer Eingebung zum Flügel singen: »Kennst du das Land, wo die Citronen blühen«, da sah ich die vier Wände umher wie herkulische Säulen, die nun für lange Zeit den thätigen,

---

* Ich verstehe hier unter *Sentimentalität* das Nachahmen und Aufsuchen des Gefühls, das Schauspielen mit dem Edelsten, was nur im Spiele damit verlorengehen kann; nicht verstehe ich darunter jene Sentimentalität, das menschliche Gefühl, wie es im einzelnen sich ausdrückt, wogegen die Neuntöter, die philosophischen Schüler wohl schreiben (auch wohl wirken, wenn kein lebendiger Volksgeist es aufhebt) und darin zusammenkommen mit der ersten schimpflichen Sentimentalität zu demselben Mittelpunkte, zur Seligkeit eines Steins in Unempfänglichkeit und Unfruchtbarkeit der Lust. Keine Schule ist hiermit besonders bestimmt, sondern alle; denn wie die Begeisterung der Pythia mit Ermattung verbunden, so den Philosophen die Schüler. Die Philosophen sind ewige Nilmesser einer entwichenen Gottesflut und Erhebung; ihre Schüler wollen aber das Unmögliche leisten: zu messen, was nicht mehr vorhanden ist. Darum möchten sie gerne Zeichen geben und Wunder thun können. Dem Rechten ist aber das Zeichen an die Stirn geschrieben; die Wunder geschehn aber nur im Zukünftigen. Was vergangen, ist notwendig; was sie gethan, ist vergangen.

lebhaften Teil des Volkes von dem feurigen Bette der Sonne trennen. Sah ich dann still vor sich jemand den wunderbaren Fischer (Goethes) lesen, so war mir, als sähe ich den herrlichen Gedanken halb ziehen halb sinken ins Wasser; keine Lust wollte sich ihm gestatten. – So ging es dem Herrlichen, während die schlechten Worte zum Theater sich erhoben, das damals mit Redensarten national werden wollte, in der That aber immer fremder wurde der Nation, zuletzt sich sogar einbildete, über die Nation erhaben zu sein (wohl um einiger Fuß hoher Bretter willen, wie das Hochgericht über die Stadt). Ja, wie ein Wiederhall führte der edle Klang diese schlechten Worte durch die Gassen, und die ernsten blauen Chorschüler, wenn sie vor dem Hause sich zusammenstellten, waren von dem Streit des Doktors und Apothekers, des Poeten und Musikers befangen. Ein schönes Lied in schlechter Melodie behält sich nicht, und ein schlechtes Lied in schöner Melodie verhält sich und verfängt sich, bis es herausgelacht; wie ein Labyrinth ist es: einmal hinein, müssen wir wohl weiter; aber aus Furcht vor dem Lindwurm, der drin eingesperrt, suchen wir gleich nach dem ausleitenden Faden. So hat diese leere Poesie uns oft von der Musik vielleicht die Musik selbst herabgezogen. Neues muß dem Neuen folgen, nicht weil die Neuen so viel Neues geben konnten, sondern weil so viel verlangt wurde; so war einmal einer leichtfertigen Art von Liedern zum Volke Bahn gemacht, die nie Volkslieder werden konnten. In diesem Wirbelwind des Neuen, in diesem vermeintlichen urschnellen Paradiesgebären auf Erden waren auch in Frankreich (schon vor der Revolution, die dadurch vielleicht erst möglich wurde) fast alle Volkslieder erloschen; noch jetzt sind sie arm daran, – was soll sie an das binden, was ihnen als Volk festdauernd sei? Auch in England werden Volkslieder seltener gesungen; auch Italien sinkt in seinem nationalen Volksliede, in der Oper durch Neuerungssucht der leeren Leuchte; selbst in Spanien soll sich manches Lied verlieren und nichts

Bedeutendes sich verbreiten. – O mein Gott, wo sind die alten Bäume, unter denen wir noch gestern ruhten, die uralten Zeichen fester Grenzen, was ist damit geschehen? – was geschieht? Fast vergessen sind sie schon unter dem Volke; schmerzlich stoßen wir uns an ihren Wurzeln. Ist der Scheitel hoher Berge nur einmal ganz abgeholzt, so treibt der Regen die Erde hinunter; es wächst da kein Holz wieder. Daß Deutschland nicht so weit verwirtschaftet werde, sei unser Bemühen!

*

Wo ich zuerst die volle, thateneigene Gewalt und den Sinn des Volksliedes vernahm, das war auf dem Lande. In warmer Sommernacht weckte mich ein buntes Geschrei. Da sah ich aus meinem Fenster durch die Bäume Hofgesinde und Dorfleute, wie sie einander zusangen:

»Auf, auf, ihr Brüder und seid stark!
Der Abschiedstag ist da;
Wir ziehen über Land und Meer
Ins heiße Afrika.«

Sie brachen ab und auf zu ihren Regimentern, zum Kriege. Damals klang manches daran, was mir so in die Ohren gefallen; alles reizte mich höher, was ich von Leuten singen hörte, die nicht Sänger waren, zu den Bergleuten hinunter bis zum Schornsteinfeger hinauf. Später sah ich den Grund ein, daß in diesen schon erfüllt, wonach jene vergebens streben, auf daß ein Ton in vielen nachhalle und alle verbinde,* der höchste Preis

---

* Ich kann mich nicht enthalten, die wunderbar herrliche Vorrede Georg *Forsters* zu seinem *Frischen Liedlein*, Nürnberg 1552, als eines meiner liebsten Herzblätter, zur Erläuterung des Gesagten mitzuteilen:

»Freundlicher lieber Singer und der edlen Musik Liebhaber! Es sind in einigen Jahren unter andern Gesängen, so bisher gedruckt worden, mancherlei teutsche Liederbüchlein durch den

des Dichters wie des Musikers, ein Preis, der nicht immer jedem Verdienste gefällt (wie manche Blume wird zertreten, aber das frische Wiesengras bringt tausend), aber auf lange Zeit gar nicht erschlichen werden kann, so daß jedes hundertjährige Lied des Volkes entweder in Sinn oder in Melodie, gewöhnlich in beiden tauget. –

Und als ich dieses feste Fundament noch unter den

Druck ausgegangen; wie aber die zum Teil sein, will ich denen, so des Gesanges einen Verstand haben, zu bedenken geben.

Ich übergebe mein Liederbüchlein, damit alte teutsche Lieder, so doch noch, wenn ich sagen dürfte, schier die besten sind, samt ihren Meistern, welche mit der Musik auferzogen, umgegangen und ihr Leben damit beschlossen haben, nicht ganz und gar vergessen, und an ihrer Statt nicht viel ungereimte, neue Kompositionen, die doch gar keine rechte teutsche liederische Art haben, gebraucht würden; sondern daß ich auch die mit solchen schlechten Liedern zerstörte schöne und liebliche Kunst der Musik, welche bei den Alten ehrlich und in großen Würden gehalten, möchte erhalten und fördern. Insonderheit dieweil bei allen Fröhlichkeiten und Kurzweilen frische gute teutsche Lieder zu singen oder auf den Instrumenten zu brauchen gebräuchlich: durch welches denn viel unnützes Geschwätz, unflätisch Zutrinken, darzu zänkisch und haderlich Spielen und andere Laster möchten verhindert werden. Wie ich denn oft von einem trefflichen teuren Manne gehört habe, als er sagt, daß unter allen Kurzweilen, damit man die Zeit zu vertreiben führt, er kein göttlichere, ehrlichere und schönere Kurzweil wüßte, denn die liebliche Musik, daß alle andere Kurzweile, als Spielen, Fechten, Ringen, Springen, dahin gericht wären, daß sich jeder nur aufs beste beflisse, damit er dem, mit welchem er solche Kurzweil übet, möchte überliegen, abgewinnen, und zu bevorteilen, daraus denn mancher Undank und Zank und Hader entspringe. Die Musik aber hat kein andres Fürhaben, denn dass sie gedächte, wie sie nur die Einigkeit der Stimmen mit allem Fleiß möchte erhalten und aller Mißhellung wehren.«

Der schönen Auswahl dieses Mannes dankt unsre Sammlung mehrere der besten Lieder, woraus zu ersehen, daß Verdienst nicht untergehen kann.

Wellen, die alten Straßen und Plätze der versunkenen Stadt noch durchschimmern sah, da hörte ich auf, mich über die großenteils mißlungenen Versuche vieler Dichter und Musiker, besonders des Theaterwesens, zu ärgern. Vielleicht würde einmal das Vortreffliche sonst gar nicht entstehen, gar nicht verstanden werden! Wo etwas lebt, da dringt es doch zum Ganzen: das eine ist Blüte, das andre Blatt, das dritte seine schmierige Wurzelfaser; alle drei müssen vorhanden sein, auch die saubern Früchtchen, die abfallen. Störend und schlecht ist nur das Verkehrte in sich, der Baum mit der Krone eingepflanzt; er muß eine neue Krone, eine neue Wurzel treiben, oder er bleibt ein dürrer Stab. Dieser Art von wahrer Störung ist die Beschränkung aller Theatererscheinungen in Klassen und für Klassen der bürgerlichen Gesellschaft, die entweder ganz unfähig der Poesie oder unbestimmt in ihrem Geschmacke geworden. Beschränkung ist aber das Tugendprinzip der Schwachheit; das Allgemeine verdammet sie; darum kann das Überschwengliche nie von ihr gefordert werden. Der Einfluß davon ist unbegrenzt; denn indem die Schauspieler das Gemeine vornehm machen wollen, machen sie das Ungemeine auch nichts weiter als vornehm – sie lassen Müller und Schornsteinfeger sich an einander abreiben. So suchen nun die Künstler aller Art, um in gleichen Verhältnissen zu leben, da ihren Lohn, wo sie selten hingehören und nimmermehr hineinpassen sollten, wo es der Zweck ist des ganzen mühevollen Lebens, sich so leise wie möglich neben einander wegzuschieben; sie denken nicht, daß die besten Steinschneider Sklaven, die besten altdeutschen Maler zünftig waren. Daher das Abarbeiten ihrer edelsten Kraft an Formen des Anstandes, die ihnen sich von selbst geben, kann sie selbst wirklich etwas Würdiges geben. Daher das Bemühen der Kunstsänger, zu singen, wie Vornehme gern reden möchten, ganz dialektlos; das heißt, sie wollen singen, ohne zu klingen, sie möchten blasen auf einem Saiteninstrumente. O ihr lebendigen Äolsharfen, wenn ihr nur sanft wäret; und wenn ihr sanft wäret, o hättet ihr doch Ton! Dem geschickten Künstler sind die Dialekte Tonarten;* er vernachlässigt keine, wenn er gleich nur in einer sich selbst vorgezeichnet finden kann. Das heutige Theater treibt sie aus einander nach Süden und Norden, Osten und Westen. Keiner kann sich fügen dem Fremden, da doch alle einander in Volksliedern begegnen, wie Lustkähne, die eben erst vom gemeinschaftlichen Gespräch im Dunkeln auseinandertreiben, bald wieder zusammen, sich gleich wieder verstehen durch Aneignen und Weiterstreben, wenn auch in jedem das Gespräch sich anders gewendet. – Hinter dem vornehmen Anstande, hinter der vornehmen Sprache versteckt, scheiden sie sich von dem Teile des Volks, der allein noch die Gewalt der Begeisterung ganz und unbeschränkt ertragen kann, ohne sich zu entladen, in Nullheit oder Tollheit. Unsre heutigen Theater- und Konzertteilnehmer, wie würden sie auseinanderspringen bei wahrer reiner Kunsthöhe! Sie würden umsinken in der reinen Bergluft oder fühllos erstarren. Ruft nicht diesen Ton, ihren eigenen, menschlichen Ton hinein, ihr Sänger! Sie würden springen wie Gläser, die, tausendmal aneinander gestoßen, doch nur zersungen werden können mit ihrem Ton. – Sei ruhig, gutes Publikum! den Ton haben deine Sänger längst verloren, das Lebende von dem Toten zu scheiden, dabei kannst du noch das Heil deiner schlaffen Seele in (dem englischen Salzfläschchen) ihrer höheren Kritik suchen, in den wenigen vortrefflichen Formeln, welche die ganze Welt packen

---

* Lorenz Medicis (Life of Medicis by Roscoe I, 296), der in der Welt zuhause wie ein andrer in seinen vier Wänden, verstand den Wert des Dialekts und schrieb zuerst in der Bauernsprache seines Landes, wie er für die Töchter der Stadt Tanzlieder erfand. Ein zierliches Bild stellt ihn dar, wie er, durch die Gassen streichend, abends zur Erfrischung ein Kränzlein von einer Schar tanzender Mädchen erhält. Wer möchte nicht um den Preis herrschen?

und sie in der Gravitation zwischen Ernährung und Zeugung erhalten, worin ihr wie Mücken spielt. – Mit großer Bravour können wohl diese vortrefflichen Kunstsänger ihren Kram ausschreien und ausstöhnen; man versuche sie nur nicht mit einem Volksliede, da verfliegt das Unechte. Laßt sie auch nicht mit einander reden! sie singen wohl noch mit einander; aber mit dem Sprechen geht der Teufel los. Entweder haben ihre Sangstücke so unbedeutenden Charakter, daß er gar nicht verfehlt werden kann, oder wenn wir zum rechten Verstande davon kämen, wir würden sie hinunterjagen von ihren Brettern und uns lieber selbst hinstellen, zu singen, was uns einfiele und allen wohlgefiele, Ball schlagen, ringen, springen und trinken auf ihre Gesundheit. – Wollt ihr Sänger uns mit der Instrumentalität eurer Kehle durch Himmel und Hölle ängstigen? Denkt doch daran, daß dicht vor euch ein großes physikalisches Kabinett von geraden und krummen hölzernen und blechernen Röhren und Instrumenten steht, die alle einen höheren, helleren, dauernderen, wechselnderen Ton geben, als ihr, daß aber das Abbild des höchsten Lebens oder das höchste Leben selbst, Sinn und Wort, vom Ton menschlich getragen, auch einzig nur aus dem Munde des Menschen sich offenbaren könne. Versteckt euch ebenso wenig hinter wälschen Liedern! dem einheimischen Gefühl entzogen, seid ihr dem Fremden nur abgeschmackt. Nein, es ist kein Vorurteil der Italiener, daß jenseits der Alpen nicht mehr italienisch gesungen werde, daß selbst nationale Sänger ihren reinen italienischen Gesang in der Fremde verlieren. Denkt auch *daran,* daß es gar nichts sagt, fremde Sprachen melodischer zu nennen, als nur daß ihr unfähig seid und unwürdig der euern! Das weiß ich wohl, die Kunstübung erbt ohne meinen Rat, wie die Pocken, in allen kränklichen Reizungen der Städtlichkeit, Philosophie und Liederlichkeit auf alle Wohlgesittete, die sich den Bart nicht scheren, wenn er lang, sondern wenn ihr Tag gekommen; nicht einheizen, wenn sie frieren, sondern wenn ihre Stunde kommt. Ja, es giebt ordentliche Register über die Kunst auf dem Rücken aller der buntjäckigen Leute, denen die alten Komödienzettel auf den Rücken geklebt sind, – ich meine die Journalisten. Wie vielmal diese Vögelscheuchen mit ihren unmaßgeblichen Meinungen sich drehen, wohin der Schlauch der Kunstspritzen sich wendet: – die Kunst wendet sich selten mit der Not unsrer Zeit zu einer reinen Thätigkeit; sie ist fast nie notwendig, sondern den meisten eine böse Angewohnheit (wie der Schnupftabak; die Leute verwundern sich, wie schnell sie den Geschmack aufgeben, wenn sie die Dose einmal in eine andre Tasche stecken). Es müßte sonderbar in ihren Winter hinein blühen, wenn ihnen so der Sinn für das Große eines Volks aufgehen sollte und für sein Bedürfnis. Darum sind eigentlich die Künstler aller Art der Welt so überflüssig, wie sie gegenseitig ärmlich sind. Zufrieden, wenn einer sie versteht unter Tausenden, glücklich, wenn dieser eine keinen Überdruß an ihnen erlebt! Mag nur keine neue Völkerwanderung kommen! – was würde von dem allen bleiben? – sicher keine athenische Ruinen!

Wir ahnen es schon hier, was wir, unsrer Geschichte nachgehend, so allgemein durchgreifend fanden: es wird wohl ein sehr allgemeines Verständnis zur früheren Geschichte ihm Grund legen. Denken wir dem nach auf dem dunklen schwankenden Schiffe der Gedanken, sehen wir uns um nach den Wunderblumen, nach den Wasserlilien,welche die fernen Küsten umgaben! Da sehen wir nur eine Stelle erleuchtet, dahin sieht des Steuermanns Auge: es ist die Windrose, sie schwebt fest und wandellos und führt uns wohl weit weg! Die Erde ist umschifft, wir haben kein heimliches Grauen mehr vor dem Weltende, es liegt fest und sicher vor uns wie unser Tod. Es ist in aller Welt ein Verbinden getrennter Elemente, welche die innere Kraft jedes Einzelnen schwächt, nur mit höchster Anstrengung jedes Einzelnen glücklich beendigt werden kann. – Vielleicht mag dies bloß allgemein sein, und darum gar nichts, aber so ist der Übergang immer von sich zur Welt; ich will ihn wenigstens nicht verschweigen, vielleicht daß einer ihn mit mir fand. – Zunächst hängt wohl dieses Herabsinken schönerer Bildung mit einer allgemeinen großen Erscheinung der vorigen Jahrhunderte zusammen, ich meine, mit dem allgemeinen Klage- und Elendwesen. Dieses sonderbare Bewußtsein – wie ein Träumender läßt es das Glück aus der Hand fallen, weil ihm träumet, es falle, er müsse danach greifen, und nun hält er Glück und Traum für nichts, weil es ihm nicht fortdauert. Als vorzeiten die Flagellanten in Selbstgeißelung wehklagend durch alle Straßen den Strom der Vorübergehenden in ihren Ton hineinrissen, so verstummte in dieser späteren Selbstpeinigung der Furcht noch einmal aller edle Gemütston. Die Regierungen glaubten es ihre Pflicht, diesen Jammer zu stillen, statt ihn in sich ausgehen zu lassen; aber sie waren demselben Zeitgeiste unterworfen; statt einer höheren Thätigkeit machten sie gegenthätige (antipoetische) Bemühungen; das Fieber sollte sich schwächer zeigen, indem sie die gesamte Kraft des Körpers minderten; von dem Zwecke des Fiebers hatten sie keine Vorstellung – es war ihnen ein Mißverhältnis, weiter nichts. Die notwendigen Lasten des bürgerlichen Vorteils wurden Einheimischen wie Fremden versteckt und heimlich; das Regierungswesen schien daher den Regierten dunkel und sündig. Noch mehr, es wurden ihnen Grenzen des Notwendigen gesetzt; man schnitt die Freude davon ab – so ward ihrem Leben aller Wert genommen; es entstand eine Sehnsucht nach dem Tode, an sich selbst der Tod, der mit seinem Knochenarm dem Lebenden eine Fallgrube gräbt. In der Liebe ist keine Furcht, sagt Johannes; es war diese Klage über die Selbstentleibung von Deutschland, wie jene der Chrimhilde, welche immer neue Verzweiflung herbeiführt. Die Spaltung war gemacht, der Keil eingetrieben; bald sollte der Staat nicht mehr für die Einwohner, sondern als Idee vorhanden sein. Manches Volk kannte seinen eignen Namen nicht mehr, und wo ein

Staat sich selbst geboren, da sah man, daß die andern eigentlich nur noch Namen waren. Wie die Bäume gemalt, so die Früchte – ein durchgeführter Schein, wo eines das andere darstellte. Räte sprachen wie Krieger, Krieger wie schlaue Räte; Festungswerke waren perspektivisch angelegt, Grenzen der Menschheit mit Wasserstraßen gezogen, über die gelegentlich jeder anstellige Hund hinüberschwimmt. Der Mensch ward Eigentum der Dinge dieser Welt. Dieses Elendsein wurde so auffallend wie aus wurmstichigem Holze der gelbe Staub. Allen hing es an, auch wenn nicht Splitter von demselben Holze. Die Sentimentalität war nur eine Färbung; ganz erscheint es in der kläglichen Sprache der niedern Stände vieler Gegenden. Weisheit wurde es, wie ein Unglückszeichen den freudigen Augenblick zu meiden, während seiner festesten Dauer sein Vergehen voraus zu sehen und mit der Erinnerung den künftigen hellen Blicken des Glückes zu trüben: es gab noch einen helleren. Jeder wußte über sein Leben etwas zu sagen, nur hatte keiner Leben. So wurde das Leben verachtet, der Tod gefürchtet und die Genialität bei dieser Ärmlichkeit in Völlerei gesetzt.* So war diese eitle Weisheit

* Es würde angenehm lauten, alles durchzugehen, was zu verschiedenen Zeiten genialisch genannt worden, wo aus dem zersplitterten Geiste der lebende Baum entwickelt wurde: kennen doch viele erst seine Festigkeit aus dem Gewichte, wodurch es zerreißt. Dem Takte nach setzte man Genie in schnelle, stoßweise, wenn gleich noch so unbedeutende Produktion, in prahlende Schwatzhaftigkeit und unvermögende Planmacherei; sein Boden schien der Schmutz jeder Art; den Vorüberziehenden mußte es seine Früchte auf den Kopf fallen lassen, in allem Sturm seine Blätter schlaff und jämmerlich senken, in der Ruhe immer rauschen, als wenn ein Sturm ginge. Die Vögel, die zutraulich darauf nisteten tückisch hinunterwerfen, schnell empor in falsches unbrauchbares Holz mußte es schießen, um schnell zu fallen. Wer verwundert sich nach solchen Antichristen, Talent verhaßt, Nichtigkeit geehrt zu finden! Die Wortspielerei unsrer Zeit hat Kunst und Genie einander entgegenge-

(wie die Petersburger Mägde um Schminke betteln sollen!) so wurde auf einmal die ganze Welt arm – schlechte Zeit, schlechte Sitten und Weltuntergang, verkündet in allem Frieden, in allem Überfluß, in allem Frühling! Weil keiner dem Drange seiner Natur, sondern ihrem Zwange nachleben wollte und konnte, so wurde schlecht Geld und kurze Elle in Gedanken wie auf dem Markte. Kein Stand meinte, daß er wie die Früchte der Erde durch sein notwendiges Entstehen trefflich gut sei, sondern durch einige Taufformeln vom Zweck ihres Geschäfts. So wollte der Adel das Blut verbessern; die Kaufleute bildeten sich ein, eigentlich nur zur sittlichen Kultur der Welt zu gehören, die Grübelnden dachten, in ihren Worten sei Seligkeit; die aber, welche alles verachteten, meinten es besonders getroffen zu haben. Es ließe sich viel sagen über die allgemeinen Aspekten dieser Phänomens, – gehen wir nur in die nächste Gemäldesammlung eines alten Hauses, wie auf einmal wahre Häßlichkeit und malerische Falschheit in die Welt gekommen. Wichtiger ist es, die Wirkungen dieser allgemeinen Erscheinung im Volksliede zu beobachten: sein gänzliches Erlöschen in vielen Gegenden, sein Herabsinken in andern zum Schmutz und zur Leerheit der befahrenen Straße.*

---

setzt; viel Kunst und wenig Genie, wird von den elendesten Nachahmereien gesagt. Keiner ist ohne Genie, wenngleich manche Werke ohne Genie sind: der eine kann die Tropfen zählen, dem andern ist's ein Platzregen, der eine steht im Nordlichte, der andere sieht's in der Ferne. Wenn Genie das Schaffende genannt werden kann, so ist Kunst die Art der Erscheinung dieses Geschaffenen. Genie ohne Kunst wäre Luft ohne Beschränkung, Kunst ohne Genie, wäre ein Punkt ohne alle Dimension.

* Die verkehrten Versuche einiger Gutgesinnten zur Herstellung und Ermunterung des Volksliedes durch Sammlungen, die weder den niedern Ständen gefielen, noch die höheren befriedigten, übergehe ich, meine Achtung in gleichem Sinne ihrem Sinne zu bezeugen.

Da alles, wie wir sahen, klagend und gebrechlich erschien, so verloren die Regierungen alle Achtung, alles Vertrauen zu dem Einzelnen; was nicht durch allgemeinen Widerspruch und Aufruhr sich verdammte, das schien der Aufmerksamkeit unwürdig, und dieser allgemeine Widerspruch wurde durch drückende Verbote in seiner Äußerung selbst dem bestgesinnten Herrscher so lange unhörbar gemacht, bis seine Wut, nicht sein besserer Wille alles überschrieen hatte. Wem der Zufall zu einer wirksamen Stelle verhalf, dem glaubte man einen solchen vollständigen Volksverstand angetauft, daß sich das ganze Volk in ihm ausspreche. Freilich, weinn *einer* nur reden darf, so redet er immer am klügsten; die Mühe, verschiedene Sinne zu vereinigen, wie es in der Beratschlagung versucht, in der Gesetzgebung ausgeführt wird, ward ganz überflüssig dadurch; man verwunderte sich über das kinderleichte Regierungsgeschäft. Das Volk kam dahin, die Gesetze wie Sturmwind oder irgend eine andere unmenschliche Gewalt zu betrachten, wogegen Waffnen oder Verkriechen oder Verzweifeln diente. In diesem Sinne wurde lange geglaubt, viele zusammen könnten etwas werden, was kein einzelner darunter zu sein brauche. So sollte sich kein einzelner Krieger bilden; sie wurden zur Ruhe und zum nährenden Leben eingepfercht; sie mußten dem ewigen Streite gegen die Barbaren entsagen. Man wollte keinen Krieger, doch wollte man Kriegsheere; man wollte Geistlichkeit, aber keinen einzelnen Geist. So wurde das Thätige und Poetische, wo nicht die allmächtige Not alle Kräfte lüftete, im Lehr- und Wehrstande allmählich aufgehoben; nur der Nährstand konnte nicht so unumschränkt vernichtet werden, – nähren mußte sich doch jeder, so kümmerlich es sein mochte. Darum finden wir auch das neuere Volkslied, wo es sich entwickelt, diesem angeschlossen in mäßiger Liebe, Gewerb- und Handelsklagen, Wetterwechsel und gepflügtem Frühling. Aber so wenig die Glieder ohne den Magen, so wenig war der Magen ohne die andern Glieder in jener uralten Fabel; auch der Nährstand wurde enger, freudenleerer, bedürftiger, befangener in dem Herkommen; nirgend leisteten Feld-, Haus- und Werkarbeit, die Notdurft des Menschen, wie's ihre Bestimmung, mit geringerer Not zu bestreiten. Die Scheidung zwischen Freude und Bedürfnis war einmal gemacht. Es ist das Eigentümliche des Bösen wie der Krankheit: wo es erscheint, da erscheint es ganz, in ganzer Thätigkeit. Das Gute hingegen und die Gesundheit wie Sterne dunkeler Nacht wird selten sichtbar; dafür leuchtet sie ewig, während der fliegende feurige Drache in Funken zerstiebt. Die Bauern mochten klagen, daß ihnen alle Freude milder Gabe genommen, die singenden frommen Bettler wurden wie Missethäter eingefangen und gefangen gesetzt; verkappt, still und heimlich mußte nun Armut umherschleichen. Wenigstens hätte das doch eine aufrichtige öffentliche Untersuchung erfordert, ob wir auf der Bildungsstufe uns befinden, wo sein eigner Herr nicht sein kann, der sich nicht selbst ernähren kann. Vielleicht würde sich finden, daß keiner mehr sein eigner Herr, daß alle bereits eingefangen sind in einem großen Arbeitshause: wozu also das Arbeitshaus im Arbeitshause? – Ich greife unter dem Vielen nur heraus, was mir am nächsten. – Wo es Volksfeste gab, da suchte man sie zu entweihen durch Abnehmung alles lebendigen Schmukkes oder durch ungeschicktes Umfassen, wobei sie ihn zerbrachen, oder bis sie gefährlich schienen in übler Nachrede. Schauspiel, Gaukelspiel und Musik, wie die Stadt sie zur Versöhnung für ihre Einkerkerung braucht, und das Land, wie es sich daran freut in dreitägiger Hochzeit, in taggleichen nachtgleichen Kirmes – alles dies wurde Eigentum einzelner, um es besteuern zu können, und durch den einen Schritt einem strengen, äußern Drange, einer fremden Bestimmung, einem Stolze unterworfen, als wäre solche Lust etwas für sich, ohne die, welche sie hören, als wären sie Meistergilden wie jene Alten.* Neue Feste konnten unter den Umständen so wenig als neue Sprüchwörter allgemein werden;

die Roheit äußerte ihr überflüssiges Leben in privilegierter Unzucht, Freude und Geist blieben in einzelnen Kreisen verschlossen, ein Spott gegen die andern und selbst verspottet; die bestehenden öffentlichen Vergnügen, Maskenbälle, Vogelschießen, Einzüge wurden meistens anteillosere Formen, wie alte heilige Christbäume armer Familien, immer wieder beleuchtet, immer dürrer in Blättern. Die Volkslehrer, statt in der Religion zu erheben, was Lust des Lebens war und werden konnte, erhoben schon früh gegen Tanz und Sang ihre Stimme: – wo sie durchdrangen, zur Verödung des Lebens und zu dessen heimlicher Versündigung; wo sie überschrieen, zum Schimpf der Religion. Der Nährstand, der einzig lebende, wollte thätige Hände, wollte Fabriken, wollte Menschen, die Fabrikate zu tragen; ihm waren die Feste zu lange Ausrufungszeichen und Gedankenstriche; ein Komma, meinte der, hätte es auch wohl gethan. Noch mehr, seine Bedürftigkeit wurde den andern Ständen Gesetz (sie mußten alle zur Gesellschaft medizinieren). Weil der Nährstand eines festen Hauses bedarf, so wurde jeder als Taugenichts verbannt, der umherschwärmte in unbestimmtem Geschäfte, als wenn dem Staate und der Welt nicht gerade diese schwärmenden Landsknechte und irrenden Ritter, diese ewige Völkerwanderung ohne Grenzverrückung, diese wandernde Universität und Kunstverbrüderung zu seinen besten, schwierigsten Unternehmungen allein taugten. Es ist genug träger Zug im Menschen gegen einen Punkt; aber selten ist die Thätigkeit, welche durch Einöden zieht und Samen wunderbarer Blumen ausstreut, zu beiden Seiten des Weges, wo er hintrifft, allen gegeben wie der Tau, wie der Regenbogen; doch wo er,

* Sie tragen viele vortreffliche Instrumente bei sich, warum verachten sie Landesinstrumente wie den Dudelsack? Den Hochländern nahm man das Schwert, weil sie gewöhnlich das Gewehr wegwarfen und damit fochten; auf den Schiffen weiß man es jetzt wieder zu gebrauchen.

vom Winde getragen, hinreicht, da endet die unmenschliche Einöde; es kommen gewiß, die sich unter den Blumen ansiedeln, um aus ihnen Lust und Leben zu saugen.

Warum zieht es uns in Büchern an, was wir von den ersten Entdeckungsreisen, von den Weltfahrten, von ziehenden Schauspielern, insonderheit was wir von dem wunderbaren Wandel des Zigeunerreichs lesen – im Kriege echte Soldaten, im Frieden zutrauliche Ärzte (dessen die gelernten sich jetzt fast alle entwöhnt)? Ich erinnere mich noch ihrer nächtlichen Feuer im Walde, wie sie mir aus der Hand wahrsagten: und sagten sie mir etwas Gutes, so sage ich wieder Gutes von ihnen. Wie die kleinen Zwerge, wovon die Sage redet,* alles herbeischafften, was sich ihre stärkeren Feinde zu Festen wünschten, sich selbst mit Brotrinden des Mahles begnügend, aber einmal für wenige Erbsen, die sie aus Not vom Felde nächtlich ablasen, jämmerlich geschlagen und aus dem Lande verjagt wurden, wie sie da nächtlich über die Brücke wegtrappelten, einer Schafherde zu vergleichen, wie jeder ein Münzchen niederlegen mußte, und wie sie ein Faß damit füllten: so danken wir die mehrsten unsrer Arzeneien den Zigeunern,** die wir verstoßen und verfolgt haben. Durch so viel Liebe konnten sie keine Heimat erwerben! –

Auch die hellen Triangel der böhmischen Bergleute klingen den Kindern nicht mehr, am Leitbande darnach zu treten; die treuen heil'gen Drei Könige begrüßen sie nicht mehr! – Aber was rede ich von Kindern, während

---

* Otmars Volkssagen, Bremen 1800 S. 327. Eine Sammlung aus einem kleinen Flecken von Deutschland, die bis auf einzelne Zusätze und Wortüberfluß als Muster ähnlicher aufgestellt werden kann. Es ist wie eine neue Welt schöner Erfindung, aber von den meisten vergessen, weil es weder Veilchensyrup noch Teufelskost, sondern weil es uns führt zu den Veilchen, auch wohl in die Behausung des Teufels.

** Ihr Lehrling war Paracelsus.

die Politiker zehnmal in einer Viertelstunde zwischen Aufklärung und Verfinsterung die Welt wenden lassen, weil es in ihre Köpfe aus allen Ecken hineinbläst, den alten Staub zu heben und wegzutreiben; vielleicht ist in der Zeit anderes geschehen, was nicht bemerkt wurde, eben weil es geschah! – Das Wandern der Handwerker wird beschränkt, wenigstens verkümmert, der Kriegsdienst in fremdem Lande hört ganz auf, den Studenten sucht man ihre Weisheit allenthalben im Vaterlande auszumitteln und zwingt sie voraus, darin zu bleiben, während es gerade das höchste Verdienst freier Jahre, das Fremde in ganzer Kraft zu empfangen, das Einheimische damit auszugleichen. Dafür wird dem Landmann gelehrt, was er nicht braucht, Schreiben, Lesen, Rechnen, da er wenig Gutes mehr zu lesen, nichts aufzuschreiben, noch weniger zu berechnen hat. In der Stadt macht die körperliche Übung drückender geistiger Anstrengung Platz, um Kinder in die Plätze der Männer einzuschieben. Es mag verkehrt sein,* wie zuweilen die Alten in den Schulen behandelt worden; aber

* Wenn ich es verkehrt nenne, wie die Alten in vielen Schulen betrieben, so ist es meine Erfahrung. An allen Orten des Altdeutschen war nichts, des Lateins zu viel, des Griechischen zu wenig. Verkehrt nenne ich der Annäherung-Schulen nationale Geschichte, das Eigenste des Volks den Alten nachzubilden, da doch diese nur wegen dieser erschöpfenden Nationalität vortrefflich sind. Bis jetzt sind unsre Chroniken, unsre einzigen Historiker, alle andern in konventioneller Ziererei und Ansicht versunken, und diese werden in Schulen ebenso wenig zugelassen als die nationalen epischen Gedichte; ja, es möchte den meisten Schulmännern sehr wunderlich noch vorkommen, wenn ich ihnen die Volkslieder als lehrreicher zur Deklamation als alle Hallerschen Gedichte aufstellte. Aber wie die Jungen in unsrer Zeit ganz alt unter einander thun müssen, um in die Gesellschaft der Alten geführt zu werden und in aller Schlechtigkeit sich früh abzuglühen, so impft man ihnen einen ästhetischen Ausschlag früh ein, die natürliche Verehrung und das Gefühl dessen zu unterdrücken, was wir selbst nur im glückli-

Wahnsinn ist es, während die Gebildeten sich ihrer als Meister rühmen und Eltern aus Gewohnheit ihnen wohl wünschen, daß unwissende Vorsteher diese einzige uns übrige feste historische Wurzel ausreißen. Sind denn Kinder Kartenblätter, die thörichte Spieler einander an den Kopf werfen? – Was erscheint, was wird, was geschieht? – Nichts? – Immer nur die Sucht der Bösen, die Welt sich und alles der Nichtswürdigkeit in der Welt gleich zu machen, alles aufzulösen, was enger als ein umzäuntes Feld an den Boden des Vaterlandes bindet. Der Gedanke, es ist derselbe Boden, auf dem wir in Lust gesprungen: – wer so denkt, wird fest und herrlich sich und seinen Nachkommen bauen; wem aber die Baukunst fehlt, dem fehlt ein Vaterland. Wer nun fühlt, daß seinem bessern Leben ein Vaterland fehlt? Geh in die Komödie, sagt mancher, da ist poetischer Genuß, da singt's und klingt's! – Aber was ist das, poetischer Genuß? – Wo das Wesen dem Leben ausgegangen, da sendet es einen Schatten zu unsrer Furcht, daß wir uns selber nicht vergessen. So ist unser Schauspiel vom wahren Volksschauspiel ein fratzenhafter Schatten; und kein Volksschauspiel kann entstehen, weil es den Künsten kein Volk giebt; die äußere Not hat sie verbunden, nicht innere Lust, sonst wäre ein Volk, so weit man deutsch am Markte reden hört. Wisset, Künstler sind nur in der Welt, wenn sie ihr notwendig sind; ohne Volksthätigkeit ist kein Volkslied und selten eine Volksthätigkeit ohne dieses, es hat jede Kraft ihre Erscheinung, und was sich vorübergehend in der Handlung zeigt, das zeigt in der Kunst seine Dauer beim müßigen Augenblicke. Kritik ist dann ganz unmöglich. Es gibt nur Bessermachen und Anerkennen, nichts ganz Schlechtes. Unendlich viel läßt sich dann in der Kunst thun, wenig darüber sagen; denn sie spricht zu allen und in allen wieder; kein Vor-

---

chen Augenblicke hervorzubringen vermögen. So möchte freilich mancher dieser Knaben mit edler Herablassung dieser Lieder lächeln.

wurf ist dann das Gemeine, so wenig es den Wäldern Vorwurf ist, daß sie alle grün sind; denn das Höchste, das Schaffende wird das Gemeinste, der Dichter ein Gemeingeist, ein spiritus familiaris in der Weltgemeine. –

Daß aber Volksthätigkeit wirklich fehle, wer zweifelt? Es fehlt an Krieg, es fehlt an Frieden; eine unerschwingliche Last wälzt sich den Söhnen auf! – Daß ich klage, werden Sie sagen, was ich selbst als die höchste Lästerung des Jahrhunderts angeklagt; wer kann sich freimachen allein? aber drein wettern möchte ich können mit Fluch und Blitz. »Blau Feuer!« sagt der wackere Schärtlin, »alle Kopisterei und Kortisanei zerrissen, – wir würden alle gleich!« Seit ich denken kann, merke ich einen immer langsamern Gang menschlicher Thätigkeit; wie die Stunden der Ruhe und Nahrung einander verdrängen und beeinträchtigen, so haben alle Leidenschaften und Liebhabereien ihre kürzere Periode, geringeren Grad; die meisten springen von ihrem Geschäfte ab wie dürres Holz vom Herd; ja, viele dringen nie bis zu der Einigkeit der Welt mit sich vor, wo Eines sie erfüllen und befriedigen kann; das sind die sehnenden, wähnenden Embryonen von Menschen; wenigen ist Jugend, wenigen Alter. Wie die Balken unsrer Decken heutiges Tags von einem sonst unbekannten Schwamme verschwächt werden, so werden die Menschen um uns plötzlich hohl und leer, da sie noch kaum angefangen, zu tragen und zu stützen, zu leisten und zu streben. Wo seid ihr versunken? Ihr liegt verloren im Allgemeinen, im Weltmeere mit tausend Schätzen. Den Störchen möchte ich zuwinken: Bleibt weg! holt keinen aus dem großen Wasser auf die Welt! er sehnt und treibt sich doch wieder hinein, wie es auch ebbend vor seinem Fuße fliehen mag. Aber es giebt nur einen Teufel und viel Engel; es ist wohl noch Rettung, ist die Wahl nur eure Qual? – Ob sich etwa die Welt ausruht zum Außerordentlichen? Das Spekulieren, was so ernsthaft genommen wird, macht es wahrscheinlich; denn dies ist der Traum der Thätigkeit; nur der Morgenträume sind wir uns bewußt. Wenn ich abends im Wintersturm beim Schauspielhause* vorüberziehe, wo Licht und Leben erloschen, denke ich wohl, die stille Uhr über den langwierigen Stunden wird einmal anschlagen, der hohe Deckel sich eröffnen vom Sarge, die Larve wird durchbrochen von einem bunten Chor, die neue Bande aufsteigen, ausfliegen durch das Land, fliegen auf allen Tönen, alle erwecken, die schon schlafen gegangen! Das Eis hält lange, ehe es bricht, und trägt viel; aber wer nur einmal über das glatte Eis durch alle wunderbare Bahnverschlingungen seiner Vorläufer fest dahingefahren, wo seine Augen den Schein der Sonne vor sich her springen sahen: er ahndet das freudige Leben im freien Strom – zu schwimmen darin, zu segeln darauf, hindurchreiten dem rauchenden Hirsche nach, dann ausruhen im Grünen an seinen Ufern, die Sterne darin zu sehen, – kommen und untertauchen in ewiger Spiegelung. Ja, wer nur einmal im Tanze sich verloren und vergessen; wer einen Luftball ruhig wie die Sonne emporziehen sah, den letzten Gruß des Menschleins darin empfing; der, jemals vom jubelnden Taktschlage der Janitscharen hingerissen, einen Feind gegen sich, den mutigen Freund neben sich glaubte; der die Reiter auf Wolken gegen sich ansprengen sah, unwiderstehlich wie ein Trompetenstoß den mächtigen Strom hemmte, oder etwa gar im Sonnenscheine einer Kriegsflotte Ankerlichten sah, wo wenige Augenblicke hinreichen voll Weben und Leben auf Masten und Stangen, diese goldenen Schlösser und Galerien, alle wie Flossen eines Fisches ruhig in das lustbegrenzte Meer hinschwinden zu sehen, alles Dinge, die uns umgeben, uns begegnen: – der muß an eine höhere Darstellung des Lebens, an eine höhere Kunst glauben,

* Dies bezieht sich auf den eigentümlichen sargartigen Bau des neuen Berliner Schauspielhauses; an andern Orten haben sie vielleicht die Form nicht, aber denselben toten Inhalt. Wie viele haben auch nicht die Uhr über der Scene, aber dieselbe Langeweile!

als die uns umgiebt und begegnet, – an einen Sonntag nach sieben Werktagen,* den jeder fühlt, der jedem frommt. Und wären sie tausendmal nicht gehöret, es dürfen nur einmal, wenn dieser Tag gekommen und diese Morgenstunde, alle Türmer herunterposaunen zu dem Liede der Schüler, zu den Glocken: wie sanft wir auch ruhen, wir werden doch lieber erwachen; da wird alles aufspringen, da wird die Last sich heben wie die Anker bei dem einfachen Liede der Matrosen, wenn sie nur alle zusammen singen. Was ich hoffe, ist kein leerer Traum; die Geschichte hat es so oft bewährt, wie das reine Streben der Menschen in gewissen Perioden siegend und singend hervortritt, wie Kunstwerke gefunden, erfunden und höher verstanden werden! Wer kann sich enthalten, zu glauben, wenn er in eine heiße Glashütte tritt, wo einige rote Netze um ihn ziehen, andere mächtig das Glas für ihn aufblasen, was da aus dem roten Feuer durchsichtig werde, sei ein Jubelbecher, ihn im heißen Netze zu kühlen; und ist es nun gekühlt, so ist es ein elendes, gebrechliches, zitterndes Sinngglas, kein Glas, wobei er singen kann. Es sind der Singgläser doch endlich genug gemacht; wir werden endlich alle zusammenschlagen zum Pokal! Bricht aus den Springkugeln *dazu* die Spitze, daß sie zu Staub zerfallen, in dem die große Zahl der Dichter, Schauspieler und Sänger lange schon scheinlebend umherverkauft wurde? – Hört nur, wie die Zugvögel schön singen dem neuen Frühling; da ziehen schon die wackern Handwerksgenossen mit Bündeln und Felleisen in langen Reihen über den Weg; wie sie zusprechen bei ihrem Zeichen, wie die Fensterscheiben und das goldene Schild vom echten Grundbaß erzittern: wo sie singen, ist keine Halbstimmigkeit, wo Deutsche gebraucht werden, von London bis Moskau und Rom, kein halbsinniges Lied.

* Der gewöhnliche Sonntag wird jetzt auch in die Arbeit hinein gerissen; darum sieben Werktage! Der Kalender ist wirklich nicht in Frankreich allein geändert.

»Frisch auf, ihr Bursche! wandert mit,
Holt Bündel und Felleisen!
Doch eh wir mit dem letzten Schritt
Der Stadt den Rücken weisen,
Schenk, Mädchen, uns noch Kuß und Wein,
Drauf mit der Sonn zu reisen!«

Liebesrose, Lied 18.

Es ist mir wohl begegnet im Herbste, wenn schon alles fast still und abgefallen, einen dichten krausen Baum mit sich umrungenen Ästen, von Staren wie durchdrungen, klingen und gleichsam auffliegen zu sehen; so sangen mir deutsche Handwerker lüftend ins Herz bei dumpfer Nachtluft holländischer Kanäle; ein kleines Segel flatterte von ihrem Gesange, an bunten Bändern schien das Schiff schneller fortgezogen. Wer hat so etwas nicht öfter erlebt, und sei es auch nur im Traume? So hörte ich auch über die Londonbrücke hannöversche Flüchtlinge: »Ein freies Leben« – hinsingen, als ich mit Sehnsucht nach meinem Vaterlade den Wasserspiegel herabsah; da schien mir auch jener Boden befreundet mit seiner zornigen roten Abendsonne. – Noch nicht ganz erdrückt von der ernsthaften Dummheit, die ihr aufgebürdet, lebt euch das fröhliche gesangreiche Symbol des werkthätigen Lebens, die Freimaurerei. Noch stehen mitten inne als Künstler und Erfinder der neuen Welt die herrlichen Studenten; sie heften die höchsten Blüten ihrer frischen Jahre sich an den bezeichnenden Hut und lassen die farbigen Blätter hinwehen weit über Berg und Thal und in die Wasser. – Auch die Bänke der rauchenden Wachstuben werden nicht immer von den Musen gemieden, und wenn sie auch zuweilen nicht hinein können, so sehen sie doch nach ihrem Lieblingssitz durch die Fenster: wenn die überwachte Schildwache nachts ein schauerliches Anschlagen der Gewehre hört, sie spielen mit den blanken schnellfertigen, lebendigen Gewehren. Es wird eine Zeit kommen, wo die drückende langweilige Waffenübung allen die höchste Lust und Ehre, das erste der öffentlichen Spiele, höchste Kraft und Zierlichkeit zu einem Tanze verbunden ausdrücket. Für jede Thätigkeit giebt es einen Preis; wer diesen kennt, hat jene. Wer hat es erlebt, was den Schwindelnden auf glattem Stege hält? – unter ihm brauset der Strom, Felsen und Bäume drehen sich über ihm, – ein mächtiger Marsch hält ihn, fällt er ihm zur rechten Zeit ein, und aller Schwindel verschwindet wie die Tritte hinter seinem Rücken. So begreift man *Taillefers* Gesang, der in jener berühmten Schlacht bei Hastings England für Wilhelm eroberte, indem er die unerschütterliche Ordnung der Sachsen durchschrie. So mag auch wohl die Macht der runischen Verse gewesen sein. Wir begreifen nun leicht, wie unsere gebildeteren Zeiten bei der Vernachlässigung des ärmeren Lebens (denn das sind die unteren Klassen jetzt) so viele leere Kriegslieder entstehen sahen, während jeder der früheren deutschen Kriege in dem gemeinsamen Mitwirken aller zu großer That herrliche Gesänge hervorrief. Wer hat es je vor- oder nachgedichtet, was *Zincgref* aus aller braven Landsknechte Mund in dem öden dreißigjährigen Kriege lehrend uns zu Gemüte führt:

»Drum gehe tapfer an, mein Sohn, mein Kriegsgenosse!
Schlag ritterlich darein, dein Leben unverdrossen
Fürs Vaterland aufsetz, von dem du frei es auch
Zuvor empfangen hast; das ist der Deutschen Brauch,
Dein Herz und Auge laß mitEifers Flamme brennen,
Kein menschliche Gewalt wird dich vom andern trennen.
Es weht von deinem Haupt die Fahne bald hinweg,
Der Jugend Übermut, der Unordnung erweckt.

Kannst du nicht fechten mehr, du kannst mit deiner Stimme,
kannst du nicht rufen mehr, mit deiner Augen Grimme

Den Feinden Abbruch thun in deinem Heldenmut,
Nur wünschend, daß du teu'r verkaufen mögst dein Blut.*
Im Feuer sei bedacht, wie du das Lob erwerbest,
Daß du in männlicher Postur und Stellung sterbest,
An deinem Ort bestehst fest mit den Füßen dein,
Und beiß die Zähn zusamm und beide Lefzen ein!

Daß deine Wunden sich lobwürdig all befinden
Da vorne auf der Brust, und keine nicht dahinten,
Daß dich dein Feind der Tod im Tod bewundernd zier,
Dein Vater im Gesicht dein ernstes Leben spür.
Mein Sohn, wer Tyrannei geübriget will leben,
Muß seines Lebens sich freiwillig vor begeben;
Wer nur des Tods begehrt, wer nur frisch geht dahin,
Der hat den Sieg und dann das Leben zu Gewinn.«

Ja, wir fühlen es, wie die Sprache unter dem gewaltigen Triebe in solchen Punkten sich weitet; wir sehen dagegen die ruhige sinkende Erde asiatischer Steppen in der stillen Versteinerung (Steinfermentation) allmählich allem lebenden Eindrucke sich verschließen; jene Freiheit alter Sprache, die Starrheit der heutigen – sie sagen mehr, als ich sagen mag. Doch dieses wie so manches andere wunderbare Lied ist aus den Ohren des Volkes verklungen, den Gelehrten allein überblieben, die es nicht verstehen; alle Volksbücher sind so fortdauernd bloß von unwissenden Spekulanten besorgt, von Regie-

* Bei dem teuren Blutverkaufen der alten Landsknechte ist die Vergleichung mit den heutigen von Land zu Land sich stehlenden und angeworbenen Soldaten sehr traurig; jene kannten ganz den Wert ihres Lebens, ließen es sich wohl bezahlen, dienten ihre Zeit mit Ehr, dem Tode mit Bewußtsein; – diese stürzen sich für einen frischen Trunk in einen frischen Rock und sehen beim Eintritt in das Thor, wie sie hinauslaufen können, wenn der Krieg sie überrascht, als welchen sie gar nicht ansehen mögen.

rungen willkürlich leichtsinnig* beschränkt und verboten, daß es fast nur ein Zufall oder ein hohes Schicksal, wie uns só manches Wunderschöne in diesen Tagen angemahnt hat, zu fühlen und zu wissen, zu ahnen, zu träumen, was Volkslied ist und wieder werden kann, das Höchste und das Einzige zugleich durch Stadt und Land.** Aber in den Gelehrten, wie sie vom Volke vergessen, liegt gegenseitig der Verfall des Volks, das tiefere Sinken der Gemüter, die Unfähigkeit, mit eigenwilliger froher Ergebenheit zu dienen und mit unbesorgtem allgemeinen Willen zu befehlen, ja bis zur Unfähigkeit des Vergnügens – was die tiefste Entartung andeutet, die fast aufgegebene Freiheit des Lebens. – Die Gelehrten indessen versaßen sich über einer eigenen vornehmen Sprache, die auf lange Zeit alles Hohe und Herrliche vom Volke trennte, die sie endlich doch entweder wieder vernichten oder allgemein machen müsse, wenn sie einsehen, daß ihr Treiben, die Sprache als etwas Bestehendes für sich auszubilden, aller echten Bildung entgegen ist, da sie doch notwendig ewig flüssig

---

* Es wäre mir leicht, einige zu nennen, bei denen recht gute kräftige alte Bücher verboten, die seichtesten dafür eingeführt, doch hilft das nichts; vielleicht hilft ihnen diese Betrachtung, um schlechte moralische Komödien-Lieder und Schriften dem Volke nicht weiter aufzudringen, daß keiner über das Heiligste schlecht schreiben kann, der nicht selbst schlecht ist; sie werden dann auch den Widerstand des Volks gegen neue Gesangbücher verstehen lernen.

** Warum *Tieck* vor allen früheren Bearbeitern und Herausgebern ein unsterbliches Verdienst zukommt, das wird jedem mitfühlenden Leser seine herrliche Einleitung zu den Lalenbürgern bewähren; nicht Neugierde, sondern reiner Sinn für ihren Wert bestimmte ihn; er hielt das Große vom Gemeinen frei. Ich würde der beiden Jahrgänge des von Nicolai besorgten Feinen Almanachs mit Lob erwähnen, wenn nicht durch die angehefteten schlechten Späße, wunderliche Schreibart und Ironie gegen Herder die Wirkung dieser schätzbaren Sammlung aufgehoben worden.

sein muß, dem Gedanken sich zu fügen, der sich in ihr offenbart und ausgießt; denn so und nur so allein wird ihr täglich angeboren, ganz ohne künstliche Beihilfe. Nur wegen dieser Sprachtrennung in dieser Nichtachtung des besseren poetischen Teiles vom Volke mangelt dem neueren Deutschlande großenteils Volkspoesie; nur wo es ungelehrter wird der allgemeinen Bildung durch Bücher, wenigstens überwiegender in besondrer Bildung, da entsteht manches Volkslied, das ungedruckt und ungeschrieben zu uns durch die Lüfte dringt wie eine weiße Krähe; wer auch gefesselt vom Geschäfte, dem läßt sie doch den Ring niederfallen des ersten Bundes. Mit wehmütiger Freude überkömmt uns das alte reine Gefühl des Lebens, von dem wir nicht wissen, wo es gelebt, wie es gelebt, was wir der Kindheit gern zuschreiben möchten, was aber früher als Kindheit zu sein scheint und alles, was an uns ist, bindet und löst zu einer Einheit der Freude. Es ist, als hätten wir lange nach der Musik etwas gesucht und fänden endlich die Musik, die uns suchte! –

Es wird uns, die wir vielleicht eine Volkspoesie erhalten, in dem Durchdringen unserer Tage, – es wird uns anstimmend sein, ihre noch übrigen lebenden Töne aufzusuchen; sie kömmt immer nur auf dieser einen ewigen Himmelsleiter herunter; die Zeiten sind darin feste Sprossen, auf denen Regenbogen-Engel niedersteigen; sie grüßen versöhnend alle Gegensätzler unsrer Tage und heilen den großen Riß der Welt, aus dem die Hölle uns angähnt, mit ihrem Zeigefinger zusammen. Wo Engel und Engel sich begegnen, da ist Begeisterung,* die

---

* Sie weiß nichts davon, daß die Alten das Schöne gesucht und die Neuen das unterlassen. Ob es wohl einer kann lassen, das Schöne nicht zu finden, oder es kann finden, wenn er es sucht! Alles, was mit Lust im Gemüte sich aufthut und findet, ist schön, sei es Himmel oder Hölle; nur das Zufällige ist häßlich: aus kindischen Strichen wird nie ein Apollokopf, und ein Maler, der aus willkürlichen Punkten Gruppen zeichnet, macht

weiß von keinem Streit zwischen Christlichem und Heidnischem, zwischen Hellenischem und Romantischem; sie kann vieles begreifen, und was sie begreift, ganz und rein. Ein Streit des Glaubens wird ihr Wahnsinn, weil da der Streit aufhört, wo der Glaube anfängt; noch wahrer der Streit über Kunst,* welche nur ein Ausdruck des ewigen Daseins. Wo Kugel auf Kugel trifft, da sinken beide einträchtig zusammen, wie die Hexameter zweier Homeriden. – Wen die Musik nur einmal wirklich berührt, den drängt und treibt sie, etwas aufzusuchen, was nicht Musik,** worin sie ihre vorübereilende Macht binden kann. Im Altertume scheint die Musik der Plastik näher verbunden; vor den Götterbildern tönend zu erscheinen, war ein Fest, die Memnonsäule ist uns ein Symbol dafür; vielleicht war Musik ebenso in der Zeit der Malerei dieser sehr nahe; allge-

---

höchstens eine Klingenprobe seines Genies, so der Dichter aus Endreimen. Der Maler benutzt, was ihm die Erfahrungen über die Farben gehen, der Farbe in seinem verschlossenen Auge sich zu nähern, der Dichter, was ihm die Sprache giebt, schaffend im widerstrebenden Stoff; der Reimer legt witzig zusammen, was lange schon vorhanden, er leimt eine Blume aus verschiedenen Blättern zusammen, die Fugen nennt er Originalität; die Leute verwundern sich erst darüber, dann sehen sie, daß alles daran welkt.

* Assonanz und andere Äußerungen der Spracheinigung sind den Gebildeten bis auf unsre Zeit fremd gewesen, von den simpeln Recensenten verspottet, von ihren Freunden geheimnisvoll angepriesen; das Volkslied hat sie ohne Anmaßung, erkennt sie ohne Zwang und zeigt sogar ihren bessern Gebrauch in Werken, die nicht für die Assonanz gewirkt sind, sondern nur in der Assonanz werden konnten.

** Sie hat in der Erfindung der Harmonie ein eignes festes Haus sich erbaut, nicht in der Harmonie, wie sie in Büchern steht, sondern wie sie im Kopfe guter Instrumental-Komponisten oder solcher Tonkünstler klingt, welche die Stimme als Instrument gebraucht haben, in Kirchenmusiken. Daraus folgt aber nicht die Notwendigkeit dieser Harmonie, wo die Musik wieder im Worte gebunden erscheint.

meiner ist Musik und ursprünglicher (bei uns besonders an den Ufern der Donau) dem Tanze, (am Rheine) dem Worte verbunden.** Der deutsche Tanz, das einfache Zeichen der Annäherung, Verbindung und Aneignung, wächst an den Ufern der Donau bis zur reichsten inneren Bedeutsamkeit im oberösterreichischen Ländrischen; die Musik wächst und wetteifert mit ihm in hoher Erfindsamkeit, und der Sinn beschränkt sich immer fester auf die gemeinschaftliche eigne Bildung des Volks.*** Es ist nicht jene wohlige frohmütige Zärtlichkeit durch Schwaben und Österreich, die uns in den unzerrissenen Gegenden des Rheins ergreift; es ist öfter ein Spott der Liebe in der Liebe, ein Übermut, der sich verzagt stellt, ein Kind, das sich vor unsern Augen hinter einen Strauch stellt, heraus rufend: »Wo bin ich?« So ist Melodie und auch ihr Wort, wo sie zu Worten kommt, in der Liebe (die sich selbander Einsamkeit ist), beim Weine, beim Jagdtreiben, auf Wallfahrten, oder wo das Alter die Sehnen der Füße abspannt:

---

* Aus einem sehr erklärlichen Mißverständnisse bei denen, die, einer der Künste nur mächtig, sich gern genügen wollen, entstand musikalische Poesie und poetische Musik; wenn aber etwas Poesie werden könnte, wäre es nicht Musik geworden, und umgekehrt. Diese beiden edlen Sinne des Geistes befinden sich dabei wie in der Fabel Storch und Fuchs bei gleicher Schüssel oder wie ein Mensch, der seine Rührung beim Schmettern der Nachtigall durch Nachbilden ihres Tons darzustellen suchte.

** Wie nur sehr große Künstler andere fremde Meisterwerke lieben können, so hat auch der Haufe dort eine Abneigung gegen fremdartige Musik. So lieb es mir wäre, wenn der gute Geist der Zeit am Wiedermusizieren der Volkslieder sich rechtschaffen übte, so traurig ist mir, daß ich viele der besten Volksmelodien aus Unkenntnis nicht mitteilen kann, weil doch vielleicht nur eine große innere Melodie für jedes vorhanden; ob die früher oder später einem Menschen ins Ohr fällt, das kann keiner sagen; aufhorchen kann jeder.

»Es ist nit lang, daß es g'regnet hat,
Die Bäume tröpfle noch;
Ich hab einmal ein Schätzle g'habt,
Ich wollt, ich hätt es noch.«

Dagegen singen wohl die Jungen:

»In dem Wasser schmalzt der Fisch;
Lustig, wer noch ledig ist!«

Was von den Sicilianern erzählt wird, die spielende Freudigkeit, in der alles zum Liede wird, und ohne die nichts ein Lied, die findet sich fast dort allein, wo ein Blatt mit Reimen, die sie an Bildern oder in Jagdbüchern absuchen,* jung und alt erfreut. Als zwei eigentümliche Wiederklänge dieses Sinnes, welche, statt zu wiederholen, die Worte umkehren, sind die tiefgefühlten Berglieder der bayrischen und tyroler Alpen zu hören, so auch die rein witzigen Lieder, wie sie zur Zeit des Faschings in den Tanzkellern der Wiener Vorstädte umgehen, die kommen und gehen wie die Wünsche, wie die Sorgen der Zeit, ohne der Ewigkeit eingedrückt zu werden.

Vom Tanze verlassen in der Sommereinsamkeit, zu einfach anderer Kunst, singt der Hirte an den Quellen des Rheins dem ewigen Schnee zu:

»Ist noch ein Mensch auf Erden,
So möcht ich bei ihm sein.«

So klingen die Quellen des Rheins hinunter, dann immer neuen Quellen und Tönen verbunden, vom lustigen Neckar angerauscht, ein mächtiger Strom, der von

---

* Ein trefflicher Aufsatz über Arbeits-, Handwerks-, Kinderlieder und Tanzlieder, der besonders den Unterschied zwischen dem deutschen Tanze und dem Reihentanze sowie die eigene Natur des Schleifers mit Enthusiasmus entwickelt (im Bragur III, S. 207–284), ist leider nicht vollendet, viele der dort erwähnten Lieder wünschte ich gerne ganz mitteilen zu können.

Mainz mit dem weinfröhlichen singenden Main verbunden, nur geschieden von ihm durch Farbe, doppelstimmig die vergangene Zeit in heutiger Frische umschlingt, eine sinnreiche Erinnerung für uns. Staunend saß ich da unter den lustigen Zechern im vollen Marktschiffe, sah drei wunderlichen Musikern mit immer neuem Liede zu – jeder ihrer Züge eine alte ausgespielte Saite, jeder ihrer Töne ein ausgebissen Trinkglas; ewig hin und zurück geht das Schiff, ihre Wiege, ihr Thron; sie sind's, die diese arme wüste Marktwelt (wie Kraut und Rüben unter einander geworfen) zu einem wechselnden, lauten und stillen Gedankenchore verbinden, daß neben ihnen die ruhigen reichern Dörfer wie unerreichbare Sterne und Monden ohne Sehnsucht, ohne Preis vorüberschwimmen. Das Wunderbare hat immer einen fremden Übergang; der Zauberstab unterscheidet sich erst von einem gewöhnlichen Stabe nur durch die Farbe. So mag auch diese Kunst uns nur vorbereiten auf jene höhere am Rheine, der, endlich ermüdet vom wechselnden Reiz, wie das Gold im Sande sich verliert. Hier zwischen den Bergen beim Ostein leben noch alle die hochherzigen Romanzen, die Herder und Elwert gesammelt,* viel schöner noch, die eben nur selten gehört werden, weil

---

* Ungedruckte Reste alten Gesanges von Elwert. Marburg 1781. Wo er dieselben Lieder als Herder mitteilt, sind sie besser; Herder konnte sich der Kritik nicht entladen. Elwert sagte sehr klar: »Der Mensch nur, der im wehenden Abendwind den Schlafgesang der Vögel belauscht, nur der konnte in voller Wehmut zum Liebchen seufzen: ›Wenn ich ein Vöglein wär' und nur zwei Flügel hätt', flög' ich zu dir.‹ Aber es kamen andere Zeiten, und die Volkslieder erstarben in meinem Kopfe unter dem Wuste von wissenschaftlichem Unkraute. Alle Blumen in euren Gärten sind Kinder des Feldes und des Waldes. Sie hatten sanfte Farben von der Natur, aber sie luxurierten zuletzt und wurden oft grell durch überflüssigen Saft. Tausend solcher Sträußer blühen im hohen Grase; unsre Gelehrten stolpern vorbei, indem sie die hohen Felsen messen, Türme, Städte und all die großen Wunder der Natur anstaunen.«

sie nur selten wahrhaft sich fügen; sie sind in dem Munde der meisten Schiffer und Weinbauern gleich der pastorella gentil, der zingarella und ähnlichen in Italien. Wie die Jacht mit den Reisenden durch das Wasser schäumt, in jeder Uferkrümmung von den Trümmern der Vorzeit einen Wiederhall aufruft, so wechseln die Lieder, und wo sie aussteigen:

»Der Kuckuck mit seinem Schreien
Macht fröhlich jedermann;
Des Abends fröhlich reihen
Die Maidlein wohlgethan,
Spazieren zu den Brunnen,
Bekränzen sie zur Zeit;
All Volk sucht Freud und Blumen
Mit reisen fern und weit.«

»Kennst du das Land, wo die Citronen blühen?«Italien ist entdeckt, wo der Wein reift an allen Orten. Und als ich im Mittelländischen Meere schiffte, der Schiffer sein Lied sang auf alles, was uns traf, Windstille und Seekrankheit, bis ihm der Sturm das Lied von der Lippe blies, da floß der Rhein. Ganz besonders ist es aber der Rhein, wenn sich die Winzer zur schönsten aller Ernten im alten Zauberschlosse der Gisela nachts versammeln; da flammt der Herd, die Gesänge schallen, der Boden bebt vom Tanz:

»Da droben am Hügel,
Wo die Nachtigall singt,
Da tanzt der Einsiedel,
Daß die Kutt in die Höh springt.«

Viele der Singweisen deuten auf einen untergegangenen Tanz, wie die Trümmer des Schlosses, auf eine Zauberformel deuten, die einmal hervortreten wird, wenn sie getroffen und gelöst. Durch die lustige Schar der Winzer zieht dann wohl ein Frankfurter mit der Guitarre; sie sammeln sich um ihn, sie staunen dem König von Thule, der Becher stürzt in den Rhein; der Ernst ihres

Lebens wird ihnen klar, wie wir klar sehen im wunderbaren Gedanken durch dunkle Nacht. – Wo Deutschland sich wiedergebiert, wer kann es sagen? wer es in sich trägt, der fühlt es mächtig sich regen. – Als wenn ein schweres Fieber sich löst in Durst, und wir träumen, das lang gewachsene Haar in die Erde zu pflanzen, und es schlägt grün aus und bildet über uns ein Laubdach voll Blumen, die schönen weichen den späten schöneren: so scheint in diesen Liedern die Gesundheit künftiger Zeit uns zu begrüßen. Es giebt oft Bilder, die mehr sind als Bilder, die auf uns zuwandeln, mit uns reden: wäre so doch dieses! Doch bewährt die tiefe Kunstverehrung unserer Zeit, dieses Suchen nach etwas Ewigem, was wir selbst erst hervorbringen sollten, die Zukunft einer Religion, die dann erst vorhanden, wenn alle darin als Stufen eines erhabenen Gemüts begriffen, über das sie selbst begeistert ausfloriert. In diesem Gefühle einer lebenden Kunst in uns wird gesund, was sonst krank wäre, diese Unbefriedigung an dem, was wir haben, jenes Klagen der Zeit. Wir denken umher und werden aufmerksam, wie so vieles uns nimmer abgestoßen, wenn wir es nicht verkehrt angezogen hätten, wie der größere Teil der Welt, eine fremde Atmosphäre durch unsere Luft hätte hindurchgehen können, für uns unschwer, für uns unwarm, keine Macht über uns habend als unsre Furcht davon. Große Kunst des Vergessens, in dir scheidet sich alle fremde Pestilenz von unsrer Heimat; fort mit dem Fremden in Fremden, – die Welt klimatisiert sich uns; fort mit dem Fremden im Einheimischen! Nur darum ist Italien uns Italien, weil es kräftig genug war, lange das Fremde zu übersehen; von seinen Schauspielen her klingen noch die Lieder allen durch die Gassen, und die Handwerker, die vor den Thüren arbeiten, lernen sie den Vorübergehenden ab. Eitelkeit kennen sie dabei nicht, denn sie kennen die Freude darin. Da mag die Musik wohl den giftigen Biß der Tarantel heilen. – Darum kann ich auch den Engländern nicht zürnen, die über eine Ministerveränderung kaum aufmerken, während ein italienisches Musikwunder im höchsten Glanze vor ihnen erscheint; sie müßten ihr Höchstes opfern, wenn sie diese Göttergunst erhalten wollten. Hören sie doch mit herzlicher Teilnahme jedem rotbemäntelten Weibe an der Straßenecke zu, das von Maria von Schottland singt; jagen sie doch dem Jagdhorn eifrig nach und regen die Füße, wo die schottische Sackpfeife sich hören läßt! Nein, eine höhere Musik giebt es wohl nicht als die der Matrosen von Lord Nelsons Sieg, wie sie die Hüte schwenken und die Stimmen, daß die Wolken sich verziehen von ihrem Konzertsaale, wo Wogenrollen der Akkord und Grundbaß. Ich denke mir dabei die Worte des Kaisers:* »Heiliger Gott! Heiliger Gott! was ist das? Der eine hat eine Hand, so hat der andre ein Bein; wenn sie dann erst zwo Händ hätten und zwei Bein, wie wollt ihr dann thun?«

Noch lehrreicher ist vielleicht die Zusammenstellung der wälischen Bardengeschichte mit den schottischen Sängern.** Jene lebten in einer festen Kunstverbindung, hatten vieljährigen Unterricht, Ehre, Fürstengunst; aber seit sie von der Religion geschieden, treten ihre Gesänge fast nur im äußersten Elende schön und rein hervor; das nur läutert sie zur Wahrheit; dagegen entstanden bei ihnen sonst nur lächerliche Streitigkeiten für Harmonie gegen Melodie, Machtsprüche und alles das kritische Elend, was nachahmend auch bei uns über der Poesie***

---

* Götz von Berlichingens ritterliche Thaten.

** Vgl. Relicks of the Welsh Bards by Ed. Jones.

*** Zur Ehre der Deutschen kann man sagen, daß sie nicht Erfinder dieser Höllenkünste der Recensierbuden und des kritischen Waschweibergeschwätzes sind, ungeachtet dergleichen Mode bei ihnen insonders gefaßt. Doch sind hierbei immer noch wie ein Wirtshaus erster Klasse von einem der vierten zu unterscheiden die ernsthaften Dikasterien, wo freilich auch oft die Alten über Stadtneuigkeiten vergessen werden, von den telegraphischen Bureaus aller litterarischen Misere durch ganz

schwebt. Nur da geachtet, wo sie recht und ganz gehört wurden; ohne Kunstregel und Schule blieben die schottischen Bänkelsänger dem Großen und der Erfindung treu, so konnte ihnen auch die Form nicht fehlen. Die Wälischen klagten immer, die Kunst sterbe aus; sie war aber schon in ihnen ausgestorben; die Schotten hatten viel Größeres zu klagen und zu freuen, denn die Kunst lebte ihnen. Bei jenen mußte ein Gesetz den Schülern verbieten, ihre Lehrer in der Begeisterung nicht zu rupfen und auszulachen; diese brauchten keinen solchen wunderlichen Anlauf zur Poesie; wer dichtete, dem war dies Natur und Leben, wobei er keine Gesichter schnitt. Die Lieder der Wälischen konnten durch einen tollen Eroberer fast vertilgt werden; diese schottischen Leben sich noch aus dem Herzen des Volks in den Mund unsterblich. – Wenn nun so einfache leichte Kunst viel wirkt, wie kommt es, daß oft die schwere gehäufte sogenannte Kunst nichts leistet? Wer nicht das Höchste will, kann auch das Kleinste nicht; wer nur für sich schafft in stolzer Gleichgültigkeit, ob es einer fasse und trage, wie

---

Deutschland. Dem freien Sinne für Kunst und Wissenschaft sind auch diese letzteren an sich lieb als Wiedererscheinung einer gewissen Gelehrsamkeitseinbildung, die wohl jedem als Kind der Gelehrsamkeit vorausgeht, lieb auch ihre Streitigkeiten, weil sie sich notwendig als echte Söhne des Mars oder wie Spinnen unter einander töten, wenn sie sonst kein Futter finden; aber dieser freie Sinn ist selten; der größte Teil der Leser nimmt an Kunst und Wissenschaften gar keinen Teil; ihn reizt nur das Handelnde, das Bewegliche in den Gelehrten; er kommt endlich zu der wohlgefälligen Meinung, daß die ganze Gelehrtenrepublik nichts als ein Ameisenhaufen sei, der alles belaufe, kneife und beschmutze, um einigen armseligen Weihrauch zusammenzubringen. Solchen Geschäftsmännern geht es wie den meisten Leuten, die sonst keine Bilder sehen können und mögen, als auf einmal viele hundert in einer Stunde im Bildersaale – keine Neugierde, keine Empfänglichkeit hält dagegen aus; es dreht sich die Farbenscheibe, alles verliert sich in einen weißen Schein.

soll er andre erfassen und ergreifen? wer nur um jenes Völkchen buhlt, das immer läuft und klappert, sich immer was zu sagen hat und eigentlich nie etwas sagt, sie gleiten beide ab, nicht weil die Welt wirklich Eis, sondern weil sie die beiden Eispole aufsuchen. – Auch müssen wir oft denken, es ist unendlich leicht, recht künstlich zu scheinen, wenn man das Leichte schwer, das Schwere leicht nimmt; doch was ist dieser Schein? Er wäre das Wesen, wenn es nicht erschiene.* Solch eine Spiegelung nach oben und unten, wie sie leer ist, so vorübergehend ist sie, und doch geht darin Morgenstrahl und Leben, Aufsicht und Hoffnung auf, ein ewiges geistiges Menschenopfer. Sehe jeder nur frei und ganz, wie er gestellt, und einer ist dem andern notwendig; keinem ist das astralische Verhältnis entzogen, jeder ist ein Künstler, der das mitteilen kann, was ihm eigentümlich im All, die andern zu erklären. Dem aber sind die Aspekten besonders günstig, den ein wichtiges allgemeines Wirken mühlos vorbereitet, der ohne Arbeit erntet und alle ernährt im gottähnlichen Leben. So wird es dem, der viel und innig das Volk berührt: ihm ist die Weisheit in der Bewährung von Jahrhunderten ein offenes Buch in die Hand gegeben, daß er es allen verkünde, Lieder, Sagen, Sprüche, Geschichten und Prophezeiungen, Melodien;** er ist ein Fruchtbaum, auf den eine milde Gärt-

---

* »Der Schein, was ist der, dem das Wesen fehlt?
Das Wesen, wär' es, wenn es nicht erschiene?«
Goethes Eugenie (Natürl. Tochter II, 5, 1066. Nat-Litt. Bd. 90 S. 318). Auch das ist wahr, jedes an seiner Stelle.

** Diese Sammlung sei dem Leser eine Probe von dem, was wir wünschen. Wer der Gelegenheit und Lust ermangelt, was er entdeckt, bekannt zu machen, dem erbieten wir uns, mein Freund *Klemens Brentano* in Heidelberg, und ich in Berlin (abzugeben im Viereck Nr. 4), zur schnellen Herausgabe. Die zahlreichen Schweizerlieder (beim Staubbach wurden mir unzählige gesungen, aber ich konnte keines verstehen und herausbringen) verdienten ganz besonders eine treue Aufzeichnung von einem würdigen Gelehrten des Landes; es giebt große Hel-

nerhand weiße und rote Rosen eingeimpft zur Bekränzung. Jeder kann da, was sonst nur wenigen aus eigner Kraft verliehen, mächtig in das Herz der Welt rufen; er sammelt sein zerstreutes Volk, wie es auch getrennt durch Sprache, Staatsvorurteile, Religionsirrtümer und müßige Neuigkeit, singend zu einer neuen Zeit unter seiner Fahne. Sei diese Fahne auch nicht gestickt mit Trophäen, vielleicht nur das zerrissene Segel der schiffenden Argonauten oder der versetzte Mantel eines armen Sängers;* wer sie trägt, der suche darin keine Auszeichnung; wer ihr folgt, der finde darin seine Schuldigkeit; denn wir suchen alle etwas Höheres, das goldne Vließ, das allen gehört, was der Reichtum unsres ganzen Volkes, was seine eigene innere lebende Kunst gebildet, das Gewebe langer Zeit und mächtiger Kräfte, den Glauben und das Wissen des Volkes, was sie begleitet in Lust und Tod: Lieder, Sagen, Kunden, Sprüche, Geschichten, Prophezeiungen und Melodien. Wir wollen allen alles wiedergeben, was im vieljährigen Fortrollen seine Demantfestigkeit bewährt, nicht abgestumpft, nur farbespielend geglättet, alle Fugen und Ausschnitte hat zu dem allgemeinen Denkmale des größten neueren Volkes, der Deutschen: das Grabmal der Vorzeit, das frohe Mal der Gegenwart, der Zukunft ein Merkmal in der Rennbahn des Lebens. Wir wollen wenigstens die Grundstücke legen, andeuten, was über unsre Kräfte,

---

dengedichte noch unter dem Volke; so liest ein alter Mann in Meyringen ein sehr merkwürdiges Gedicht über die Entstehung des Völkchens der Reisenden vor. Sehr willkommen würden mir klargedachte Zeichnungen zu diesen Gedichten sein, die in ihrer gestaltreichen bestimmten Darstellung dem Zeichner ein Schatz von Erfindung sein können, wenn er ihn besprechen und heben kann. Ihn aufmerksam auf solche einzelne Bilder zu machen, würde vielleicht das Vergnügen rauben und ihm nur die Arbeit lassen.

* Vgl. die Zueignung des Buches (an Goethe).

im feinen Vertrauen, daß die nicht fehlen werden, welche den Bau zum Höchsten fortführen, und der, welcher die Spitze aufsetzt allem Unternehmen. Was da lebt und wird, und worin das Leben haftet, das ist doch weder von heute noch von gestern; es war und wird sein; verlieren kann es sich nie, denn es ist; aber entfallen kann es für lange Zeit, oft wenn wir es brauchen, recht eifrig ihm nachsinnen und denken. Es giebt eine Zukunft und eine Vergangenheit des Geistes, wie es eine Gegenwart des Geistes gibt, – und ohne jene, wer hat diese?

Berlin, im Januar 1805.

Sichem Inuen Sculp: et excudit

Die geistliche Spinnerin

Groß Gnad und Barmherzigkeit sey der hochgelobten und weitberühmten Wittwen Elisabeth, die da gewesen ist ein Herzogin und Landgräfin von Hessen. Wiewohl sie eine Künigin war der Geburt, denn ihr Vater war ein Künig zu Hungarn, und kam sie doch von Gottes Gnade zu solcher Armuth, daß sie sich mit ihren eigenen Händen mußt ernähren. Was sie leiblich gespunnt hat, drückt die Historie aus, was sie aber geistlich gespunnen hat in wenig in ihrer Seel, und wie ein andächtige Seel spinnen soll, darauf will ich mein Red kehren. Und zu Beßerung, wenn ich anseh das Spinnen Elisabeth, so begegnet mir ein ander Spinnen das sie gethan hat, und ein jeglich Seel thun soll. Was ist dasselb Spinnen? Nichts anders dann ein ernstliche Betrachtung göttlicher und geistlicher Ding, wie ein Mensch die Spindel erwischet oder begreift, und sie schlägt an das Werk der Kunkel, und heftet mit seinen Fingern an. Also eine betrachtende Seel schlägt ihre Finger an zu ersuchen, um zu vernehmen was Gott anbetrifft. Nun wohlan: was hat gespunnen die andächtig Wittib Elisabeth? Sie hat sich selbst gespunnen einen Mantel inwendig an ihrer Seel mit den Fingern ihrer Betrachtung; mit welchem Mantel sie hat bedeckt all ihre Sünd, in welchem Mantel sie ist erschienen vor dem Angesicht des allmächtigen Gottes und vor allem himmlischen Heer. Was ist dieser Mantel? Es ist nichts anders dann christliche Lieb, damit bedeut muß werden alle Sünd; wer dies Kleid an hat, der wird fröhlich eingelassen in die ewige Seeligkeit.

(Aus dem »Buch Granatapfel« von Joh. Gayler von Kayserberg.)

PROSA UND STÜCKE

Die Einquartierung im Pfarrhause

Eine Erzählung aus den Freiheitskriegen

Der Stab des ... Regiments war in dem Pfarrhofe zu M ... als Einquartierung angesagt; drei Kampagnien, die Wagen und Reitpferde sollten im Dorfe verteilt werden. Die Quartiermacher, welche deutsch redeten, waren sogleich auf frischen Pferden weiter geritten, um auch für die andern Kompagnien des Regiments in dieser Art zu sorgen; denn die Hauptsorge, wie diese Menschenzahl zu verteilen, woher Lebensmittel und Pferdefutter nach so vielen Durchmärschen herbeizuschaffen, überließen sie den Einwohnern. Da gab's ein Beraten im Schulzengerichte und beim Pfarrer, ein Abdingen, wieviel jeder einnahmen sollte. Der aber am härtesten belastet war und in seinem kleinen Hause für dreizehn Offiziere Unterkommen schaffen sollte, war der Pfarrer, und doch sagte er kein verdrießliches Wort, sondern verließ sich auf die tätige Wirtschaftlichkeit seiner jungen Frau, die ihn schon manchmal aus ähnlicher Verlegenheit gezogen hatte. Als aber ein kleines Mädchen außer Atem mit einem Gruße von der kranken Mutter seiner Frau ankam, sie wünsche das heilige Abendmahl zu empfangen, weil sie sich schlecht befinde, da sank ihm einen Augenblick der Mut, die Frau weinte und warf sich in einen Stuhl und klagte, daß die schönsten Wochen ihres Lebens, ihr Eintritt in den Ehestand, durch so viel Sorge und Leiden verkümmert wären. Aber diese Erinnerung gab dem Prediger wieder Kraft, er dachte sich, wieviel trauriger er oft gewesen, als er noch einsam in diesen Mauern gehaust, er sprach der Frau Mut ein und trug selbst aus Wohlwollen die heiligen Geräte nach dem nahen Vorwerke, um den Küster nicht von der Sorge für sein Haus abzuhalten. Trommelschlag verkündete die Annäherung des Regiments, die Fahnenwache marschierte feierlich in den Pfarrhof, der Oberst des Regiments, ein ansehnlicher Herr, noch scheinbar jugendlich, doch fast haarlos auf seinem Haupte, stieg aus einer Kibitka aus und fragte in deutscher Sprache nach dem Hausherrn. Die Frau Predigerin trat in Verlegenheit mit niedergeschlagenen Augen ihm entgegen und versicherte ihm, es sei für alles gesorgt, ungeachtet ihr Mann abwesend sei in Amtsgeschäften. Der Oberst fragte in sichtbarem Verwundern, ob er das Vergnügen habe, mit der Frau Predigerin zu sprechen? Sie bejahte die Frage mit einem Lächeln, als ob sie ihr schon öfter gemacht worden wäre, und führte den Obersten in sein Zimmer, indem sie ihm versicherte, wie leicht es ihr jetzt ums Herz sei, da sie wenigstens mit ihm sprechen, und was er begehre und wie alles einzurichten, von ihm erfahren könne. Des Obersten Antlitz war schon ein wohlwollendes Himmelszeichen, mehr noch seine wohltönende, gewandte Sprache und seine ruhige Aufmerksamkeit, die jede Klage hörte und bis zum letzten Grunde zu heben suchte, am meisten wirkte sein Trost, daß das Regiment schon in der Abendkühlung weiter marschiere. Alles machte sich leicht mit ihm ab, und nicht ohne Grund suchten seine Offiziere die klageführenden Einwohner von ihm abzuhalten, denn gegen seine Soldaten war er strenge, während er rastlos für sie sorgte. Aber die Frau Predigerin hatte ihr Zutrauen zu ihm gefaßt, sie nahm den Schulzen und andre bei der Hand und führte sie zu ihm, der Oberst dankte ihrer Bemühung, schlichtete die Händel, die öfter aus Ungeduld und Mißverständnis, denn aus bösem Willen angefangen waren. Sie blieb gern auf seinem Zimmer, weil sie da geschützt war gegen alle gewagten Zudringlichkeiten der anderen Offiziere, er behandelte sie wie ein guter Vater ein gutes Kind. Endlich kam der Prediger, die Frau ihm entgegen mit der Frage, ob ihre Mutter noch lebe? Der Prediger bejahte das, hoffte auch noch ein paar Tage, schien nachdenkend oder zerstreut, ließ sich dem Obersten vorstellen und entschuldigte seine Frau mit der Eile, wenn er nicht alles zu seiner Zufriedenheit gefunden habe. Der Oberst rühmte alle Einrichtungen, erkundigte sich, wo der Prediger studiert habe, ud freute sich, J... nennen zu hören, weil er früher als der Prediger auch dort studierte und über allerlei Männer, Häuser und Gegenden, die er gern besucht, Auskunft von ihm erhalten konnte. Dann kamen beide auf Studentengeschichten. Der Oberst gestand, daß er wegen eines Aufstandes festgesetzt und als Führer ohne Gnade relegiert worden sei, worüber er mit seinen Eltern zerfallen und aus Notwendigkeit, um für seinen Lebensunterhalt zu sorgen, das Kriegshandwerk ergriffen habe. Der Tisch war gedeckt, die Offiziere versammelten sich, der Pope betete, der Prediger mußte neben dem Obersten sitzen, wurde von diesem mit gutem Wein, der lange nicht in dies Pfarrhaus gekommen, bewirtet, und beide wurden endlich so vertraulich, als ob sie miteinander gleiche Jugend in J. verlebt hätten. – »Alles gefällt mir bei Ihnen ganz und ohne Einschränkung«, sagte der Oberst nach Tische, als er mit dem Pfarrer allein im Garten Kaffee trank, »eins nur verwundert mich und setzt mich in Verlegenheit. Ihre schöne junge Frau, die so gesittet und gescheut spricht und sich beträgt, hat mich beim Eintritte ins Haus durch ihre Kleidung zu dem Irrtume verleitet, als ob sie die Magd des Hauses wäre, auch beim Mittagessen wollte sie keinen Platz annehmen, sondern zog es vor, uns zu bedienen, was mir bei jedem Teller eine Verbeugung kostete. Ist dies vielleicht Grundsatz bei Ihnen, soll dadurch vielleicht die Frau dem Umgange der Dorfbewohner näher gebracht, vor Überdruß und Langeweile bewahrt werden?« – »Keineswegs«, antwortete der Prediger, »mein Wille ist dies nicht, vielmehr glaube ich, daß die Frau des evangelischen Predigers, den kein falsches Geheimnis heiligt, auch im Äußern vor den Frauen des Dorfs auszeichnen muß, sie lieber zu sich hinaufziehen als sich ihnen gleichstellen darf. So folgsam sie in allem übrigen ist, so unerschütterlich ist sie in diesen Gewohnheiten und Grundsätzen, die ihr von der Mutter eingeprägt sind.«

»Seltene Grundsätze in unsrer Zeit«, sprach der Oberst, »in welcher jeder nur über sich, nicht unter sich zu sehen gewohnt ist, die Geschichte der Mutter mag etwas Ausgezeichnetes in sich tragen.« – »Freilich«, sagte der Prediger, »ich habe sie erst heute, wo sie sich dem Tode nahe glaubte, ganz vernommen, gern teilte ich sie Ihnen mit, denn sie machte kein Geheimnis davon, nur war es ihr immer traurig, davon zu sprechen, und auch mich betrübt die Ansicht eines verkümmerten Lebens. Lieber erzähle ich Ihnen, wie seltsam meine Frau an mich und ich zu meiner Frau gekommen, das ist heitrer anzuhören.« – »Hat das so viele Umwege gemacht?« fragte der Oberst, »gegenwärtig, wo keine strengen Väter, keine tückischen Vormünder, keine Menschenräuber mehr ihr Wesen treiben, geht es sonst wie auf der Chaussee.« – »Es gibt doch noch höhere Geschicke«, fuhr der Prediger fort, »die alles für uns tun, wenn wir am wenigsten es ahnen. Ich habe in dem ersten Jahre meines Amts meine Frau, als Tochter einer armen Witwe auf dem nahen Vorwerke, unterrichtet und eingesegnet. Ihr Anblick war mir etwas wert, ein andres Zeichen von Liebe habe ich nicht in mir wahrgenommen, und ich möchte den Dichtern ins Angesicht behaupten, die Liebe sei nie oder selten so schnell und überraschend, wie sie aus Bequemlichkeit sie gern darstellen. Ich kannte die Gemeinde nur noch wenig und verlor daher die Bewohner des Vorwerks leichter aus meinem Gedächtnis. Das Mädchen war mir wieder ganz neu, erschien mir aber viel schöner, als sie zum Erntefeste unter der Zahl von sechs Mädchen erschien, die jährlich von unserer Gräfin reichlich ausgestattet werden. Es war ein schöner Tag und ein sehr freudiges Fest! Der Erntekranz war mit heiligem Liede der Gräfin überbracht, die Verlobten sollten sich paarweis vor den Altar stellen, um alle bei einer Rede getraut zu werden, da bemerkte sie, daß der Dorothee – – »Dorothee«, sprach der Oberst nach, »so heißt Ihre Frau?« – »Ja, so heißt sie und ist mir eine Gabe Gottes«, fuhr der Prediger fort, »dort stand aber sie allein, ohne Bräutigam, doch ruhig, unverlegen, bis die Gräfin sie fragte, wo ihr Schatz bliebe? – ›Meine Mutter hat mir gesagt‹, antwortete Dorothee, ›ich würde alles reichlich von Ihro Gnaden bekommen, sie hätte mit Ihnen gesprochen.‹ – ›Liebes Kind‹, sagte die Gräfin verlegen, ›ich habe dir manches zu schenken, aber ein Mann läßt sich nicht verschenken.‹ – ›Ich verlasse mich auf Ew. Gnaden‹, antwortete Dorothee, ›und bin mit allem zufrieden.‹ – Mit Mühe beschwichtigte ich den Mutwillen, den dieser Auftritt bei der Jugend erweckt hatte; die Gräfin nahm das Mädchen an ihre Hand, um ihre Beschämung zu mindern, und schenkte ihr einige hübsche Tücher. Nachdem die Unruhe vorüber, hielt ich meine Rede, doch gestehe ich, nicht ohne Sehnsucht, daß ich an der Seite der verlassenen Dorothee hätte stehen mögen. Am andern Tage kam die Mutter zu mir, entschuldigte sich, daß sie ihr Mädchen so in den April geschickt habe, doch da sie fremd in dieser Gegend sei, wäre sie wohl zu entschuldigen, daß sie diese Verheiratungen nicht gewußt, sondern das Ganze für ein Rosenfest gehalten habe, wie es in ihrer Gegend gebräuchlich, an welchem die sittsamsten Mädchen öffentlich beschenkt würden. Es hätte aber nun einmal so sein müssen; es habe jetzt eines reichen Bauers Sohn, der die Tochter gestern gesehen, um sie angehalten, sie habe eingewilligt, und die Hochzeit solle sich bald feiern. Ich fragte, ob denn die Tochter mit dieser Heirat zufrieden sei? Sie antwortete, daß ihre Tochter durch Ungehorsam sie nie bekümmerte, auch sei es hübschen jungen Mädchen nutzlich, wenn sie früh heirateten. – Sie wurden aufgeboten, der Tag der Hochzeit kam auch herbei, ich stand am Altare, die kleine Orgel ertönte, Dorothee wurde reizender als je von den Mädchen zum Altare geführt. Mein Herz bebte, das Lied ging zu Ende, aber der Bräutigam kam nicht, die Mädchen wurden ungeduldig, ich fürchtete, nein, ich hoffte ein neues Hindernis. Ein Bote erschien, der Handel klärte sich auf. Des Bräutigams Vater, der eigentliche Besitzer des Hofes, ein rüstiger, wunderlicher Alter, hatte gleiche Gefühle mit seinem Sohne am Tage des Erntefestes geteilt, aber erst in dieser entscheidenden Stunde war es in ihm Entschluß geworden, der Heirat seines Sohnes zu widersprechen und ihm den Hof nicht übergeben zu wollen, wenn er ihm nicht die Braut überlasse. Die arme Dorothee wurde bleich bei der Nachricht, alle beweinten sie aufrichtig; ich suchte ihr Mut einzusprechen. Die Mutter war inzwischen zur Vermittelung in das Haus des Bräutigams gegangen, sie hatte dort behauptet, wer ihre Tochter lieb hätte, der müsse sie dem andern überlassen; der Sohn entschloß sich, sie dem Vater abzutreten, und dieser ging nun mit den Hochzeitsgästen zur Kirche. Er kam aber zu spät! Denn wie der Augenblick das Leben und den Tod gibt, so schließt er auch Ehen. Ich hatte – der Himmel weiß, in lauter Liebe und Wohlwollen – das arme Mädchen zu trösten, mich in der Kirche entschlossen, um ihre Hand sie anzusprechen; ich wollte ihr zeigen, daß sie nicht verlassen, nicht beschimpft sei, weil sie zweimal ohne Bräutigam vor dem Altar gestanden habe. Sie antwortete nicht, aber ihre Blässe schwand in Tränen, und als der Alte sich als Bräutigam ihr keck gegenüberstellte, erklärte sie laut, daß keine Gewalt sie zwingen würde, ihn zu ehelichen: mir habe sie ihr Herz geschenkt, seitdem ich sie eingesegnet, und sie habe sich nur dadurch zweimal bewegen lassen, als Braut vor den Altar zu treten, um mich recht lange mit sich beschäftigt zu sehen. Daß der Alte und sein Sohn nach dieser Erklärung uns beiden zürnte, daß die Mutter mir bald versöhnt war, als sie meine ernstlichen Absichten erkannte, daß sie nicht länger als zum Aufgebote nötig säumte, mich von dem benachbarten Pfarrer trauen zu lassen, das erraten Sie, Herr Oberst – und noch keinen Augenblick hat mich der Entschluß gereut.« –

»Sie eilen über Ihre glücklichen Tage zu rasch hinweg«, sprach der Oberst. – »Verzeihen Sie«, fuhr der Prediger fort, »ein Name auf Ihrem Tabaksbeutel hat mich während der letzten Hälfte meines Berichts gekränkt und zerstreut; kennen Sie in Ihrem Vaterlande einen Mann des Namens, der zu J... ebenfalls studierte?« – Der Oberst lächelte: »Ein solcher Mann studierte mit mir, aß und schlief mit mir, es war kurz gesagt mein Name, ehe ich den eines mütterlichen Verwandten annahm; wie konnte er Sie kränken, während ich Ihnen und Ihrer Frau von Herzen dienen möchte.« – »Heiliger Gott«, rief der Prediger, »reißt der Krieg viele auseinander, so führt er doch manche zusammen, wäre es nur zur Freude! Herr Oberst, haben Sie bei J... an der Gebirgsstraße eine Dorothee gekannt, die noch lange unter dem Beinamen ›der klugen Tochter‹ im Gespräche der Leute war?« – Der Oberst wandte sich bei diesen Worten heftig um und sprach in sich: »Wer hat danach zu fragen?« – »Sie haben diese Unglückliche gekannt«, rief der Pfarrer, »und wollen sie verleugnen!« – »Unglücklich? warum unglücklich?« fragte der Oberst besänftigt, »sie war jedes Glücks würdig, und auch mein Glück ist mit ihrer lieben Nähe von mir gewichen. Wissen Sie etwas von ihr? Meine Nachfragen waren vergebens, ein Studententumult verbannte mich, mein Vater sandte mich unter ein Regiment, ich hörte nichts von ihr seit dem seltsamen Abende, wo sie mir voraussagte, ich würde sie verlassen.« – »Glauben Sie, daß ich etwas von ihr weiß«, fuhr der Pfarrer fort, »wenn ich Ihnen erzähle, wie Sie dieselbe zum erstenmal gesehen, als sie Ihnen Erdbeeren und Milch nach der Bank vor dem Hause brachte?« – »Ich brauche Ihnen nichts zu erzahlen«, sprach der Oberst verlegen, »ach! damals sagte ich ihr in seltsamer Heftigkeit: ›So lieb dir dein Leben, bring keinem Durstigen wieder Früchte, laß ihn verschmachten; es wäre auch mir besser gewesen.‹ Ich hatte so viel von dem Mädchen gehört, ich wollte mich über sie lustig machen, weil sie in allem

Wissenskram herumfaselte, aber sie war zu schön. Das arme Mädchen hatte so viel Jahre wie ein verehrtes Wallfahrtsbild auf der Meeresklippe gestanden und dachte nicht, daß nach so vielen noch eine Welle kommen könnte, die sie umstieß. O die armen Mädchen, welche in der Völkerwanderung einer Universität aufwachsen! Ihre Mutter hatte sich gefreut, daß jedermann ihr Mädchen klug nannte, daß ihr die jungen Leute Bücher brachten, von denen sie selbst ergriffen waren. Sie rangen damals mit ihrer Bildung und dachten nichts Bessres tun zu können, als ihre hübsche Wirtstochter in alles das vertrackte Zeug mit einzuweihen, denn sie horchte nie auf Artigkeiten so geduldig, als wenn sie mit den Idealen und Eitelkeiten der Zeit versetzt waren. Auch mich riß ihre Schönheit hin, und ich meinte, es sei ihr Geist. Wir hörten sie geistig wachsen, denn was sie kaum erlernt, wußte sie deutlicher als wir selbst auszusprechen; wir sahen bald mit einer Ehrfurcht wie zu einem höheren Wesen empor und bemerkten nicht, daß eine heimliche Krankheit den innern Blick erhöhte, daß eine heimliche Neigung an ihrem tiefsten Innern zehrte. Ich Unglückseliger war ihr Verderber und ahnete es nicht, bis sie mir in seltsamen Visionen ihren Zustand deutlich machte, sie nannte mich ihren Verführer, als ich noch unschuldig mit den Blumen zu ihren Füßen spielte. Ich verlachte ihr Traumgesicht, und doch traf alles ein, und die Mutter duldete unsere Vertraulichkeit, weil die Tochter wieder blühend wurde, als ich mich ihr ergab. Ist sie unglücklich geworden, so möchte ich ihre Voraussagungen wie Macbeth die Hexen verfluchen, die ihm hohe Ehre verkündeten. Es war ein trüber, wehmütiger Abend, als sie mir voraussagte, ich würde sie verlassen, doch würde sie mich vor ihrem Ende sehen; am andern Tage begann der Tumult, ich ward relegiert, schrieb ihr unzählige Briefe, erhielt aber keine Antwort. Der Krieg beschäftigte bald meine ganze Seele; nach mehreren Jahren wollte ich sie mit meiner Erinnerung nicht stören, wenn sie mich für tot gehalten und andere

Verbindung eingegangen wäre. Was wissen Sie von ihr? Ich habe Ihnen gebeichtet, um mir Ihr Zutrauen zu gewinnen, ich gäbe viel darum, von dem lieben Kinde wieder etwas zu hören.« – »Sie sollen hören von ihr«, sagte der Pfarrer, »und können Sie nichts mehr von ihr hören, so müssen sie die arme Dorothee sehen, aber rüsten Sie sich, als ginge es in die Schrecken der Schlacht, wir gehen zu einer Sterbenden.« – »Die Sterbende ist Dorothee?« fragte der Oberst mit Entsetzen. – »Die Sterbende ist Dorothee«, antwortete der Pfarrer, »ist die Mutter meiner Frau, Sie sind der Vater meiner Dorothee; erst heute hat mir die Sterbende Ihren früheren Namen anvertraut.« – »Segen und Fluch trifft mich wie Hagelschlag im Sonnenschein«, rief der Oberst und führte den Pfarrer mit sich fort, ohne selbst den Weg zu wissen; eine Ordonnanz folgte ihnen aus Gewohnheit, ohne vom Obersten den Befehl zu erhalten. – Die Pfarrerin saß vor dem Bette der Mutter, die ihr mit schwacher Stimme zuflüsterte, sie sterbe gewiß noch nicht, sie werde noch eine fröhliche Botschaft erhalten; da trat der Oberst, dem Pfarrer vorauseilend, in das kleine reinliche Zimmer. Die Sonne leuchtete mit rotem Abendmahle auf die Sterbende; der Oberst erkannte sie, denn der letzte Kampf durchglühte ihre bleichen Wangen, er sank an ihrem Bette nieder, blickte zu ihr; auch sie erkannte ihn, drückte ihm die Hand, wollte ihn küssen, da sank sie auf ihr Lager nieder und verschied. Der Oberst wollte sie mit allen jammervollen Beschwörungen seiner Liebe erwecken, aber er hatte kein Recht mehr über sie, sie gehörte schon dem Himmel.

»Liebes Kind«, sagte der Oberst zur Pfarrerin, »hasse nicht deinen Vater, daß er so lange nicht für dich sorgte, er wußte nichts von deinem Dasein! Was ich erwarb, sei dein, aber was ist das gegen die Jahre, die ich unwissend dem Leben Deiner Mutter raubte.« Die Tochter verstand nicht, warum er sie als Tochter begrüßte, aber sie folgte dem Wink ihres Mannes und dem Gefühle ihres Herzens, sie küßte seine Hand; aus dem Todeshauche der Mutter war ihr der Vater entstanden, das erklärte ihr der Pfarrer mit flüchtigen Worten, die ihr kindliches Herz mit steigender Liebe schwellten.

Und wie sie so im Arme des Obersten lag, da trat eine uralte Frau in Reisekleidern ein und fragte weinend nach ihrer Tochter Dorothee, die ihr geschrieben, die sie an ihr Sterbebette gerufen hätte. »Wer seid Ihr, gute Frau?« fragte der Pfarrer, aber die Alte hörte nicht, sie war schon lange taub. Der Oberst winkte dem Pfarrer und sprach leise: »Es ist die alte Wirtin vom Gebürge, die Mutter meiner Dorothee, die Großmutter Ihrer Frau, könnten wir ihr den Schmerz ersparen, die Tochter tot zu finden!« – Die Alte hatte sich unterdessen schon der Pfarrerin genähert, schrie auf vor Freude, daß sie so gesund sei, wie sie jemals gewesen, jetzt müsse sie schelten, daß sie ihr den Schreck gemacht, sich todkrank auszugeben, um sich mit ihr zu versöhnen. Die Pfarrerin wollte sie belehren, aber die Alte hörte nichts in ihrer Taubheit, sie freute sich, mit ihren blöden Augen die Tochter gleich erkannt zu haben, und als sie den Obersten auch erkannte, sagte sie ihm, er sei älter geworden, aber er scheine ihre Tochter noch wie sonst zu lieben, und so solle alles vergeben und vergessen sein, daß er sie einst für so viel Liebe habe sitzenlassen. Die gesprächige Alte war so ganz mit den Lebenden beschäftigt, so von Freude überfüllt, daß sie der Toten nicht achtete, sie küßte tausendmal die Enkelin als ihre Tochter und warf ihr vor, daß sie so lange geschwiegen, da sie ihr doch längst den Fehler verziehen gehabt. »Ich hätte es nicht überlebt«, sagte sie, »wenn ich dich tot gefunden, nein, alles in der Ordnung, die Alten bestellen den Kindern ihren Platz im Himmel, wie sie schon auf Erden eine Wiege ihnen bereiten.« Dem Obersten schauderte bei den Worten, und er führte beide Frauen der Türe zu, die Stube schien ihm ein Grab, worin er, lebend begraben, die Gespräche der Verweseten höre, ihm war wie einem Sterblichen, der unbewußt in die Gesellschaft von Geistern geraten ist und nicht weiß, ob es

Täuschung sei, ob er die Täuschung stören könne und dürfe, und doch fürchtet, wahnsinnig in diesem Umgange zu werden. – Da durchdrang ihn draußen der freie Himmel und seine Regimentsmusik wie der Stundenschlag, der die Geisterstunde endet; schon waren alle zum Abmarsch gesammelt, alle harrten auf ihn, auf den geliebten Führer, ihn rief die ernste Pflicht, der er sein Leben verschworen hatte. Kaum waren die beiden Frauen entfernt, kaum hatte er seinen Befehl zum Abmarsch der Ordonnanz gegeben, so kehrte er zur Toten und zum Pfarrer in das dunkle Zimmer zurück, warf sich noch einmal bei der Verblichenen nieder, küßte sie noch einmal, drückte dem Pfarrer seine Brieftasche in die Hand mit einem Schwure, es sei alles, was er habe, es sei die Mitgabe seiner Tochter. Der Pfarrer flehte ihn an, daß er unter ihnen weile, daß er sich unter ihnen ausruhe bei seinem einzigen Kinde. »Draußen warten meiner tausend liebe Söhne«, antwortete der Oberst; »der Himmel hat mich nicht umsonst dem feierlichen Leben entrissen, denn vergessen hatte er's mir nicht, was ich als Jüngling mir als Glück träumte, er führte mich zum Troste in dessen Nichtigkeit, hier sah ich Tod und Täuschung als Grenze aller Bestrebungen fürs häusliche Glück, will sehen, ob etwas anderes, etwas Dauerndes die Bahn des Kriegers schließt; versuch's auch auf deiner frommen Bahn, breite Gottes Reich als frommer Streiter auf Erden aus und bete für mich, denn dazu fehlt mir die Zeit und das Wort.« Der Oberst mochte wohl noch einmal die Tochter geküßt haben, bald hörte aber der Pfarrer den Hufschlag seines Pferdes, er hörte den Aufbruch des Regiments und dachte einsam bei der lieben Toten:

Der Mensch ist bald vergessen,
Der Mensch vergißt so bald,
Der Mensch hat nichts besessen,
Er sterb' jung oder alt.

Der Mensch ist bald vergessen,
Nur Gott vergißt uns nicht,
Hat unser Herz ermessen,
Wenn es in Schmerzen bricht.

Wir steigen im Gebete
Zu ihm, wie aus dem Tod,
Sein Hauch, der uns durchwehte,
Tat unserm Herzen not.

Friedrichs Jugend

Nationaltrauerspiel
(Fragment)

Die Wachparade. Vorspiel.

Friedrich Wilhelms Soldatenwesen im Bedeutenden und Elenden dargestellt in einer kurzen Handlung. Die Soldaten kommen zusammen zur Parade, der Ernst ihres Gehorsams, ihre Ergebenheit dem Lande, dabey Gemeinheit, knechtischer Sinn und Liederlichkeit stellen sich in kurzen Reden zusammen, sie singen zusammen ein Zotenlied. Es gehen einige anständige Bürgerfrauen vorüber, sie fürchten sich daß der König sie sehen möchte und ausschimpfen, weil er sie für Müssiggänger hielt. Es steigen ihnen einige junge Offiziere nach, es trit ein andres gleichsam Göttergeschlecht auf, aber die Soldaten scheinen auch das als nothwendig anzuerkennen, sie sind darum doch ganz zutraulich mit einander, wenn sie gleich nun keine Aufmerksamkeit haben, sie sprechen mit grosser Wichtigkeit von der Parade. Ein junger Offizier kommt leichtsinnig, spricht von Frankreich, flucht, daß ihn die Trommel vom Spiel gerufen; singt einigen: Herr Leutnant ich lebe, Herr Leutnant ich sterb, die Schläge ich gebe und nichts mit erwerb, die Ehre Kamraden, bedenket es wohl, die läßt sich nicht braten, nicht fett macht den Kohl. Denn weil wir ergeben der Freyheit zum Schutz, so müssen wir leben, der Nothdurft zum Trutz, ein schäbiges Röcklein, ein nüchternes Mahl, ein bleyernes Stöcklein wir führen zumal. Das Pulver verknallen wir immer umsonst, wir hören es schallen und leben wie sonst, nur schneller die Tritte zum wirbelnden Kampf, und stolz in der Mitte, wir schreiten im Dampf. Das Lied ärgert einen Offizier so tief, daß er ihn gleich fordert. Ein andrer singt ihm nach: Eh Thaten beendet, der Plan wird verlacht, doch sind sie vollendet, giebt jeder drauf acht, wo Grosses entstehet, ists lächerlich erst, das Lachen vergehet und Schrecknіß du hörst. Das nimmt der ärgerliche Offizier noch übler und fordert ihn auch, der General kommt dazu und schickt sie alle in Arrest. Es kommt ein kleiner tüchtiger Kerl zum General und will Soldat werden, weil ihn die Mädchen so necken, der General ist noch im Zorn und meint er wolle ihn narren, weil er einen Kopf zu klein und läßt ihm vom Korporal zehne aufzählen. Der Korporal ist sein Bruder, er nimmt von ihm traurig Abschied, weil er über die Grenze gehen will um Soldat zu werden. Wozu soll mir Arbeit dienen, laß der Ameis das und Bienen, weiß mich nirgend zu vergnügen, Tanz ist selten, täglich pflügen. Soll ich mich alltag betrinken, will mir doch nicht recht bedünken, oder in die Kirche gehen? Kann den Predger nicht verstehen. Närrscher Kerl ich geh zum Teufel Gott sey bey uns, ohne Zweifel. Ein Werbekommando führt einen wohlgekleideten schönen grossen Mann in Ketten zu dem General. Nun habt ihr ihn? Ja wir haben ihn! Der junge Mann spricht sehr artig den General an, sagt daß er ein Predigersohn aus dem Hannövrischen wäre, daß seine Aeltern sich fast erschöpft um ihn studieren zu lassen, daß er jetzt seiner Anstellung entgegensehe, daß er zum Besuche in eine Preussische Stadt gelockt wäre, daß er da überfallen und nach kurzer Gegenwehr überwältigt hieher gebracht, er hoffe auf seine Befreiung. Der General sagt, er solle Gott danken, daß er das Leben behalten, da er sich widersetzt habe, durch eine gute Aufführung sollte er die Gnade des Königs verdienen, der ihn in seiner Garde aufnehme, er solle gleich gekleidet werden um sich dem Könige vorzustellen. Der Student in Verzweiflung ab. Die Soldaten stellen sich, ihre Kleidung wird untersucht, der Unteroffizier muß die ganze Kompagnie aushauen weil ihnen der Schneider einen Knopf zu wenig an die Kamasche geneht, der Leutenant fuchtelt den Unteroffizier und der Leutenant wird in Arrest geschickt. Es wird vollständig exerzirt, dabey Regiementsmusick, Fuchteln, Fluchen u.s.w.

Erster Aufzug

I.

FRIEDRICH *auf einem Sessel in einem finsteren Zimmer.*

Wie ist der Tag so weit schon abgebrant,
Daß in der Asche kaum noch Funken glühen,
Ihr hellen Sterne seht zu mir herein,
Und mahnt mich ob ich duldend will verkommen?
Wo war ich denn, da war jetzt heller Morgen,
Er blies die Funken jubelnd mir ins Auge.
Ich war bey ihr in Englands schönem Reiche,
Und müde starr umschließt mich jetzt die Wand.
Ist dieses Wahrheit, ist es jenes auch.
Ich fühl noch ihrer Lippen schönen Hauch
Oder's ist Wahrheit wie mir brent die Wange,
Komm liebe Flöte sag was ich verlange.
(Er spielt die Flöte)
In allen Gassen Licht und Leben löscht,
Nur in dem Schlosse überwacht das Licht,
O diese Krone plagt mit stetem Wachen.
Durch unter Lindenblüten ziehn die Leute
Ein schmutzig elend Volk und doch vergnügt
Ein Liedchen in dem Kopf, die Magd zur Seite
Sie sehen nicht des Himmels Wetterleuchten.
Was hör ich da ganz leise Tritte schleichen
Ich bin bereit auch Geister heut zu schauen
Nein. Vater ist der böseste von allen.

2.

FRIEDRICH und der Englische Gesandte.

Wie wirft der Mond so wunderbare Schatten
Durch die Gedanken.
G. Doch nicht Schatten blos
Das Meer hat mich verschont, der Wind gezogen
Daß ich recht schnell das Gute ihnen sage
Wenn Schatten sind die Boten ferner Neigung
Und Schatten billig folgen ihrem Wesen,
So bin ich Schatten eines lieben Briefes
Der Brief ist Schatten einer Königstochter.
F. O nehmen sie die Ungedult statt Dank.
G. Die Ungedult zog ihn schon aus der Tasche
Eh ich zu ihnen trat.
F. Doch nicht verloren!
G. Hier ist er Prinz, ich hätt mich nachgestürzt,
Wenn eine Welle ihn der Hand entrissen.
F. Da hab ich ihn o fänd mein Aug nur Ruhe
G. Und fänd es Licht zum Lesen, hier ists dunkel.
F. Weh mir ich bin ja blind, was helfen Augen
Die solchen Brief im Finstern auch nicht lesen,
Wie kommts daß sie nicht leuchten von den Blicken
Der lieben Seele, die auf ihnen ruhten.
G. Ich bin zu kalt mein Prinz, die Lichter löschen
Vor meinem Froste aus
F. Nur nicht die Flamme
Der Freundschaft die ich für sie ewig hege,
Ich wollte nicht, daß ich noch danken könnte.
Sie wagten mehr als ihre Pflicht gebeut.
G. Mit ganzer Seele thut es wohl zu dienen
F. Hätt ich Geschenke spielt ich gern den Prinzen,
Doch dieser Brief ist jetzt mein einzig Gut.
G. Für Sold und Lohn hab ich noch nichts gethan,
F. Ein Trunkner kann sie nicht beleidgen Freund
G. Sie haben noch den Nektar nicht gekostet.
F. O in dem Becher spiegelt sich die Welt
Wer hat die Brief erfunden, es war Liebe
Und wenn wir sterben, wo die Briefe bleiben

Ach keine Macht kann mich von diesem scheiden.
G. Hier ist ein Wechselbrief, wohl nicht so lieb
Doch brauchbar wie ich mein zu ihren Plänen,
Kein Mensch erfährts, sie zahlen wann sie wollen
F. Es wäre grösser leicht wenn ich ihn nehme,
Ich kann es nicht, ich danke, doch kein Wort.
G. (zerreißt ihn.) So ist er auch umsonst geschrieben mir.
Doch möcht ich mehr von jenem Brief erfahren,
Was ihr Entschluß und was ich helfen kann.
F. Gott sprach es werde Licht und es ward Licht,
Wie helle wirds vor meinen Augen, mächtig
Ich sehe die geliebten Züge mir zuwinken
Ich seh die schöne Hand hineilend beben,
Ach wie mein Herz so bebte ihre Hand,
Was Liebe heimlich sendet bleibe heimlich,
Und jedes Fest bereitet heimlich sich,
Von keinem je erscheint das innre Wesen.
G. Zuviel Gemüth, zu wenig Klugheit nur.
F. Sieh wo das volle Herz die Welt durchbrochen
Versagt der Mund die Worte abzuwägen,
Fort, fort, ich kann sie nicht beleidigen,
Wer Hofnung lebt, der brauchet kein Vertrauen
Und lieben sie, ich will ihr Diener werden.
G. Zu viel der Gnade, hier bin ich zu viel.
Ich diente ihnen, weil ich sie geliebet,
Ich warne sie, auch nicht zu viel zu lieben,
Mein bester Dienst ist schleuniges Entfernen.
F. Nur fühlen sie, was sie für mich gethan.

3.

Friedrich spricht einzelne Worte des Briefs vor sich, Katt sieht ihm über die Schulter ein Licht in der Hand.

Folge dir,
Du folgst dem Größten,
Folge mir,
Doch nicht zum Bösten
Was ich will
Ich kanns nicht sagen,

Heimlich still,
Du kannst es wagen!
Nun weiß ich was Geheimniß heißt der Liebe,
Sie ist es selbst getaucht in blutge Scham
Die unsre Backen überläuft behende,
Nur diesen Anstoß brauchts, die Welt sie geht,
Und der Planet um seine Sonne wandelt.
Ja ewig, oder es wär gar nichts werth;
Geschehen ist der Wurf und ich bin frey

KATT *schlägt ihn auf die Schulter.*
So recht, das nenn ich noch entschlossen seyn

F. Dennoch erschrak ich eben jezt vor dir,
Du siehest fremd mir aus mein alter Freund.

K. Und du bist ausser dir, wie soll ichs deuten

F. Hab ich denn kein Vertrauen mehr zu dir
In Ebnen fürcht ich Fall, wie soll ich springen

K. Wie kann ein Tag dein Schicksal so bestimmen
Sieh das ist Laune, ist des Geistes Schwäche

F. Was ist denn Schicksal wenns nicht ist die Laune
Was ist denn stark, wenns nicht das Schicksal ist.
Sieh eben war ich ganzer Seel entschlossen
Und seit ich dich gesehn bin ichs nicht mehr.

K. Ein Zweifel ist dabey zum Schrecken Grund,
Liegt was an mir, bin ich doch mein gewiß.

F. Hat denn das Schrecklichste je einen Grund,
Das macht es schrecklich, daß es nicht begründet
Es hängt wie Wolken in der hellen Luft,
Wer weiß, ist dies nur Dunst, ist es ein Stein
Der schmetternd auf uns nieder könnte fallen

K. Laß fallen was wir doch nicht halten können.

F. Nun immerhin, es war wohl nur ein Schatten,
Und dieser Schattenriß wird ihn verstecken.

K. Gar sanfte Züge wie die stillen Wellen
Die sich im Rohre lispelnd kaum verlieren,
Wie weiche Federn an des Adlers Brust.
Im Fluge fühlt der Blick sich da gehalten
Und weiß es nicht, daß er so ferne schwebt.

F. Wie ist es doch, als wenn ich mit mir spreche,

O wollte sie, du müßtest mit mir theilen,
Allein besitzen kann ich ohne dich nun nicht
Komm mit nach England, daß sie dich auch liebe
K. Ich dacht das wär schon ausgemacht, schon lange
Ich theile auch wenn mir mein Glück beschieden,
Gehts heute Abend fort, gehts morgen?
Ich habe Geld bereit und gute Pferde
F. Das geht dir alles schnell, mir nicht also,
Ich wuchs nicht frey wie du, mußt mich bezwingen,
Und jezo mag mir das zu etwas dienen
K. Was ist zu fürchten, nun den ärgsten Fall,
Du schützest mich als königlicher Erbe,
Ich wage nichts, mich freut daß du bestimmt
Dem eklen Leben Lebewohl zu sagen.
F. Mir ist nicht so, mich fesselt hier die Zukunft.
Dies Ganze trägt doch meinen Namen einst,
Was ich jezt thu das rhut in den Geschichten
K. So lang kein Araber den Büchersaal verbrennt.
Hier schweiget das Gefühl des Ganzen still,
Doch wahr mich Gott, daß ich dir hier sollt rathen
Folg ganz allein dem laut gewordnen Herzen.
F. Du sprichst wie sie ihr habet beyde recht
Du hasts gesagt und ich wills thun, auf fort.
K. Nicht weil ichs dir gesagt bey meinem Leben,
Mir fällt jetzt ein die Wichtigkeit der Sache
Auf leichtem Blut schifft ich so schnell vorbey,
Daß ich die Klippen gar nicht wahrgenommen.
F. Was herrlich ist, das darf sich aussen zeigen
Und war kein Gott mit mir und ich kein Held,
So mag mein Schiff denn auch wie viele scheitern
K. O setz dein Schicksal so nicht auf die Probe,
F. Den Plan von Jahren reift der Augenblick
Und eine Welt liegt offen meinen Sinnen
K. Sey kalt im Ueberdenken, heiß im Wirken
F. Ich bin mir gleich und das ist mehr als jenes,
Verschliest der Vater mir der Weisheit Bücher
Ich geh hinaus und schreibe sie mir selbst,
Bin ich nur frey, ich werde herrlich werden.

K. Ich möchte los, ich bin dir fest gebunden,
Du bannest mich mit deinen Zaubermächten.
F. Auf fort, ein Wort zu viel macht That zu wenig,
Jezt fühl ich meiner Zweifel Unwerth ganz,
Da sie aus deinem Mund mir wiederhallen.
K. O das bleibt schön, daß du mir so vertrautest,
Wie es auch geh, an mir liegt nichts, gar nichts.
Ich habe den Gedanken dir erregt,
Und wo Gefahr, da will ich Ruhm auch theilen.
F. Vergesse Ruhm, so siehst du nicht Gefahr
Nein den Gedanken hast du nicht erregt,
Er war in mir, du hast ihn nur in Worten,
Und was mich zweifeln ließ war Ueberblick,
Was ich verlasse, weiß ich auch zu achten,
Und was ich suche, weiß ich auch zu schätzen
K. Den Hunger und die Schläge von dem Vater?
F. Siehst du des Aeltervaters grosses Bild
Wie runzelt es mir nicht die grosse Stirne
K. O Himmel kannst du das so ruhig tragen,
Was hast du denn für Federkraft in dir?
Was ist das Leben werth in solchen Träumen
F. Darum könnt ich auch wohl des Vaters Härte
Mit Spott ertragen winkte mir nicht Liebe,
Denn was ein Herrscher schaffen kann und thun
Das ist wohl mehr, als was ich jetzt muß leiden.
Dem grossen Sinn ist nur das Leben lieb:
Und wer es nicht versteht der kanns nicht achten.
K. Auch die Gefahr des Lebens muß ich achten.
Du wirst dich nie in Feindesschaaren stürzen.
F. Und du wirst stürzen, eh du sie erreicht
Und ich erreich sie nicht, weil sie mich fliehen
Auch unsrer Freundschaft ist dies Zimmer Zeichen
Kannst du mit flüchtgem Blick vorüberstreichen
Lösch aus das Licht, dies war ein Augenblick,
Ein andrer kommt da sink ich auf das Kissen
Aus müdem Ekel an der alten Luft.
Fort fort, hier will ich noch nicht sterben.

4.

Die Scene dunkel und leer wird durch ein Gedankenchor gefüllt, das sich aus allen Winkeln hervordrängt, wüste Gestalten, meist Krieger

GEDANKENCHOR. Ihr Brüder, wir sind hier verlassen, wandert,
Denn keiner unsre Sprache hier versteht,
Wir ziehen mit den Vater zu beschützen,
Der jugendlich sich neu vermählen will,
Er wird uns dann verachten, neu in Liebe.
Wie schnell gesprochen ist der Liebe Wort,
Wie lange klingt es nach im rechten Ohre,
Zum Leben macht es stark, des Todes werth,
Lasst uns beweisen, daß aus Lieb wir stammen,
O schwarze Nacht und ihr Gestirne pranget
O führet ihn mit eurem ewgen Lauf,
Der Leichtsinn fall der ihn verführet hat,
Er fühlt sonst nie was er verwirkt und that.
Geschlagen hat die Mitternacht
die zwölfte Stunde ist vollbracht
Die Geister machen nun die Runde
Von alten Schätzen flammt die Stunde
Wirst schlagen nie genug und segnen uns
Vor aller Versuchung behüte uns.

Der Gedankenchor zieht fort, es wird zwölfe abgerufen, die weisse Frau tritt ohne Schrecken mit einem Korallenrosenkranz betend herein, sie kann mit einer Koralle im Beten nicht fertig werden.

Keiner will mich hören
Alle scheuen mich,
Geb ich gute Lehren,
Denke ich für euch.
Immer die Korallen
An dem Rosenkranz
Seh ich niederfallen
Zu dem Todtentanz;
Nicht vorüber
Gehet dieser.

Als ich diese Worte so recht mit innerm Behagen und fliegender Feder schrieb die überlebten Schrecknisse und den steigenden Glanz meines königlichen Hauses gedenkend, da ergrif mich eine innere Hand mit solchem Schauder, daß ich weder fortschreiben noch fortdenken konnte, noch jezt ist mir dies Gefühl unerträglich, nachdem es in dem Untergange meines Landes erfüllt worden, es war keine Ohnmacht keine Bewegungslosigkeit, ich ging auf und nieder, aber ich muste das Himmelslicht anschauen und die frische Luft athmen, um diese schrecklige Ahndung ertragen zu können, vergebens sang ich und suchte mir fremde Gedanken zu machen, ich fühlte einen höhern Gedanken in der Welt, dem das was ich dachte unlieb war, ich hatte den Wunsch fortzuarbeiten, ich fühlte in mir Leichtigkeit das Ganze nach meinem Sinne eines Nationalstücks zu beendigen, aber ich wagte es nicht. Mir kam das so toll vor, daß ich mich gewissermassen für toll hielt, wehe mir, daß ich so vernünftig damals ward, daß ich in voraus fühlte, was zu schwer war um es gern zu überleben. Der Gram über diesen meinen Zustand machte mich wirklich einige Zeit krank, ich rührte in einem halben Jahre keine Feder an, so thätig ich innerlich beschäftigt war, so reichlich ausserhalb in mannigfaltiger Reise zur See und zu Lande bey schöner Jahreszeit die ganze Fülle geistigen Lebens sich entfaltete. Ich hielt das Ahndende in dieser eigenthümlichen Geistesrichtung für krankhaft und jede Fortzeugung darin für eine verbreitete Seuche, die sonst in einem Einzelnen ruhig ausgestorben wäre. Dieses geistige Cölibat ist eines der härtesten, wer darin von Jugend an gelebt, der fühlt vielleicht nur dieses Bedürfniß sehr unbestimmt, wer aber je eine Erfindung hervorbrachte, der hat immerdar Sehnsucht nach diesem Schaffen, wenn es gleich mancherley Mühe und Ueberdruß wie die Wartung der Kinder macht, denn die Einbildungskraft ist eine fruchtbare Mutter, aber sie nahrt ihre Kinder nicht selbst, sondern überlässt sie dem Verstande. Allmälig gleichte ich mit der Welt aus, ich fand, wenn ich toll wäre, so wären es die übrigen Leute nicht minder, es ergriffen mich andre Beschäftigungen, der Widerwille gegen die innere Verhältnisse meines Landes, nicht daß es schlechter war als in andern, nein, aber daß man das Beste in den meisten Fällen wuste und das Schlechte annahm, das nahm mir alle Lust zu einem Nationalstücke, ich lernte fühlen, daß die Kraft des Einzigen, der sich nach dem Glücke seinem Eigensinne überließ, das Schicksal und den allgemeinen Sinn des Landes gebrochen hatte, endlich gab mir ein Zufall geschichtliche Quellen, nach denen Friedrichs Jugendzeit durchaus entgegengesetzte Ansicht erhält. Es sind die Memoiren der Markgräfin der Lieblingsschwester Friedrichs, die in verschiedenen Abschriften in verschiedenen Händen sich befinden, die da daher nicht wie die Memoiren des Prinzen Heinrich verbrannt werden können, und durchaus einen Abdruck fordern, weil sie ein Eigenthum der Nazion sind. Die Markgräfin ist eine vortrefliche Geschichtschreiberin ungeachtet sie selbst so ernst, so traurig, so dürftig darin mitspielte, weil sie bey hellem Verstande und fortwährender Theilnahme an den Begebenheiten ihrer Jugend doch fast keine andre Leidenschaft als einen gewissen Stolz zeigt, der ihr von der Mutter aus England überkommen seyn mochte. Ich las diese Memoiren einigen Mädchen vor, die mehrmals über das Glück laut aufschrieen was sie im Hause ihrer Aeltern hätten verglichen mit den Schicksalen dieser Königstochter. Es giebt keine Demüthigung, keine Härte, keine Anstrengung die sie nicht in dem Berliner Schlosse erlitten vor dessen Herrlichkeit ich als Kind staunete, mich hineinwünschte und der glänzenden Schicksale dachte, deren die Bewohner sich erfreuen, während ich mit allem Bestreben mühsam eine höhere Bank in der Schule hinan klomm und allen Prämien zum Trotz mit meinen zehn Büchern unbemerkt vorbey lief, wenn nicht der kalte Schnee meine Tritte gefällig aufgenommen. Und während ich mit Sehnsucht die kleinen Prinzen mit Fackeln vorbey fahren sah, schimmernd in den kleinen Uniformen und mich zu Bette legen muste und spät im Schlafe die Wagen mit inniger freudiger Schnelligkeit vorüberrollen hörte, dachte ich nicht, daß sie später in Unsicherheit des Lebens und des Reichs so arm wie ich mir vorüberziehen würden. Es giebt eine Menge moralischer Gedanken, die gleichgültig und fade im ungestörten frischen Leben, wie mit einem innern Glanze in der Unglücksluft leuchten, die sich wie Nebel über Länder lagern, scheinen doch die alltäglichen Stadtlampen im Nebel wie Kometen. Unglück säet Unglück, so scheint in diesem Unglücke der Kindheit Friedrichs und seiner Schwester, die ihm der Wahnsinn seines Vaters bereitete, der Grund seiner späteren Abgeschlossenheit für seine Nazion zu liegen, die er nur in militärischer Hinsicht zu begreifen und also zu führen verstand. Diese Princeß seine Schwester, muste in früherer Zeit bis zur Erschöpfung lernen, bis zur Ohnmacht dem Eigensinne ihrer Mutter unterworfen trotz eines bedeutenden Fiebers vor ihr in vollem Anzuge zu erscheinen, sie mußte sich vor allen ankommenden englischen Frauen entkleiden um ihnen zu beweisen daß sie nicht verwachsen, weil man ihre Heirath mit dem englischen Prinzen durch ein solches Gerücht zu hintertreiben suchte; sie muste endlich mit ihrer Hofmeisterin wegen der Weigerung einen kleinen deutschen Prinzen zu heirathen, ungeachtet die Mutter sie dazu zwang, auf Befehl ihres Vaters eingesperrt hungern, so daß gutmüthige Bewohner Berlins ihr heimlich Essen vor die Thüre stellten, einmal sogar wunderbar ein Rabe ein grosses Stück Brod vor ihrem Fenster fallen ließ. Und das war mit Demüthigungen jeder Art von den Lieblingen des Königs begleitet und zwischendurch gewitterte die schreckliche Fluchtgeschichte ihres Bruders, die ihn ohne den herrlichen Fürsten von Dessau namenlos dem Tode geopfert hätte. Herrlich steht der Fürst in der ganzen Geschichte da; als er bey dem Könige nicht durch dringen konnte, zog er sich zurück, er kam nur in einzelnen bedeutenden Momenten wieder, demüthigte

Grumbkow im Zweykampf, suchte die innere Ruhe des Hauses herzustellen, rettete Friedrich das Leben, der von Jugend an durch seine eigenthümliche Geistesrichtung in den elenden Methanismus des Vaters eingrif, so daß dieser ihn schlug, wo er ihn abreichen konnte und als Aufrührer fürchtete, man sieht von beydem nie den Grund. Friedrich zeigt sich in dieser ganzen Fluchtgeschichte zwar unternehmend, aber so kindisch unbesonnen, daß gewöhnliche Kritiker einem Dichter Züge der Art in einer Heldenjugend nicht glauben würden, sie meinen immer so ein Mensch kommt fertig auf die Welt, er hat weiter nichts zu thun als sich laufen zu lassen, sie denken nicht daß er sich der menschligen Bedingung nicht entziehen kann einer andern Welt anzugehören, während ihm eine Welt angehört. Katt verdiente seinen Tod wegen des unwarnbaren Leichtsinns, mit dem er sich und seinen geliebten Prinzen, der aus Leidenschaftlichkeit nicht sah, in Unternehmungen stürzte, die er zu schwach war zu lenken. Die Princeß übersieht die Gefahr nie, sie warnt ihn mehrmals. Merkwürdige Vorbedeutungen folgen, in der Nacht der Flucht ist im Nebenzimmer der Königin ein furchtbarer Schall, vergebens bleibt das Nachforschen. Als die Nachricht von der vorgehabten Flucht und der Gefangennehmung des Prinzen nach Berlin an die Königin kommt ist die Princeß auf einem Balle, sie liebte den Tanz und bemerkte gar nicht die Zerstörung auf dem Gesichte der Königin, ihrer Vertrauten besonders [ihrer] Hofmeisterin, Fräulein Sonsfeld, vergebens kommt diese wiederholt an sie heran und frägt: Ob sie noch nicht ausgetanzt hätte? Es ist als wenn ihr noch diese Momente von Freude gegönnt sind von den finstern Gestirnen, die unbekannt am Himmel kreisen, während wir alle Schuld auf jene herrlich leuchtenden werfen die einzige Abwechselung der eintöngen Nacht. Erst im Nachhausefahren erhält sie die Nachricht von ihrem damals einzig geliebten Bruder und gleich muß sie mit ungeheurer Anstrengung arbeiten, um ihre Mutter und sich aus dem wohlbegründeten Verdachte des Mitwissens zu reissen. Sie wusten freilich nicht seine jezige Flucht, aber ein Kasten mit Briefen, den Katt leichtsinnig vergessen zeigten einen früheren Plan der Art um den Lieblingswunsch der Mutter, die Heirath mit der englischen Princeß zu vollbringen. Dieser Kasten wird ihnen durch einen Freund zugestellt, nun müssen sie in einer Nacht die ganze Zahl mehrjähriger Briefe mit andern gleichgültigen ersetzen und das in dieser verzweiflungsvollen Stimmung. Als Friedrich nachdem er seinen Freund hatte hinrichten sehen und selbst darauf vorbereitet war, seine Schwester wiedersieht, erschrickt sie vor ihm, so fremd ist er ihr geworden, an Körper und Ausdruck, er ist kalt und vorsichtig, er hatte gefühlt daß er in sich zu vielem, ausser sich zu nichts gekommen sey, er hatte den Werth der Klugheit kennen gelernt gegen die Tücke der Naturen und seine Schwester schien ihm vielleicht, wie es sich bald zeigt, der Mutter zu sehr unterworfen. Es kann auch seyn, daß ein höherer Geist da schon in ihm waltete. Die Liebe der beyden ging nicht unter, aber ihr Vertrauen, ihr gemeinschaftliches Leben, was sich Frauen selten von einander getrennt denken können. Friedrich, streng gehalten von seinem Vater, war doch von ihm an den sehr ausschweifenden sächsischen Hof geführt worden. Der Vater hatte da die grosse Freude umsonst gut zu essen und zu trinken, der Sachse hatte seinen Spas an ihm und ließ ihn eines Abends mit dem Sohne in ein dunkles Zimmer führen, es ging ein Vorhang auf und hellerleuchtet unter Rosenbüschen und Orangen lag eine sehr schöne Polnische Gräfin nackt ausgestreckt schlafend vor dem Könige, der seinen Sohn eifrig zur Thür hinaus warf, die Sache selbst aber noch betrachtete. Die Princeß erzählt, daß diese Schöne doch zu viel Eindruck auf ihn gemacht habe, daß er sie heimlich aufgesucht und krank zurückgekommen wäre, was er vor dem Vater verheimligen muste. Merkwürdig ist es, daß er nach dieser schrecklichen Erfahrung, wo er die Schlange unter den Rosen gefunden hatte, jeder Art

Liederlichkeit in seinem Staate Freyheit selbst Privilegium ertheilte, wahrscheinlich war es ein Schluß von seiner Natur auf andre, daß ihn gerade die heimliche Sünde besonders gereitzt und so trägt es den Fehler seiner meisten Staatseinrichtung von einem Einzelnen ausgegangen, mit diesem Einzelnen gefallen zu seyn. Und doch fühle ich noch die heilige Ehrfurcht, wenn ich des hohen Baumganges seines Ruppinschen Gartens gedenke wo seine reifende Kraft athmete. Denkt daß seine Regierung und was sie begründet der erste neue Glanz für Deutschland war seit Karl dem V, die ersten Siege über Frankreich, Geistesfreiheit und Bildung und Reichthum über alle deutsche Staaten wunderbarlich verbreitet, vor allem des Genius Wiedererwachen. Wunderbar ist es, wenn ich überdenke, welche Zufälle alle Denkmahle zur Bezeichnung seiner Grösse aufgeschoben haben, bis sein Land unfähig geworden ihm ein würdiges Denkmahl zu setzen, vergebens sind Preise ausgesetzt, hunderte von Zeichnungen beurtheilt, die Zeit sollte bewähren, was er war, und während wir nun fühlen daß er die Verfassung seines Land[es] statt sie zu begründe[n] vernichtet hat, tritt sein kriegerischer Geist um so strahlender hervor, ein ewiges Beyspiel, daß in solchem rechten Mittelvolk auch das kleinste Volk gegen eine Welt frey bestehen kann, mögen wir ihn daher in dreyfacher Gestalt vorstellen, als Jüngling, als Greis und wie er kriegsgerüstet als Mann die beyden in seinen Armen trägt über den Fluß der Vergessenheit, in den er Kugeln geworfen um aufzutreten, während er noch eine in Händen führt und die noch halb stehenden Thürme von den neunen bedroht, aus denen verwünschte entarteter Geschlechter jammervoll hinaus blicken.
Er schloß seinen Vortrag sehr erschöpft, da ereignete sich – nichts weiter, ich konnte die Nacht nicht schlafen.

Das Loch
oder
Das wiedergefundene Paradies
Ein Schattenspiel.

Schatten.

Dichter.
Kaiser vom Rhabarberlande.
Kaiserin, dessen Frau.
Kasper, sein Rat.
Volk und Tiere im Rhabarberlande.
Ritter von der runden Tafel.
Dessen Matrosen.
Der Teufel.

Prolog des Schattendichters.

Euch Aktionärs vom neuen Schauspielhaus,
Entbiet' ich meinen besten Gruß voraus,
Ich schwör' es euch, ihr lebet viel bequemer
Als ich, der dieses Baues Unternehmer!
Wer Geld gegeben, meint, er hab' das Recht,
Daß er das Ganze finde gar zu schlecht;
Ich hör' viel Tadel, niemand will recht loben,
So geht es mir, wie unserm Herrn da droben.
Der eine meint, ich hab' das Öl gespart,
Nach der bekannten Stadtbeleuchtungsart;
Der andre meint, die Malerperspektive
Verliere sich beinahe in das Schiefe;
Der dritte meint in diesem Augenblick,
In Gesten hätte ich noch kein Geschick,
Auch sollte ich noch mehr Register ziehen
In dem deklamatorischen Bemühen. –
Bei Licht besehn, wird's keinem recht gemacht,
Doch traulich waltet über euch jetzt Nacht,
Ihr seht nicht mehr, als ich will sehen lassen,
Wollt ihr was hören, müßt ihr auf mich passen,

Denn keiner ist von euch so vorbereitet,
daß er aus'm Stegereif mein Stück bestreitet.
Doch wenn es euch mißfällt, ihr könnet schlafen,
Ihr könnet schwatzen, niemand kann euch strafen,
Die Nacht ist Feindin aller Polizei,
Die Welt wird Chaos und der Mensch wird frei.
Zwar ist der Raum nur eng, den wir regieren,
Wenn uns kein Licht zu ferner Welt will führen;
Die Nacht ist ohne alle Offenbarung,
Sie hat zu ihrem Troste die Erfahrung
Im engen Raum, den unser Blut durchschwärmt,
Den unsre Haut umspannt, und Atem wärmt,
Wo Töne sind die einzigen Gestalten,
Die ungeschwächt von außen in uns walten,
Wenn die Erinnerung von allem Leben
Will in verzerrten Bildern schon verschweben. –
Die Kinder schreien in der Dunkelheit,
Verständ'ge sehnen sich nach Freudigkeit
Und sehnen sich wohl gar nach jenen Schatten,
Die sie am Tage übersehen hatten,
Die den bewegten Umriß deutlich zeigen
Von allem Lebenden, was uns einst lieb,
Was in der Phantasie verwischt und trüb,
Beseelte Bilder, die, obwohl schon eigen
Der Unterwelt, doch an des Lichtes Grenzen
Sich noch mit seiner Heiterkeit bekränzen.
So ward einst nachts das Schattenspiel erfunden
Von Liebenden, die sich getrennt befunden;
Die Liebe gönnte diese Kunst im Scheiden,
Als sie erfand, den Schattenriß zu schneiden,
Der Liebe hat es Scherz bald nachgemacht,
Und spricht zu Euch in dieser Winternacht:
Dies Geisterreich, es sei euch aufgetan,
Es bricht die Kunst sich heute neue Bahn;
In einem Haus, von Pappe auferbaut,
Personen *hinter* Dekorationen schaut!
Wer sind die Schatten, kennt ihr sie noch nicht?
Erkennt sie doch am Umriß vom Gesicht! –

Da die Gebildeten mit nichts zufrieden,
Da sie an allen Künsten schon ermüden,
Und da das alte Schauspielhaus verdorben,
Die alten Schauspielleut' aus Gram gestorben
Um die Kritik, die sie so stolz verlacht,
So steigen ihre Schatten aus der Nacht.
Sie wollen sich vor euch noch einmal zeigen,
Sie bleiben euch im Schattenreich noch eigen,
Es wär' ihr einz'ger Trost im ew'gen Leben,
Daß ihnen Kritiker heut' Beifall geben;
Brecht eures Witzes scharfe Spitzen ab,
Gedenkt, daß niemand steiget aus dem Grab
Gelenkig, zierlich, wie er einst im Leben,
Die Arme und die Beine konnte heben;
Einseitig auch sind Schatten, wie bekannt,
Ihr Ansehn wechselt bei des Lichtes Stand,
Auch wird zuweilen sichtbar jene Hand,
Die sie auf Erden hat zu euch gesandt. –
Wem's nicht behagt, der komm' zu mir herauf,
Denn wie ihr seht, ich bin ein Schatten auch;
Verbessert mich in meiner Verse Lauf,
Und meinen Beinen gebet bessern Brauch,
Die Ehre gebe ich der Lust in Kauf;
Hier oben könnte mir noch mancher helfen,
Doch müßte er hier heulen mit den Wölfen
Und mit dem Eselein das Ja schrein
Und sich mit kind'schem Spiele noch erfreun.
Des Spieles Name schon bedeutsam ist,
Es heißt das *Loch*, weil, wie ihr alle wißt,
Das *Loch* ein körperlicher Schatten ist,
Ein Nichts, das durch die Grenze nur gemessen,
Im Lichte ganz und gar vielleicht vergessen;
Auch heißt's das *neugefundne Paradies*,
Weil man vom Schauspielhaus so viel verhieß,
Doch Rom ward nicht in einem Tag erbaut,
Und dieser Tag hat dieses Haus gebaut,
Und diese Dekoration mit Tusch' gemalt,
Die jetzt auf meinen Wink zu euch hinstrahlt,

Seht hier das Kaiserschloß, den hohen Thron,
Die Regierungsmaschine steht nicht weit davon;
Auf diesem Turm, da wohnt die Kaiserin
In jungfräulichem, sehr betrübtem Sinn,
An einen Ritter denket sie im stillen,
Dem sie entrissen ward durch Vaters Willen;
Die See ist offen, und ein Schiff kommt bald.
Da hinten ist der grünbelaubte Wald;
Doch höre ich da unten ein Gemunkel,
Die Farbe dieses Walds sei etwas dunkel;
Sprecht nicht von Farben mir, dem armen Blinden,
Verlangt nicht mehr, als was ihr könnet finden.

Erster Aufzug

I.

Kaiser und Kaiserin.

KAISER. Nicht wahr, es sitzt sich gut auf dem Thron?
KAISERIN. Ich sitze nicht gern, das wißt Ihr schon,
Tanzen und Springen wär' mein Entzücken,
Das Regieren will mich gar nicht beglücken.
KAISER. Ja, liebes Kind, man muß sich genieren,
Wenn man die ganze Welt will regieren,
Es ist kein Spaß, es fordert Knochen.
KAISERIN. So ward mir noch nie vom Regieren gesprochen.
KAISER. Du kennst auch noch nicht die schwersten Pflichten,
Du kennst bis jetzt nur die lust'gen Geschichten,
Wie einer den andern läßt köpfen und schinden,
Die Städte verbrennt, den Krieg zu verkünden;
Ja, wäre es damit abgetan,
Da wäre gar mancher ein großer Mann;
Doch dann kommt erst das Gesetzegeben,
Das greifet dem Klügsten in das Leben.
Wenn du in deiner Kammer verschlossen,
Da wird die Regierungsmaschine gestoßen;

Wie mancher Tropfen Schweiß wird vergossen,
Bis wir die Gesetze herausgestoßen.

KAISERIN. Kann ich Euch bei der Arbeit nicht nützen
Fast fürchte ich mich, hier zu versitzen,
Bewegung kann die Gesundheit schützen.

KAISER. Kein Weib hat die Kraft und den hohen Mut,
Der die Gesetze recht greifen tut,
Oft muß ich ganze Tage drauf lauern,
Und dann will wenig Minuten nur dauern
Die Kraft der hohen Begeisterung:
Sie kommt, sie kommt, entfliehe im Sprung!

KAISERIN. Ich ziehe mich willig zurück in die Kammer,
Doch endet, o Kaiser, des Herzens Jammer,
Gedenket, wie langsam die Tage verfließen,
Ach, soll ich in Einsamkeit immer büßen!

KAISER. Was kannst du verlangen, was kannst du vermissen?
Geh schlafen auf deinen samtenen Kissen,
Und Kaspar soll mir heut' Späße aufschreiben,
Womit ich dir kann die Zeit vertreiben.

KAISERIN. Ich möchte auch gerne ins Freie gehen,
Die Ritter der Tafelrunde besehen.

KAISER. Das schicket sich nicht in glücklichen Ehen.
Flugs steige die Treppe zu deinem Turm.

KAISERIN. Ich arme Prinzessin, ich armer Wurm.
(Er führt sie zur Treppe und schließt sie ein.)

II.

KAISER. He, Kaspar, Tintenklecker, seid Ihr noch nicht fertig?

KASPER. *(kommt)* Ich bin des kaiserlichen Worts gewärtig.

KAISER. So schieb die Regierungsmaschine herbei,
Ich fühle in mir Begeisterung,
Die macht mich wieder in Freuden jung.

KASPER. *(schiebt sie herbei)* Die Räder machen ein wenig Geschrei.

KAISER. Ihr müsset die Räder ein wenig schmieren.
KASPER. Das nennen wir dann das Regenerieren,
Das Fett, das geben die Untertanen,
Die Verarmten stecken wir unter die Fahnen,
Die müssen fürs Vaterland billig bluten.
KAISER. Das Sterben erfreuet alle Guten.
KASPER. Nun steht die Maschine uns eben recht,
Hier sind die Würfel, sie fallen nicht schlecht,
Sie zeigen uns eben recht viele Augen,
Da werden die Gesetze zur Aufsicht taugen,
Wie alle Steuern rasch einzutreiben,
Daß kein Kreuzer in der Tasche kann bleiben.
Was wollen wir diesmal die Leut' überraschen!
KAISER. Es füllt uns der Geist der Zeit die Taschen.
KASPER. Es ist eine ganz besondre Laune,
So gute Gesetze bricht man nicht vom Zaune.
KAISER. Nummer neune ist eben der Würfel gefallen.
KASPER. Da steht ein herrlich Gesetz vor allen:
Jeder Lichtputz ein für allemal
Einen Blaffert zu der Taxe bezahl'!
Aber Herr, wer nun putzt das Licht mit den Fingern,
Da wird sich die Einnahme schmählich verringern.
KAISER. Finger? Die sollen auch wie Lichtputze bezahlen,
Wir stempeln ein jedes Paar Finger mit Zahlen
Und setzen jedem einen Aufseher dabei,
Daß im Gebrauche auch Ordnung sei,
Daß kein Paar früher wird abgenutzt,
Und daß das Volk nicht der Ordnung trutzt,
Und über den Aufseher setzen wir zwei,
Damit er tut seine Pflicht dabei.
KASPER. Da können wir viele Leute anstellen,
Da nehm' ich von meinen guten Gesellen,
Von meinen alten Schulkameraden,
Die kommen mir sonst in Faulheit zu Schaden;
Das Stempeln wird etwas den Fingern schmerzen,
Doch gute Bürger, die leiden von Herzen,

Und wir im Dienste des Staats sind frei,
So ist es mir eben ganz einerlei,

KAISER. Du bist ein zweiter Solon, welch Glück,
Daß du mir geschenkt durch hohes Geschick!
Jetzt wollen wir die Gesetze aufschreiben.
(Während sie sich da hinsetzen, tritt die Kaiserin ans Fenster des Turms und sieht aufs Meer nach den Schiffen, die vorüberziehn.)

III.

KAISERIN. Winkt mir nicht, ihr flücht'gen Schiffe,
Winkt mir nicht, ihr leichten Wellen,
Hier an diesem Felsenriffe
Seh' ich täglich euch zerschellen,
Kann mich nicht euch anvertrauen,
Mich, die ärmste aller Frauen.
In dem Herzen wohnt ein Hoffen,
Daß er mich noch nicht vergessen;
Reicher Liebe steh' ich offen,
Träumend hab' ich ihn besessen,
Wellen, rauscht bei meinen Träumen,
Möchte diesen Tag versäumen.

DER RITTER. *(legt unter dem Felsen, worauf das Schloß erbaut ist, unbemerkt sein Schiff an und steigt ans Land)*
Gefährten, haltet euch ganz still in dieser Bucht,
Daß ihr bereit zur Gegenwehr und Flucht.
So führte mich die Liebe zum Rhabarberschloß,
O Mißgeschick – mich trifft dein ganz Geschoß,
Du triebst mich erst zu der Hypekakuana,
Bis ich dies gelbbraun widerliche Schloß ersah,
Und hier muß sie, die Zarte aller Zarten, wohnen,
So schrecklich will sich Edelmut belohnen!
Die Edle opferte sich ihrem Landeswohl,
Und der Rhabarberkaiser sie der Liebe stohl;
Rhabarberkaiser, ärger als Barbar,
Sie ist nun dein, schon langer als ein Jahr.
Ach wär' sie glücklich, mit Vergnügen

Wollt' ich verzweifeln, doch in Handschriftszügen,
Die sie posttäglich in das Vaterhaus gesandt,
Hab' ich die Beimischung von Tränen wohl erkannt,
Die Tinte war so blaß, und keiner konnte lesen,
Ob's Griechisch oder Deutsch gewesen.
Ihr Götter, wie geschieht mir, ach, dort steht
Die Sonn', von der mein Auge übergeht,
Sie übersieht die Wonne ihrer Liebe,
Und blendet sich in höhrer Sonne trübe.

KAISERIN. *(erblickt ihn und hat die letzten Worte gehört)*
Vergebens meiner Blicke Blüte
Sich opfert hohem Sonnenlauf,
Ich schmachte einsam im Gemüte,
Geht aller Welt mein Glanzbild auf,
Und ist mein Auge ganz geblendet,
Verschwand die Erd' in Strahlenduft,
Da hat mein Sehnen sich gewendet
Zu eines Schäfers Schattenkluft.

RITTER. Du schwankst in einsam tiefen Schmerzen,
Und Schwindel stürzen meinen Blick,
O neige dich zu meinem Herzen,
Du findest hier ein sichres Glück,
Das alte Glück in frühen Tagen,
Der Kindheit holde Schäferwelt,
Eh' du, vor allen hochzuragen,
Auf einen hohen Thron gestellt.

KAISERIN. Wo sind die weißen Lämmerherden
Mit bunten Bändern schön geschmückt?
Ein goldner Kerker sollt' mir werden,
Ein Zepter, der mich niederdrückt,
Und eine Krone muß ich tragen,
Die beugt mein Haupt noch vor der Zeit,
Wenn du, mein Schäfer, nichts willst wagen,
Wenn mich dein Mut nicht bald befreit.

RITTER. O meine Kaiserin, ich bin bereit,
Zu großer Tat, doch ohne Krieg und Streit,
Denn dazu bin ich gar nicht ausgerüstet,
Wenn mir gleich sehr nach Heldenruhm gelüstet.

KAISERIN. Ja, wenn du keine besondre Heldenkraft hast, werter Freund, so kann das viele Hin- und Herreden nichts helfen, und du mußt meinem Rate folgsam sein, den ich dir in aller Kürze mitteilen will. Mein Gemahl, dem ich nicht vermählt bin, weil er mit der Regierungsmaschine Tag und Nacht spielt und keine Zeit zur Vermählungsfeier übrig hat, braucht einen Türsteher, erbiete dich zu diesem Dienste, baue dir eine Hütte unter diesem Turme, breche ein Loch in die Mauer, so kann ich zu dir herabkommen und mit dir zu den Schäfern nach Arkadien entfliehen, um auf mein Grabmal schreiben zu lassen: Auch ich war in Arkadien.

RITTER. Von Eifersflammen muß ich brennen,
Ich möchte Mauern und Türme einrennen,
Dich meiner Liebe zu gewinnen,
Es schickt sich gar nicht das Besinnen.
(Er klopft an die Tür.)

IV.

KAISER. *(von innen)* Wer klopft? Wer ist vorm Schloß erschienen?
RITTER. Ich möchte dem Kaiser gerne dienen.
KAISER. Es fehlet mir nicht an gutem Gesinde.
RITTER. Doch da ich keinen Torsteher finde,
So mein' ich, es könnte der Platz mir passen.
KAISER. Wird er auch keine Feinde einlassen?
RITTER. Ich bin ein Ritter von altem Adel,
Ich bin der Ritter ohne Furcht und Tadel,
Ich bin ein Ritter von der Tafelrund'.
KAISER. Da ist ihm Essen und Trinken gesund.
Es ist mir lieb, ich kann Ihn brauchen,
Wenn Er keinen Tabak will rauchen.
RITTER. Ade, geliebte Pfeife, ich werf' dich ins Meer,
Meinem Kaiser zu Ehren rauch' ich nicht mehr.
KAISER. Nun wird Er mir ganz zum Türsteher taugen,
Er hat ein Paar große gesunde Augen.

Er kann sich gleich hier ein Wachhaus bauen,
Daß Er die Straße kann fleißig beschauen.

RITTER. Wo aber soll ich einen Maurer finden?

KAISER. Der Kasper ist Maurer vom reinsten System,
Läßt Kalk sich bezahlen und nimmt nur den Lehm.
Die Steine könnt Ihr vom Felsen brechen,
Ein altes Dach kann ich Euch versprechen,
Der Wald steht voll Bäume in Morgengefühlen,
Draus könnet Ihr schneiden Balken und Dielen,
He, Kasper, bind deine Schürze mit dem blauen Bande um,
Was machst du für Zeichen und stehst da so stumm?

KASPER. *(bringt ein Glas und klopft damit auf den Tisch, drückt dem Ritter die Hand, macht seltsame Sprünge, dann spricht er zum Kaiser)*
Er ist kein Maurer, ich wollte drauf schwören,
Er will mir auf alle meine Zeichen nicht hören.

KAISER. Laß deine Sprünge und deine Zeichen.
Du mußt hier Steine und Holz ihm reichen,
Du mußt ihm helfen ein Häuschen bauen,
Damit er kann auf die Straße schauen. *(Ab.)*

V.

RITTER. Nun, lieber Hofrat, greift rasch zum Werke!

KASPER. Ach, hätt' ich nur Schnaps, noch fehlt mir die Stärke,
Ich habe mich heute so müde regiert,
Ein neues Gesetzbuch zu Ende geführt.

RITTER. Das nenn' ich ja recht im Großen spaßen,
Da mag das Volk Euch hier weidlich hassen.

KASPER. Das Volk ist in uns, wir sind im Volke!
Das Volk ist eine ungestaltete Wolke,
Ich und der Kaiser, wir sind die Winde,
Wir blasen bald stark und bald gelinde,
Und wenn wir einander entgegenblasen,
Da stehet sie stille mitten im Rasen.

RITTER. Das schiene mir noch besonders gescheit.

KASPER. Auch ist es das Beste in unsrer Zeit;
Wer stehen bleibt, kann der andern lachen,
Die fielen und sich die Hälse brachen.
Nun seht nur, wie bei Regierungsgedanken
Die Arbeit sich fördert, vereint sind die Planken,
Der Dachstuhl beendet, mit Ziegeln behangen,
Jetzt tut's mir recht nach Ruhe verlangen.
RITTER. Das Haus ist gut, jetzt möcht' ich nur noch,
Daß du mir stießest in den Turm ein Loch.
KASPER. Wozu denn das? Da kämen wir ja
Dem Bette der hohen Kaiserin nah.
RITTER. Ich möchte so gern die Kaiserin sehen,
Der Kopf soll ihr nicht auf dem Rumpfe stehen,
Sie soll ihn nach Gefallen, um ihn zu kühlen,
Herunter nehmen und damit spielen.
KASPER. Das ist ja erstaunlich, das muß ich gestehen,
Das Wunder möchte ich gerne ansehen.
Er hält sie so heimlich, daß keiner sie sah,
Ich meinte schon oftmals, sie sei gar nicht da.
RITTER. Dies Spiel mit dem Kopf soll's eben sein,
Warum er niemand zu ihr läßt herein.
KASPER. Ich muß sie sehen, ich breche das Loch,
Es koste mein Leben, ich tue es doch.
RITTER. Das Loch ist schon fertig, o Glück, sie zu sehen!
KASPER. Ich kann an dem Kopf nichts Besondres sehen,
Ich möchte ihr einen Stoß mit der Kelle geben,
Ob ich ihr könnte den Kopf abheben.
RITTER. *(er zerhaut ihn mit dem Schwert)*
Du wolltest sie schlagen, du dummer Tropf?
KASPER. *(beide Hälften schreien)* Ich will nur probieren den Kopf,
Ich will nur probieren den Kopf!
RITTER. Ich bin verwundert, wo steht mir der Kopf?
Je mehr ich Stücken aus ihm mag hauen,
Je mehr sie fragen und wollen schauen;
Ich will euch stecken in meinen Suppentopf,

Den ich für die ganze Schiffskompagnie trage,
So läßt er doch endlich die neugierige Frage.
KASPER. *(im Topf)* Kopf! Kopf! Kopf!
RITTER. Das klinget wie kochendes Wasser am Feuer,
Das will ich ihm gönnen zur fröhlichen Feier.
Denn jetzt, wo das schwerste Werk ist vollbracht,
Die Liebesflamme gedoppelt erwacht.

VI.

KAISERIN. *(von oben)* Da will ich eilig zu dir gehen,
Sie könnte ausgehen.
RITTER. Das fürcht' ich selber und rate zur Eile,
Die Liebe vergeht durch die Langeweile.
KAISERIN. Ich rutsche durchs Loch, jetzt bleib ich stekken,
Die Krone bleibt hängen an allen Ecken.
RITTER. Ich flehe, die Krone rasch abzulegen,
Die Kronen sind nicht der Liebe Segen.
KAISERIN. Ein edles Herz kann Kronen vermissen,
Ich habe sie unter das Bette geschmissen.
Ich häng' in der Luft, stell dich hier unter,
Auf deinen Kopf, da springe ich munter,
RITTER. Mein Kopf kriegt einen gewaltigen Stoß,
Mir war's, als schlüg' mich mein schwerstes Roß;
O wäre der Liebe die Schwere genommen,
Sie wäre so leicht zum Himmel gekommen.
KAISERIN. Ich fühle mich freudig gen Himmel getragen,
Dein Rücken mir scheinet ein himmlischer Wagen.
RITTER. Ich fühle mich wie ein Streiter munter,
Es geht mir die Welt in den Röcken unter.
KAISERIN. Der Kaiser hat mich nie so getragen,
Ich möchte ihn von dem Throne verjagen,
Der Eifersücht'ge ließ mich verschmachten,
Den Kaiser muß ich von Herzen verachten.
RITTER. Der Kaiser scheint ein gemeiner Hund,
Der gar nicht paßt an die Tafelrund'.

KAISERIN. Er ist ein alter Krippensetzer,
Ich entsage hiemit dem alten Schwätzer
Und schenk' dir den Ring, den er mir schenkte,
Als er mich mit der Verlobung kränkte.
BEIDE. Der Ring hat uns verbunden
Zu heimlich sel'gen Stunden.
RITTER. Die Vorsicht soll uns schützen.
KAISERIN. Die Ohren will ich spitzen.
BEIDE. Daß niemand uns beschleiche,
Wenn ich den Mund dir reiche.
RITTER. Ich höre etwas gehen.
KAISERIN. Es wär' um mich geschehen.
BEIDE. Ich hör', daß einer poche,
Jetzt eilig zu dem Loche.
(Die Kaiserin steigt durch das Loch nach ihrer Kammer.)

VII.

KAISER. *(von innen)* Wie könnt Ihr denn die Türe zumachen!
RITTER. Ich soll ja des Kaisers Türe bewachen.
KAISER. Daß niemand zur Tür hinein soll kommen,
Dafür seid Ihr hier angenommen.
RITTER. Wer weiß, ob Ihr nicht des Kaisers Stimme nachmacht,
Da werd' ich von Euch nachher ausgelacht,
Will erst durchs Schlüsselloch Euch besehen.
Ehe ich den Schlüssel wage umzudrehen.
KAISER. Nun sehet nur recht mein kaiserlich Gesicht.
RITTER. Ich sehe ein dickes Fleisch, das spricht,
Jetzt seh' ich die Krone und öffne die Tür.
KAISER. Für diese Vorsicht empfange von mir
Den großen Orden vom Hosenträger,
Du scheinest mir gar ein tapferer Schläger.
Sag an, hast du nicht den Kanzler gesehen,
Ich kann allein die Maschine nicht drehen.
RITTER. Er ist gegangen zum dunkelen Wald,
Er holt noch Bauholz und kommt wohl bald.

KAISER. Ich meine, das Haus sei schon beendet.
RITTER. Es fehlt noch die Kunst, die alles vollendet,
Die Widderköpfe an allen Säulen,
Die müssen die Ritzen der Balken ausheilen;
Wir schmücken's in reinem griechischen Stil,
Hier koch' ich im Topfe der Zieraten viel.
KAISER. Der Widderkopf hier, ich muß es gestehen,
Tut meinem Rate etwas ähnlich sehen.
RITTER. Ein jeder Mensch hat etwas vom Tiere,
Damit er sich nicht zu edel aufführe.
KAISER. Nun sagt mir, Freund, ich staune schon lange,
Was dort für ein Ringlein am Finger Euch prange.
RITTER. Die liebliche Braut, sie hat ihn geschenkt,
Und wie ich ihn küsse, sie meiner gedenkt.
KAISER. Das ist doch gar ein kurioses Ding,
Meiner Frau verehrt ich einen gleichen Ring.
So ähnlich hab' ich noch gar nichts gesehen,
Ich muß zu meiner Gattin gleich gehen.
Ja, nehmt es nicht übel, ein Spaß fiel mir ein,
Ich werde gleich wieder bei Euch sein.

VIII.

RITTER. Frau Kaiserin, ich reich dir durchs Loch den Ring,
Unser Leben am seidenen Faden hing.
Gleich leg dich mit Krone und Ring in das Bette.
KAISERIN. *(von oben)* Der Alte soll kommen, er dient zu Gespötte.
KAISER. *(tritt in das Zimmer der Kaiserin)*
Die Kaiserin schnarcht, nur Unschuld kann schnarchen,
Die Sünde träumet ganz stille vom Argen,
Ich will mit Vorsicht zum Bette hinschreiten,
Ich möchte nicht gern mit ihr mich streiten,
Und manche Leute, wenn sie schnell erwachen,
So schlagen sie um sich wie die Drachen.
Liebes Kind, ich küsse dir gerne die Hand.

KAISERIN. Ich geb' dir eine, die ist verwandt.
KAISER. Viktoria, die Ohrfeig' tat weh,
Doch meinen Ring ich wiederseh',
Schon dacht' ich, es sei ein Liebeszeichen,
Das sie dem fremden Ritter tät reichen.
Nun, gute Nacht. *(Ab.)*
KAISERIN. Jetzt bin ich erwacht.
Ich rufe dir nach, statt Lebewohl,
Daß dich der Teufel hol.
Hört, Ritter, der Alte war richtig betrogen,
Ein neuer Anschlag sei jetzt vollzogen,
Ich ziehe gleich an verkehrte Kleider,
Die gute Seite, die kennet er leider,
Dann komm' ich zu Euch durchs Loch ins Haus,
Und Ihr bereitet da einen Schmaus,
Und bittet den Kaiser und ihm erzählt,
Ich sei die Braut, die Ihr erwählt,
Die auf dem Schiffe jetzt nachgekommen,
Und Euch zum Manne sich angenommen,
Er möchte uns segnen mit guten Gaben,
Dann können wir auf dem Schiffe abtraben.
RITTER. Du bist gescheit, mein Herz schlägt munter,
Nur komme eilig durchs Loch herunter.
KAISERIN. *(kommt herab)* Jetzt ging es leicht, weil ich mich nicht geziert,
Gewohnheit ist's, was die Welt regiert.
Jetzt sorge nur rasch für Küch' und Keller,
Der König segnet aus Eßlust viel schneller.
RITTER. Da haben wir ja den zerstückten Rat,
Verzehret stört er uns nicht durch Verrat.
KAISERIN. Nein, das ist gegen alles Gefühl,
Menschenfleisch ekelt selbst im Schattenspiel.
RITTER. Da find' ich noch Krümeln von Schiffszwieback,
Wer weiß, ob er die nicht essen mag.
KAISERIN. So lade den Kaiser ganz eilig ein,
Und bitte ihn selbst um etwas Wein,
Der wird uns auf dem Meere behagen,
Ich kann die Seefahrt nicht gut vertragen.

IX.

RITTER. *(geht durch die Schloßtüre ins Thronzimmer)*
O Glück und Wonne in lichter Sonne,
O liebliche Luft voll Blumenduft!
Lust, die meine Geliebte getrieben
Und in die weißen Segel blies,
Die muß ich vor allem auf Erden lieben,
Und sie mit schönstem Tone begrüß';
Wellen, die meine Geliebte getragen,
Und sie gespiegelt in schimmernder Lust,
Die seh' ich im Meere noch heftig schlagen,
So schlägt mir das Herz in meiner Brust;
O freundliche Wellen, ihr wollt uns gesellen,
O lieblicher Wind, du führtest mein Kind.
KAISER. Ich hab' kein Wort von dir verstanden,
Ach, warum kam der Kasper mir abhanden!
RITTER. Nun, gnäd'ger Herr, mit dem Dienst ist's aus
Ich muß heut' wieder zurück nach Haus,
Die Braut ist eben mir nachgekommen,
Und hat mich gleich zum Manne genommen;
Ich wollte Euch bitten auf Schiffszwieback
Und auf eine gute Prise Tabak,
Und daß Ihr den Wein könnt selber mitbringen,
Damit die Gläser recht fröhlich erklingen.
KAISER. Ich komme sogleich, ich stelle mich ein,
Ich meine Euch toll, mag's selber wohl sein.
RITTER. Vergesset nur nicht den herrlichen Wein!
(Ab.)

X.

RITTER. *(kommt zurück ins Türsteherhaus.)*
Der Kaiser und der Wein, sie werden gleich kommen.
KAISERIN. Ich schnüre mich auf, ich werde beklommen.
RITTER. Fast habt Ihr mich zu solchem Spaße verführt,

Wobei Ihr nun alle Haltung verliert,
Eure Arme fächeln wie Windmühlenflügel,
Ich höre den Kaiser, er öffnet den Riegel.

KAISER. *(kommt)* Nun seid mir gegrüßet, schöne Braut,
Es ist mir, als hätt' ich Euch sonst schon geschaut.

RITTER. Sie hat ein recht allgemeines Gesicht,
Sie ist noch blöde und wenig verspricht
Doch wird sie Euch bald viel besser gefallen.

KAISER. *(vor sich)* Die Eifersucht will mich schier anfallen.
(laut) Ihr habet so etwas in Eurem Wesen,
Ich hätte Euch selber zur Kaiserin erlesen.

KAISERIN. Ihr wollet nur spotten, ich weiß noch nicht;
Wie man zu großen Kaisern spricht,
Welcher Fuß im Knien voraus zu setzen,
Auch weiß ich von Politik wenig zu schwätzen.

RITTER. Zum Teufel, das Knixen doch endlich laß,
Du scheinst ein lebendiges Butterfaß.

KAISER. *(vor sich)* Meine Weisheit kommt noch heimlich von Sinnen,
Wär' meine Frau nicht im Turme drinnen,
Ich glaubte sie in der Braut zu sehen,
Vor Neugier bleibt mir mein Herz stillstehen,
Ob meine Frau im Bette noch liegt,
Oder ob sie mich mit dem Ritter betrügt.

RITTER. Mein gnädiger Herr, Ihr scheint nicht vergnügt.

KAISER. Ein Wunsch, mein Fräulein, im Sinne mir liegt,
Es spricht so schön Euer roter Mund,
Mir wäre ein Küßchen darauf gesund.

RITTER. Das darfst du dem Kaiser nicht versagen,
Ein Küßchen in Ehren kann niemand abschlagen.

KAISERIN. So küsset mich, Herr, auf meine Stirn.

KAISER. *(küßt sie)* Sie schmecket so süß wie die beste Birn'.
(vor sich) Sie schmeckt so ganz wie meine Braut,
Ich fahre vor Eifersucht aus der Haut.
(laut) Es schmeckt der Kuß so trefflich gut,

Er hat mir erweckt mein ganzes Blut,
Ich will zum Feste die Kaiserin bringen,
Sie soll uns heut' was Lustiges singen. *(Ab.)*

XI.

RITTER. Jetzt rasch durchs Loch und umgekleidet,
Sonst wird uns der ganze Spaß verleidet.
KAISERIN. *(klettert hinauf)* Der Kaiser eilet auch gar zu
Kaum kann ich mich legen ins Federmeer. [sehr,
Es sitzet die Krone noch gar nicht fest,
Und schon kommt der Kaiser gestapelt ins Nest.
KAISER. *(tritt oben ein)* Da liegt sie ganz stille, ich
dachte recht schlecht,
Das kommt von dem Warnen gegen's schöne Ge-
schlecht,
Ich lasse jetzt alle Bücher verbrennen,
Worin man ein Weib wagt untreu zu nennen.
(laut) Geliebte Kaiserin, jetzt komme herunter,
Bei meinem Türsteher, da ist es munter,
Der will, was man nennt', heut' Hochzeit machen,
Da kannst du mit tanzen, da kannst du mit lachen.
KAISERIN. O sage, du Herrscher, zu welcher Strafe
Erweckst du mich stets aus meinem Schlafe?
Es würde sich doch für mich nicht schicken,
Daß ich da tanzte mit Domestiken.
KAISER. Das nenne ich gute Zucht und Sitten,
Nein, Hoheit, ich will dich darum nicht mehr bitten,
Weil du die Etikette verstehst,
Du nimmermehr im Gespötte vergehst.
(Aus dem Zimmer der Kaiserin ab.)
KAISERIN. *(steht auf)* Jetzt werf' ich die Krone in tau-
send Stücke,
Sie war nur zu meinem Glücke die Brücke.
Den Zepter steck' ich mir in die Tasche,
Wenn ich den Ritter einst überrasche,
Daß er sich meinen Befehlen nicht fügt,
Damit ihn dann mein Ansehn besiegt.

Erfahrung macht uns Weiber klug,
Doch klüger macht uns der Betrug.

RITTER. *(von unten)* Ach, Kaiserin, bist du noch nicht fertig,
Ich bin des Kaisers schon lange gewärtig,
Und ihr Matrosen, kommt eilig herbei,
Und macht von der Abfahrt großes Geschrei.

KAISERIN. *(kommt herab)* Wie ein Schornsteinfeger rutsch' ich herab,
Und kehre nimmer zu diesem Grab,
Zu diesem alten, gelben Turm,
Bald spielet mit uns der Meeressturm.

XII.

KAISER. *(kommt ins Wachthaus zurück.)*
Ei, ei, hier war ein Poltern im Haus,
Ich glaube, ihr werdet vertraulich beim Schmaus.

RITTER. Ach leider, wir weinten so bittere Tränen,
Der Seufzer will ich gar nicht erwähnen,
Die Schiffsleute treiben uns fort von hier,
Der Wind sei günstig, sagten sie mir.

MATROSEN. *(kommen)* Der Wind ist gut,
Das Schiff ist flott,
Auf, junges Blut,
Vertrau auf Gott,
Er führt uns nah, er führt uns weit,
Er führt uns in die Ewigkeit.

KAISER. Zur Ewigkeit ist eine weite Reise,
Ei, bleibt noch hier, und trinket euch erst weise,
Und dieser Wind wird nicht der einz'ge sein,
Er bläst wohl morgen auch noch munter drein.

MATROSEN. Der Wind ist gut,
Das Schiff ist flott,
Und wer jetzt ruht,
Der wird zum Spott,
Wer einen guten Wind versäumt,
Der hat sein bestes Glück verträumt.

RITTER. Ihr seht, mit diesen Leuten ist nicht viel zu spa-
Sie haben derbe Fäuste zum Anfassen. [ßen,
KAISER. Ach, Ritter, ich gäbe Euch gerne was mit,
Euer Fräulein hat Kleider von schlechtem Schnitt,
Ich will zu meiner Frau gleich gehen,
Die wird sie willig mit bessern versehen.
MATROSEN. Kein Augenblick
Sei mehr versäumt,
Des Sturmes Tücke
Das Meer jetzt räumt,
Und blauer Himmel überall
Und aller Vögel Wunderschall.
KAISER. Ja, wär' mein Kasper nur zurück,
So störet nichts der Abfahrt Glück,
Doch der muß euch erst Pässe geben,
Sonst kommt ihr nicht davon mit dem Leben.
RITTER. *(vor sich)* Ich hol' den Kanzler aus dem Topf.
Er bleibe bei dem armen Tropf.
(laut) Da kommt der Kanzler schon angegangen,
Nach Pässen hab ich kein Verlangen,
Weil ich sie alle mir selber kann schreiben,
So darf ich länger hier nicht verbleiben.
KAISER. Wenn's also ist, so fahrt mit Gott,
Auf'm Meere scheint mein Name ein Spott,
Dieweil ich nicht kann die Seefahrt ertragen,
So mögen die Schiffer nicht viel nach mir fragen.
RITTER. So ist es leider, mein gnädiger Kaiser,
Doch Ihr seid drüber hinaus als Weiser.
(vor sich) Ich kann das eine Bein noch nicht finden,
Sonst tät' ich den Kanzler ganz eilig verbinden.
KAISER. Ihr sehet den Kanzler, ich seh' ihn nicht.
RITTER. Jetzt ist er recht nahe Euch im Gesicht.
(vor sich) Das Bein ist da und auch das Gesicht,
Wir müssen fort, noch ehe er spricht.
(laut) Nun werdet Ihr ihn doch erblicken.
KAISER. Es will mir wirklich noch nicht glücken.
KAISERIN. Er steht ja vor Euch, so kurz und so breit.

KAISER. Ich dachte, er käm' von jener Seit',
Willkommen, du lieber Kasper, mein,
Wir sollen nun wieder alleine sein,
Geh, küsse die Hand der gnäd'gen Frau,
Und diesen Wein dem Schiffe vertrau.
KASPER. Wo ist denn der Kopf, sitzt er jetzt fester?
RITTER. Ich habe noch nichts getrunken, mein Bester.
KAISER. Der Kasper spricht ja ganz unverständig,
Ich glaube, wir werden regieren elendig!
So lebt denn wohl, vergeßt mich nicht!
KAISERIN. Das wäre die allerschlimmste Pflicht.
RITTER. *(steigt mit ihr ein)* Lebt wohl, mein Kaiser, grüßt Eure Frau,
Wie kommt es, daß sie nicht niederschau'?
KAISER. Das dumme Ding kommt nicht ans Fenster,
Der Hochmut macht ihr solche Gespenster,
Es ist doch lustig anzusehn,
Wie sich die Segel alle drehn!
KASPER. Aber Herr, die Kaiserin zieht ja fort,
Wie kann sie denn sehen aus dem Schlosse dort.
KAISER. Nicht wahr, sie gleicht der Kaiserin sehr,
Erst dachte ich auch, daß sie es wär',
Doch meine Frau, die schnarcht jetzt im Schlosse,
Der Ritter wär' ihr ein schlechter Genosse,
Sie liebet so hübsche, runde Leute,
Wie ich es bin – ich heirat' sie heute.
RITTER. *(auf dem Meere)* Lebt wohl, Eure Braut ich stohl.
KAISERIN. Allzulang' litt ich Eurer Liebe Zwang.
MATROSEN. Hat der Wind uns erst ergriffen,
Lachen wir des festen Lands,
Und dies Lied wird da gepfiffen;
Wind, der achtet keines Stands;
Ob ein Kaiser unterm Segel,
Oder ein gemeiner Flegel,
Ist dem Winde einerlei,
Keinem Menschen ist er treu,
Doch vor allen mag er necken

Ehekrüppel, Liebesgecken,
Führt einst Helena von dannen,
Weiß die Griechen lang' zu bannen,
Die sie suchen auf dem Meer,
Liebe führt er leicht daher,
Liebe führt er schnell zum Ziel,
Nun ade, du Possenspiel. *(Das Schiff verschwindet.)*

KAISER. Ich werde aus dem allen nicht klug.

KASPER. Die Kaiserin weiß wohl mehr als genug.

KAISER. Ich will bei ihr nach allem fragen.

KASPER. Ach laßt das in so betrübten Tagen,
Wer viel frägt, der muß viel hören,
Und schweigen wir, bleiben wir alle bei Ehren,
Ich habe doch mehr als Ihr ausgestanden,
Mir kamen ein Dutzend Glieder abhanden,
Und in den andern ist keine Besinnung,
Und in dem Kopfe ein großer Sprung.

KAISER. Ich ahnde schlimme Verwechselung,
Die Kaiserin mir vielleicht entsprung?

KASPER. Ich meine, Ihr habt ganz recht geraten.

KAISER. Was soll ich beginnen bei solchen Untaten?
Mich hält ein jeder künftig zum Narren,
Und meinet, ich hätte wie Ihr einen Sparren.

KASPER. Ich meine, wir schleichen uns sachte fort.

KAISER. Und sehen aus einem versteckten Ort –

KASPER. Wer künftig in unserm Schloß wird regieren.

KAISER. So werden wir auch die Leute anführen,
Wir sind dann die Narren nicht allein,
Ein jeder Bürger wird angeführt sein.
(Beide ab in den Wald.)

Zweiter Aufzug.

I.

Chor der SCHLOSSGEISTER.
Aus den ersten stürmenden Tagen,
Wo der glühende Schöpfungswagen
Nahe der gärenden Erde fuhr,

Steiget die bildende Kraft der Natur;
Was sie tut, das muß sie vollbringen,
Ohne Freiheit ein Allesgelingen,
Denn sie tut nur, was fordert die Not.
Auch der Mensch folgt ihrem Gebot,
Seine Gesetze sind ewige Schranken,
Seine Träume ew'ge Gedanken,
So entwickelt sich Menschenkraft,
Die in spielender Freiheit schafft,
Und es geschieht das göttlich Freie,
Und er empfängt des Glaubens Weihe.
Herrlich ist nur, was frei geschaffen,
Was sich versünd'gen kann und sich bestrafen,
Und so steiget im Menschengeschlecht
Frei empor, was nichtig und schlecht,
Und die Geschlechter wachsen, vergessen,
Was sie einst als Höchstes besessen,
Lassen die Erde aus ihrer Haft,
Wo sie gebunden von Schöpfungskraft,
Und sie tritt zerstörend hinaus,
Freies Wirken erlischt in Graus.

DER TEUFEL. *(steigt aus der Regierungsmaschine heraus)*
Verlassen steht der mächt'ge Thron,
Da kann ich sprechen der Welt Hohn,
Die Regierungsmaschine ist unbesetzt,
O süße Bosheit, wie wirst du ergötzt,
Wie will ich spotten der ganzen Welt,
Wenn sie in sich selber zerfällt.
Ich nehme die Krone, ich nehme das Kleid,
Und geheiligt erschein' ich der Welt zum Leid,
Ihr Menschen, kommet einmal herbei.

MENSCHEN. Sei uns gegrüßt mit Freudengeschrei,
In unsern Festen, mit schönen Künsten.

TEUFEL. Ihr ehrt mich allein in Feuersbrünsten,
Wenn ihr geistige Torheit vergeßt,
Euch untereinander gierig auffreßt;
Das eine ist nur nötig der Welt,
Der Krieg allein mir wohlgefällt,

Die Taktik ist menschliche Wissenschaft,
Die Kunst ist eine niedere Kraft.

MENSCHEN. Hohe Weisheit. Unsre Kunst war nichts wert,
Nur der Waffenklang Menschen belehrt,
Fechtet, streitet, wer übrig bleibt,
Das Paradies auf Erden beschreibt. *(Sie fechten.)*

TEUFEL. Ha, wie sie sich im Streit ermüden,
Bald haben wir nichts als Invaliden,
Jetzt, dumme Tiere, kommt eilig herbei,
Ich mache euch jetzt vom Menschenjoch frei,
Kein Mensch darf mehr euch Ochsen braten,
Die Affen dürfen die Menschen heiraten,
Die Offenbarung wird abgeschafft,
Sie würd' euch schützen, hätte sie Kraft.

MENSCHEN. Wir armen, müden, lahmen Leute
Werden nun sicher der Tiere Beute,
Nachdem wir für deinen Thron gestritten,
Begeisterung ist uns ganz abgeschnitten.

TIERE. Wir danken für die Gerechtigkeit,
Die uns versaget so lange Zeit,
Jetzt wollen wir uns an Menschen rächen
Und ihnen das hohe Genick zerbrechen,
Bis sie auch gehen auf allen vieren,
Gleich uns andern edleren Tieren.

TEUFEL. Ihr kämpft für den größten unendlichsten Wahn,
Und große Seelen erzieht große Bahn.

KROKODIL. Mein gnädiger Kaiser, ich bin so beschämt,
Daß Ihr mir jetzt die Nahrung nehmt;
Wenn Ihr die Menschen laßt alle verderben,
So muß ich endlich selbst Hunger sterben.

TEUFEL. Das Krokodil hat verständige Art,
Ich befehl' euch, setzt ihm Menschen apart,
Es hat sich immer als Leckerbissen
So nach der Mahlzeit einen zerrissen,
Das soll man dem lieben Tiere noch gönnen,
Es wird ihm dabei so sauer das Rennen,

Das liebe Würmchen ist steif in dem Rücken,
Da wußten die Menschen es oft zu berücken,
Jetzt soll man die Menschen halten und binden,
Da kann es sie nach Gefallen schinden.

ESEL. Mein gnäd'ger Kaiser, ich will Gerechtigkeit,
Ich bin der Prügel gewohnt zurzeit.
Mir juckt der Rücken, wenn sie mir fehlen.
Da bitt' ich Euch, dem Menschen zu befehlen,
Daß er mir gebe der Prügel so viel,
Als mir nötig nach meinem Gefühl.

TEUFEL. Das ist verständig, ich muß es gestehen,
Einem jeden Tiere soll seine Lust geschehen.

II.

(Kaiser und Kasper werden von einem Affen an einem Strick geführt und müssen Kunststücke machen.)

AFFE. Aufgeschaut, ihr lieben Tiere,
Seht, wen ich am Stricke führe,
Die beiden kleinen dicken Leute,
Die fand ich im Walde mit großer Beute.
Der eine trug eine goldne Krone,
Die trage ich jetzt zu seinem Hohne.

KAISER. Es sind ja unbegreifliche Dinge,
Daß ich nicht befehle und daß ich mich zwinge.

KASPER. Es muß sich alles geändert haben,
Während wir nach den Trüffeln gegraben.

TEUFEL. Ihr Herren, wenn es euch hier nicht gefällt,
So hab' ich noch drunten die Unterwelt,
Der Eingang ist die Regierungsmaschine,
Wollt ihr besehen die höllische Bühne?

KAISER. Ich will gar gerne zum Höllengraus,
Damit ich nur komme zur Welt hinaus,
Ach, hätt' ich geglaubt, daß solche Not
In aller Welt um das tägliche Brot,
Ich hätte sicher mit Fleiß regiert
Und kein so faules Leben geführt.

TEUFEL. Jetzt ist es zu spät, jetzt geht nur hinein,
So Ihr ins künft'ge sollt ewig sein.
KAISER. *(steigt in die Maschine)*
Ich sage Euch meinen verbindlichsten Dank,
Doch finde ich etwas enge den Gang.
TEUFEL. Eure gute Braut mußte durch ein engeres Loch,
Eh' sie aus Eurem Schloß zur Freiheit kroch.
KASPER. Der gnädige Kaiser mit seinem Bauch
Verstopft mir den Gang, das ist kein Brauch.
TEUFEL. Was brachst du ein Loch, die Kaisrin zu sehen,
Jetzt mußt du länger im Dunkeln stehen.
KASPER. Seine Majestät bleiben hier schlafend stecken.
TEUFEL. So mußt du ihn mit Fußtritten wecken.
KASPER. Jetzt rollet er ganz glatt herunter;
Es ist hier in der Hölle doch munter.

III.

MENSCHEN. Wir möchten auch gern ein Plätzchen da kriegen,
Wir gingen zur Hölle mit rechtem Vergnügen.
TEUFEL. Ich will sehn, was ich tun kann,
Die Hölle ist nicht für jedermann,
Man muß sich Verdienste um mich erwerben,
Sonst lass' ich euch nicht so leicht hier sterben.
MENSCHEN. Ach, gnäd'ger Herr, dich unsrer erbarm',
Die Welt ist kalt, die Hölle ist warm.
TEUFEL. Ihr sollet dienend zur Hölle mich führen,
Zum Zeichen, wie gut ich euch kann regieren.
MENSCHEN. Der Siegeswagen ist schon bereitet.
TEUFEL. Auf, lustig zum Höllentor niederschreitet.
Ade, du Welt, voll wilder und dummer Tiere,
Es lohnt nicht der Mühe, daß ich dich regiere.
(Teufel und Menschen ins Höllentor.)

IV.

OCHS. Seitdem mir der Mensch kein Heu mehr reicht,
Mir alle Kraft aus den Knochen entweicht.
ESEL. Sonst hatten wir's so bequem im Stall,
Nun werden die Bissen mir gar zu schmal.
BIENE. Ich sinke in meinem Honig unter,
Sonst ging mir die Arbeit so rasch und munter.
HUHN. So soll mich doch Gott davor behüten,
Daß ich soll all meine Eier ausbrüten.
WEISSFISCH. Wenn die Hechte nicht weggefangen werden,
So bleibet kein Weißfisch hier auf Erden.
HIRSCH. Mir wachsen so entsetzlich lange Geweihe,
Daß ich nach dem Tode mit Sehnsucht schreie.
HUND. Ich hätte jetzt rechte Lust, dich zu hetzen,
Doch ohne Jäger kannst du mich verletzen.
Ach, kämen die Menschen doch nur beizeiten,
Wir wollen sie selbst zum Throne leiten,
Und wollten mit allen unsern Kräften
Sie schützen in ihren Regierungsgeschäften.
STORCH. Ihr Freunde, ich sehe ein Schiff von weiten.
PFERD. Ach Jubel, da werden die Menschen mich reiten.
OCHS. Da müssen wir gleich entgegenkommen.
ESEL. Damit sie sich fühlen gut aufgenommen,
Die Eselinnen kleiden sich weiß
Und tragen ein grünes Friedensreis.
OCHS. Auf weißem Kissen die Kaiserkron',
Die locket Menschen auf unsern Thron.

V.

(Die Engel ziehn das Schiff am Maste gegen das Land, worin der Ritter, die Kaiserin und Matrosen abfuhren.)
DIE ENGEL. Ihr sehet nicht die hohe Hand,
Sie führt euch zum Rhabarberland,
Ihr sollt die Tiere zu Menschen erziehen,
Das ist ein göttlich reines Bemühen.

MATROSE. Ritter, welch Wunder ich Euch verkünd',
Es geht das Schiff heut' gegen den Wind.
RITTER. So müßt ihr lavieren, das ist das Best'.
MATROSE. Eine höhere Hand hält uns hier fest.
KAISERIN. Wir sind verloren an dieser Küste.
RITTER. Die gute Sache mit Mut dich rüste!
MATROSEN. Umsonst ist unser Widerstand,
Uns führet eine höhre Hand.
KAISERIN. Wir sind verloren in diesem Land,
Der Kaiser ist sicher von Wut entbrannt.
RITTER. Ich schütze dich, schöne Kaiserin,
Mein Leben geb' ich für deines hin.
MATROSEN. Ei, seht doch, Herr Ritter, den Kreis von Tieren,
Sie halten die Krone in ihren vieren.
RITTER. Gewiß war hier eine Staatsaktion,
Rhabarber herrschet nicht mehr auf dem Thron.
ESEL. Als Redner bin ich hier vorgetreten,
Ihr guten Menschen, seid freundlich gebeten,
Hier anzulegen. Steiget ans Land,
Nehmet die Krone aus meiner Hand,
Wir fürchten, sie möchte doch endlich platzen,
Wenn wir drauf tappen mit unsern Tatzen.
RITTER. Ich setze sie meiner Frau auf das Haupt,
Die ihrer Krone durch mich ward beraubt.
TIERE. Wir schwören euch Treue, daß alles schallt
Und illuminieren den ganzen Wald,
Es lebe der Kaiser, die Kaiserin,
Wir gehorchen euch in treuem Sinn.
RITTER. Nun saget mir doch, ihr lieben Tiere,
Wie kommt's, daß ich keine Menschen verspüre?
ESEL. Den Kaiser, den Kasper, die Menschen alle
Hat der Teufel gelockt in eine Falle;
Sie gingen in die Maschine hinein,
Der Himmel weiß, wo sie jetzt mögen sein.
RITTER. Ihr Freunde, nehmt die Regierungsmaschine,
Sie hat vernichtet alles Freie und Kühne,
Und werfet sie in das tiefe Meer,

Damit uns kein unnütz Gesetz mehr beschwer',
Dann leben wir hier wie im Paradies,
Das uns der Himmel nach Leiden verhieß.

KAISERIN. In deiner Lieb' ist mein Paradies,
Wo mich sonst jede Freude verließ.
Wir wollen in Lieb' und Beschaulichkeit
Nun treiben unsere Ewigkeit.

MATROSEN. O selige Fahrt
Zum Paradies,
Er hat uns bewahrt,
Der's allen verhieß.

TIERE. Wie hat sich doch alles zur Freude gewendet,
Ihr Hörer, jetzt klatschet, das Spiel ist geendet.

AUFSÄTZE

Was soll geschehen im Glücke

Napoleon hat den Geist der größten Volksbewegung unsrer Zeit der französischen Revolution, gefaßt, der schützt ihn, so lange er ihm folgt, er kann geschlagen werden, er wird endlich doch siegen. Ich nenne den Geist der französischen Revolution die Unterdrückung der Staatsgewalt des Adels und der Geistlichkeit, die Bildung eines neuen Rittertums des Geistes und der Wahrheit. Haben wir dagegen einen Streit? Nein; hingegen sind die Besten darin einverstanden. Und doch ist Streit gegen ihn; also nicht gegen die Sache, gegen *ihn*, wie er als ein beschränktes menschliches Talent jenen Geist deutet; er bewacht, so glauben wir, jene drei Tätigkeiten nicht allein, er wendet sie fremdartig an gerade gegen ihren Zweck zu Familienbeförderung, Ehre und Rache. So menschlich jenes, so menschlich sind wir auch es nicht zu dulden, unmenschlich aber ist es sich zu widersetzen ohne die Kraft dazu zu haben. Es wird der Fall gesetzt, die Kraft wäre da, wie kann die Kraft ihre Richtung bekommen. Ich behaupte nur in der Versöhnung des Geistes alter und neuer Zeit, die in unsern Tagen einen so zweifelhaften Krieg geführt haben. Man glaubt fälschlich, daß sie sich einander gegenüberstehen wie Gutes und Böses durch einen unergründlichen Sündenstrom getrennt. Das Unglück hat das Glück der Überlegung: wir können jetzt ruhig überdenken, wir fühlen daß die alte Zeit nicht viel taugte und die neue nicht vollendet ist; wer beide vereinigen will muß beide im Ganzen und in den Teilen auffassen und schon dadurch ist es in ihm verbunden. Der Verfasser des Napoleon Bonaparte sucht mit vielem Scharfsinn darzutun, daß Napoleon seinem Volke wie ein Wesen fremder Art wunderbar entgegengesetzt wäre, daß eben in seiner Unbegreiflichkeit seine göttliche Übermacht liege; ich glaube das Gegenteil, in ihm ist der gelungenste Ausdruck der Zeit, die ihn geboren, die meisten glauben, daß mit dem Tode Napoleons eben deswegen das gesamte Volk in einen Zustand des eigenen gesellschaftlichen ungehinderten Daseins kommen würde, um alle Nationen in ihrer ruhigen Trägheit weiter nicht zu stören; ich glaube das Gegenteil; Napoleon wird ein neuer Napoleon folgen. Ich frage aber, ist der Krieg von Napoleon nicht aus eben den Quellen entsprungen, ist er nicht eben so listig und tapfer geführt worden mit viel ungeübteren Truppen? Dieselbe Prahlerei, Prunksucht bei aller Größe in allen, derselbe Spott und dann wieder die Benutzung des Heiligen? Weiter im Frieden das Zerstören aller historischen Verbindung, Vernichtung von Dokumenten um das Eigentum aufzuheben, bewußte Lüge über Zeitgeschichte, gewaltsame Unterdrückung aller freien Untersuchung: in allen nur die Absicht den Augenblick ganz zu erfüllen. Auf diesem Wege wurden der Adel und alle inneren Einrichtungen Frankreichs aufgehoben, die Rechte deutscher Fürsten in Frankreich, so wurde Genf ausgehungert, was in Napoleon menschlich schwach und gegen den Geist der Revolutionsfortbildung ist, war vor ihm vielfach ärger, ja man sah die Möglichkeit wie er ohne den schnöden Krieg gegen England, als wahrer Zeitgeist sich hätte ausbilden können. Der Geist welcher ihm gegenübersteht, ich rede erst von seinem göttlichen Wesen, ist das ruhige Anschließen an die Vergangenheit um zur Zukunft zu gelangen, es muß etwas sich ganz selbst überleben, ehe es untergeht, kein gewaltsames Drücken und Fühlen an den Früchten, ehe sie reif sind, weil viele eben dadurch nicht reif werden, sondern vor der Zeit abfallen, darum gesellige Übereinkunft, ein frommer Abscheu vor jeder Gewalt, aus Achtung gegen die Vorzeit nicht aus Furcht vor Strafe ein gegenseitiges Anerkennen des Eigentums. Mit einem Bilde gesagt, jene neuere Zeit ist die Chirurgie zur Besserung der

Welt, jene ältere Zeit die Medizin. Aber beide sind notwendig. Das menschliche an uns war eine Vorsicht, eine Untersuchung, die immer die Zeit versäumte, eine Summe von Scheinleben, das man aber eher verstehen kann wie ein verliebter Gatte seine Frau noch in dem Tode umarmt, ein Einschlafen im Allgemeinen, wobei auch die einzelnen Glieder einschliefen, so daß die Kriegslust ordentlich zuweilen uns wie das Stechen der einzelnen Glieder in den allgemeinen Schlaf trat, so daß selbst eigener Untergang nicht erwecken konnte, was weiß der Schlafende, ob er an einem Felsenrande oder in einem Bette schläft. Wie sollen beide Geister vereinigt werden, wenn wir die Macht mit der Einsicht verbinden können, selbst wenn es in unsrer Gewalt stünde müßte die Revolution nicht vernichtet werden, und außerdem wird dies nie der Fall sein. Der Revolutionsgeist würde sich augenblicklich einen neuen Napoleon schaffen, vielleicht in Rußland, sie zu vernichten, wäre sogar gegen unsern eigenen historischen Geist (Daran liegt es, daß so leicht aus einem Aristokraten ein praktischer Revolutionär im Glücke wurde.) und uns selbst zerstörend, im Gegenteil, was die Revolution wollte muß allgemein werden und was menschlich an ihr war muß untergehen, es muß die individuelle eingeborne Kraft jedes Einzelnen frei werden ohne die Familienbildung zu vernichten, es muß keine getrennte durch Zufall abgeschnittene Provinz geben als die in einer gleichen Regierung verbundenen, es muß nichts bestehen was nicht Kraft dazu hat. Nur was nahe zusammenwohnt muß sich selbsttätig zeigen in dem Grunde ihres gemeinschaftlichen Zusammenlebens, Städte in Industrie, Dörfer am Ackerbau. Was untergegangen muß nicht aus dem Grabe zitiert werden, aber was lebendig begraben muß auferweckt werden. Ich wende diese Grundsätze aufs Einzelne an. Es wäre allerdings gut den Namen eines Volks, wie der Polen, der wirklich in Sprache, Sitten und Verbindung existiert, nicht untergehen zu lassen, Preußen welches die Hauptstadt besitzt könnte den Titel nach Billigkeit mit sich vereinigen, so Rußland den von Litauen, Österreich von Galizien. Damit ist aber noch nicht die Vernichtung dieser eigentümlichen Staatsgewalt gerechtfertigt, also gesichert. Das ganze Volk muß aus einem Zustande der Unterdrückung durch den Adel zum Adel erhoben werden und jedes Dritteil ein mächtigeres Reich bilden, als früher sie alle drei Teile zusammengenommen. Deutschland muß nicht allein von französischen Truppen befreit werden, um dann alles was sich indessen geschaffen, die neuen Staaten aus alten politisch völlig annulierten auf immer treu zu befestigen. Es muß nicht von uns die alte Reichsmumie wieder aufgestellt werden, die Friedrich mit ein paar Regimentern verspottete, die Reichstätte in kleine Reichsländer, die sich beim ersten Unglück trennen und ihr Dasein einer früheren Zeit dankten, in der sie größtenteils untergegangen. Die Reformation, ich meine die weltliche muß beendigt werden, aber der größte rein deutsche Staat, er hat mehr deutsche Untertanen jetzt als Österreich, Preußen muß die politischen Kräfte des Ganzen leiten, indem er das Verhältnis der Untertanen zu den Fürsten wie in Wirtenberg sonst sichert so jene das neure Verhältnis von Preußen, doch so daß in diesem neuen Fürstenbunde ein Prinzip der steten Fortbildung in dem neuen deutschen Orden sei nicht allein ein stehendes Rechtsprinzip wie sonst das Reichskammergericht. Auf diesem Wege kommen wir leicht zur wahren Auslegung der sehr wunderbaren Entstehung Preußens und seiner sehr wunderlichen Verfassung. Kann sich die Krone England, Dänemark und Schweden so fügen, daß sie entweder dem Interesse deutscher Länder entweder das Ihre unterwerfen oder nach notwendigen Einrichtungen es gänzlich trennen, so kann diese Verbindung geduldet werden, sonst müssen sie, wenn die Macht vorhanden, tugendlich ausgetrieben werden. Will sich ein Teil Frankreichs (die Scheindepartements Belgien) Holland oder die der Schweiz verbinden und Frankreich will es hindern, so wird es gezwungen, sonst mag es die

Frucht kühner Tätigkeit genießen, wir müssen es dankbar ehren, denn der Geist der Welt hat erweckend aus ihm gewirkt. Rußland hat in sich selbst so viel zu wirken, daß es wohl nicht töricht genug ist, in die Grenzen gebildeter Staaten zu steigen, bedarf seine Tätigkeit eine Ausströmung, so wird die gährende Türkei ihm ein schönes, altes reiches Ziel geben. Österreich mag sich stärken und lernen in sich, es hat in sich vielleicht noch manche Schrecknisse zu überstehen, die Türkei berührt es zu nahe, um sich in unnütze Händel einzulassen und es würde dies eine neue Tätigkeit des Fürstenbundes sein, sein inneres Bestehen zu sichern. Italien wird sich in getrenntem Dasein schön ausbilden, hier möchte Bonapartes Familie auf nationalem Boden gut gedeihen. Spanien wird sich bilden, England sich beschränken, die Kolonien allgemein werden allen Staaten, bis sie zu eigenen Staaten sich bilden. Der Krieg ist da, wer siegt ist der Weltgeist, nur der kann raten der mitstreitet, nicht ich; aber wenn ich König wäre, nach der Art der Leute zu reden, so machte ich nun nicht eher Friede, nachdem so viel edles Blut vergossen, bis dies erreicht oder mir etwas Besseres offenbart wäre. Wer ferne steht gibt seine Ansicht oder worauf er von andern geführt, wer berufen, der steht auch am rechten Platze; in ihm vereinigen sich alle Ansichten der Zeit zu einem Panorama der Welt, vor ihm ist keine Wahrheit in allen Ansichten gewesen, durch ihn kommt Wahrheit in alle.

(1806)

Literatur-Notizen

Auch darin haben die Bücher mit den Kindern eine Aehnlichkeit: daß ihr Entstehen und ihre erste Verbreitung mit Liebe und Sorgfalt gepflegt wird; daß sich aber nur Wenige um sie bekümmern, wenn sie erst ein gewisses Alter erreicht haben. – Hier ein Paar neuere Beispiele: In Metz stand in einem der angesehensten Gebäude eine öffentliche Bücher-Sammlung; auch war in einem abgelegenen Theile desselben ein Kohlen-Magazin angelegt. Zur Zeit Bonapartes kam der Befehl: das Gebäude zu einem militärischen Gebrauche ein zu richten, und da man zu der Zeit überall besondere Eile affektirte, so befahl der Präfekt: Alles in 24 Stunden zu räumen, wozu die dort befindlichen Kriegsgefangenen kommandirt wurden. Die Bücher mußten wohl keinen Vorsprecher haben, wie damals in Alexandrien; denn kaum hatte man gefunden; daß die Bücher in Verhältniß der Kohlen, zu schwer lasteten, so daß in gleichen Körben der Eine zu viel, der Andere zu wenig zu tragen hatte (vielleicht auch, weil die großen Bücher noch über den Kohlen, wo diese herab fallen konnten, Platz fanden), so wurde den Kriegsgefangenen befohlen: in jeden Korb die *Hälfte* Kohlen und die *Hälfte* Bücher zu legen. – Noch schlimmer erging es aber den Büchern in Holland. Zur Zeit der Continental-Sperre war eine Zeit lang vom französischen Gouvernement gestattet: englische Fabrikate gegen einen gleichen Werth einländischer Fabrikate ein zu tauschen. Das benutzten die Kaufleute: große Massen älterer holländischer Bücher, die damals, in dem allgemeinen Umsturz, weniger als sonst gekauft wurden, zu billigem Preise an sich zu bringen, diese nachher im Ladenpreis den Zollbedienten vor zu rechnen: als ob sie dieselben nach England verkauften. Solche deklarirte Kisten mit Büchern wurden nun auf dem Meere gegen Kisten voll englischer Fabrikate umgetauscht; aber diese Bücher keineswegs nach England eingebracht – denn da hätten sie zu viel Zoll bezahlen müssen, mehr als das Makulatur dort werth ist – sondern um unmittelbar ins Meer versenkt zu werden. Auf diese Art sind ältere Bücher in Holland, von denen sonst Ueberfluß war, jetzt sehr selten geworden.

Eine ähnliche Vernichtung von Akten wurde aus einem Lande bekannt, wo vor dem Einrücken der Franzosen die Prozesse zwar etwas umständlich, aber sehr ordentlich geführt wurden. Mehrere Mitglieder des Gerichtshofes verlangten ab zu gehen; der französische

Gouverneur begehrte aber dagegen, daß sie vorher alle Prozesse, die noch schwebten, entscheiden sollten, und als sie sich dessen weigerten, schloß er sie im Gerichtssaal ein. Was war zu tun? – Um dem Arrest zu entkommen, mußten die alten Prozesse, die schon lange ihr dringendes Interesse verloren hatten, wenigstens für den Augenblick im Feuer des Ofens ihre Prüfung und Entscheidung erhalten; die übrigen wurden flüchtig entschieden. In zwei Tagen war Alles beendet, und der Gouverneur freute sich über die prompte Justiz, die er dem neu acquirirten Lande verschafft habe!

Der Beispiele von Bücher-Vernichtungen und Bücher-Verboten aus Fanatismus giebt es wohl unzählige; aber vielleicht ist es nicht so bekannt: daß dergleichen Sünden auch von sogenannten Vernünftigen und Aufgeklärten begangen sind. So geschah es aber in Baiern – wie ein glaubwürdiger Mann in der Nähe beobachtete – zur Zeit der Aufhebung der Kloster-Bibliotheken. Von den frommen Büchern wurde nur das Seltenste gerettet; aber sehr viel Seltenes kam mit dem Gewöhnlichsten in die Papier-Stampfe, obgleich dafür bedeutend mehr geboten wurde, als sie auf diesem Wege einbrachten. Dadurch sind sogar manche Kupfer-Werke selten geworden, die sonst sehr billig zu verkaufen waren. Eine Merkwürdigkeit zeigte noch dies schnelle Ueberfallen der geistlichen Bibliotheken, nämlich: daß oft die allverbotensten, unheiligsten Bücher, wie z. B. Voltaire's Schriften, sich darin fanden. Bei uns, wo Voltaire nicht verboten ist, möchte sich unter hundert Geistlichen kaum Einer finden, der seine Schriften näher kennt, und noch weniger: die seine Schriften besitzen. – Eines der widerwärtigsten literarischen Zerstörungsmittel ist die Methode mancher Leute, die auf bequeme Art Excerpte machen: indem sie die Blätter der Bücher, die ihnen nöthig sind, ausschneiden, noch schlimmer aber die Bequemlichkeit Anderer: das Blatt, was sie eben gelesen, zum Anzünden der Pfeife aus zu reißen, oder mit dem Buche Abends als Lichtstulpe ihr Licht aus zu löschen.

Von allen drei Methoden geben Leihbibliotheken den Beleg; unnütze schriftliche Anmerkungen, unterstrichene Stellen, Ausrufung-Zeichen und sogenannte Eselsohren sind, damit verglichen, nur geringe Uebel, gewähren sogar manche Einsicht in die schwachen Seiten des Publikums: dramatische Dichter sollen sie wohl beachten.

Wenn wir die mannigfaltige Vergänglichkeit geschriebener und gedruckter Schriften überlegen, so muß uns die sinnreiche Eintheilung der Tinte, die ein berühmter Professor in der Literatur-Geschichte vortrug, besonders tröstlich seyn. Er nannte Tinte: Alles was als Zeichen einen Gedanken darstellt, und theilte sie demnach ein in feste und flüssige Tinte. Zu der festen rechnete er zuerst – Pyramiden, Obelisken, ja im Grunde, das ganze feste Weltall; zu der flüssigen, außer dem flüssigen Theil des Weltalls, auch die gewöhnliche, die sich wieder in Druckerschwärze und ganz gewöhnliche Tinte abtheilte. So lange die Denkmale der festen Tinte noch dauern, brauchen wir nicht zu erschrecken über das Untergehen jener Denkmale der flüssigen Tinten. – Vielleicht ist es ein viel nachtheiligeres Vernichten von trefflichen Werken, wenn den Leuten das Lesen derselben mit aberwitzigen Einfällen gestört und verleidet wird. So lesen fromme Seelen gewiß nicht, ohne ein falsches Vorurtheil zu bekommen, folgende Bemerkungen über die Kunst im diesjährigen Reformations-Almanache S. 331: »Wir fordern nicht: daß unsere Kunst bloß biblische Vorwürfe wähle, wir wünschen sogar vaterländische und geschichtliche, und *verbitten uns bloß die heidnischen.*« Ist der Christen-Glaube so schwach: daß er die Größe der Vorzeit, die doch von demselben Gott geschaffen, nicht anschauen, sich darin nicht freuen darf, so müßte sich jener Theologus noch mehr alle Nachrichten von den Millionen der noch jetzt auf Erden lebenden Ungläubigen verbitten. Dann fährt er fort: »Vergebens suche ich in Wilhelm Meisters Lehrjahren das innere Triebwerk einer großen, sittlichen Begeisterung, nachdem der Held dem Trugbild einer künstlerischen Ausbildung nachgelaufen, langt er am Ziele Jarnoschen Unglaubens an.« Wie würde der Theologus in innerster Seele über die Nichtigkeit seiner Verunglimpfung erbeben, wenn er das Lied der Mignon: »So laßt mich scheinen bis ich werde!«nur einmal mit Andacht gelesen hätte. Kunst ist ein treues Bild des Lebens, sie weiß die sittliche Begeisterung dar zu stellen, wie jede andere; das giebt auch der Theologus bei »Hermann und Dorothea« zu (S. 33). Ist nichts mit Absicht verschwiegen, von dem Künstler keine sittliche Begeisterung nachgeschwatzt, wo sie sich nicht finden kann, wird sich das Höhere von selbst geltend machen, wird sich auch dem fühlbar machen, dem im Gedränge des Lebens zu mancher Art der Begeisterung weder Zeit noch Bildung gegönnt ist. Wenn aber dort die künstlerische Ausbildung so geradezu ein Trugbild genannt wird, so hätte der Theologus doch erst die Fortsetzung von Wilhelm Meisters Lehrjahren erwarten sollen, die freilich sehr lange auf sich warten läßt. Aber es geht mit der Kunst langsamer, als mit der Theologie, die, ohne alle Begeisterung weder sittlicher noch unsittlicher Art, mit jedem Jahre ganz neue widersprechende Lehrjahre überlebt. – Wir bewundern das, trösten uns aber bei der Kunst mit den begeisterten Worten Hölderlins: »O Seele! Seele! Schönheit der Welt! Du unzerstörbare, du entzündende mit deiner ewigen Jugend! Du bist; was ist denn der Tod und alles Wehe der Menschen? Ach, viel der leeren Worte haben die Wunderlichen gemacht! Geschiehet doch Alles aus Lust und endet doch Alles mit Frieden! Frei sind wir, gleichen uns nicht ängstlich von außen; wie sollte nicht wechseln die Weise des Lebens? Wir lieben den Aether doch Alle und innigst im Innersten gleichen wir uns!« – Wer diese Worte mit Innigkeit fühlt, wird mit uns in den mehrmals und immer vergebens geäußerten Wunsch einstimmen: die Werke Hölderlins, des größten deutschen Elegikers, von denen der »Hyperion« vergriffen, die einzelnen Gedichte in Zeitschriften zerstreut und mit ihnen unter gegangen sind, von sorgfältiger Hand vollständig gesammelt zu sehen. Vollständig müßten sie gegeben werden, weil er nie ein leeres Wort geschrieben, gleich Sterne, mit welchem ihn ein gleiches Geschick traf: daß ihr irdisches Auge die Fülle des angeschauten Lichtes nicht ordnen, ihr liebevolles Gemüth die Kränkungen des Lebens nicht überwinden konnte; so ward den Menschen ihr Geist entzogen, während ihr Leib noch unter ihnen fort lebte.

Frau von Stael und Herr von Haller

Das nachgelassene Werk der Frau v. Stael: »Betrachtungen über die vornehmsten Begebenheiten der französischen Revolution« (Heidelberg, bei Mohr und Winter 1818) ist wegen mancher interessanten Anekdote von vielen Zeitschriften ausgezogen worden. Das ist nicht zu tadeln; aber was innere Verbindung bleibt, verdiente mehr betrachtet zu werden. Es ist der Geist der Revolution, wie er sich in zwei sehr verschiedenartigen, aber zugleich ausgezeichneten Menschen – die von ihm während ihres ganzen Lebens bald wirkend, bald leidend ergriffen wurden – in *Necker* und seiner Tochter dargestellt. –Die Verschiedenheit der Glaubenssätze ist unglaublich in unserer Zeit. Jeder aber wird einräumen: daß die edle Seite des revolutionairen Geistes nie so vollständig aufgefaßt ist, weniger kann man die Darstellung der unedlen Seite rühmen. Hier wäre eine interessante Nachlese zu halten, da der Verfasserin der Jakobinismus als eine ganz fremdartige unbegreifliche Erscheinung vorkommt. Ein großes Resultat wird ihr überall in allen Verwickelungen aufgezwungen: wie nur Wahrhaftigkeit das unglückliche Königshaus retten konnte; diese war durch die verschiedenartigen Parteien am Hofe beständig unterdrückt. Wahrhaftigkeit, Offenheit und Entschluß konnten allein helfen; statt dessen war selbst den Ministern immer nur ein Theil des Willens enthüllt; die öffentlichen Äußerungen gingen ganz gegen die innere Ueberzeugung, und die Entschlüsse kamen zu spät. Necker scheint auch in praktischer Hinsicht durch diesen unseligen Zustand des Hofes vollkommen gerechtfertigt; er wurde berufen, wenn er am meisten verhaßt war und Niemand Lust hatte seinen Maaßregeln zu folgen. Wenn er dennoch blieb und sich immer zur Wieder-Annahme des beschwerlichen Amtes bereden ließ, so gewinnt man hier die Ueberzeugung: daß diese Selbstverleugnung innige Anhänglichkeit an den König und an Frankreich war; seinen Ruhm, seine Sicherheit, sein Vermögen achtete er nichts, wo allein die religiöse Aufopferung seines edlen Herzens ihm die Hoffnung eingab: daß er noch Böses verhindern, wenn gleich nicht mehr das erwünschte Ziel erreichen könne. Erst als diese Hoffnung ihm verschwunden, schied er vom Schauplatz des thätigen Lebens, ohne sich in der Freimüthigkeit als Schriftsteller unter den drohendsten Umständen beschränken zu lassen. In dem Journale von *Buchholz* werden, aus Liebe zu Gegensätzen, Necker und Bonaparte einander entgegen gesetzt, jenem Gutmüthigkeit ohne praktischen Sinn, diesem praktischer Sinn ohne Gutmüthigkeit beigelegt. Wenn einen *Schriftsteller* Liebhaberei zu Systemen auf so grundlose Seltsamkeit bringen kann: wie wundern wir uns über Seltsamkeiten, die ein beliebtes System in einem übereiligen Volk bewirken kann? Wie hätte Necker ohne großes praktisches Talent so lange unter verzweiflungsvollen Umständen bestehen, bald die Geldnoth, bald den Korn-Mangel, bald die Revolution hemmen können? Vernichten konnte er das Alles nicht, denn wahr bleiben Sully's Worte: »Die Revolutionen großer Staaten sind nicht die Wirkungen des Zufalls oder der Laune der Völker«. – Wie viele Kräfte waren aber Bonaparte durch diese Revolution in die Hände gegeben, und wie wenige verstand er zu brauchen! – Das letztere Resultat schildert Frau v. Stael schön in den Worten: »Bonaparte, der unumschränkte Herr von 80 Millionen Menschen, der nirgends auf ein Hinderniß mehr traf, hat weder eine Institution im Staate zu gründen vermocht, noch eine dauerhafte Macht für sich selbst.« – Die Ursach dieses Mißgeschicks sucht sie hauptsächlich in der ihm eigenen Verachtung der Menschen und aller Gesetze, Studien und Einrichtungen, welche die Achtung gegen das Menschengeschlecht zur Grundlage haben. Alles war bei ihm Mittel oder Zweck, das Unwillkührliche fand sich bei ihm nirgends, weder im Guten noch im Bösen. Er war nicht blutdürstig aber gleichgültig gegen das Leben der Menschen; er hätte gern die ganze Welt für sich auf Leibrenten gesetzt. Er war auch nicht so zornig, als er oft zu seyn schien; er wollte mit seinen Worten erschrecken. In seinem letzten russischen Bulletin übertrieb er das Unglück seines Heeres, weil er sein Mißgeschick nicht verbergen konnte, und doch auch hier mehr thun wollte, als ein Andrer. – Meisterlich und nicht ohne Einwirkung von Necker, sind auch die Darstellungen von Maurepas, Calonne, Brienne, Mirabeau u. a. Hier ist ein tiefer Blick in den Menschen nicht zu verkennen, ein Ernst, den wir Frau v. Stael in dem Alter nicht zutrauen können, wo sie diese Leute kennen lernte! Wir heben ihre Schilderung von Maurepas aus: »Ein sonderbarer Charakter so ein alter Minister-Höfling! Das öffentliche Wesen war nichts für Maurepas; er beschäftigte sich nur mit dem, was er des Königs Dienst nannte, und dieser bestand in der Gunst: die man am Hofe gewinnen oder verlieren konnte, die wesentlichen Geschäfte waren der Aufgabe, den Geist des Königs zu lenken, untergeordnet. Maurepas hatte nie über den Zusammenhang des öffentlicen Credits mit den großen Verwaltungs-Maaßregeln nachgedacht; er glaubte daher: Necker würde dem Staats-Vermögen aushelfen können, wie dem Vermögen eines Handlungshauses: durch glückliche Spekulationen«. – Von Calonne sagte sie sehr bedeutend: »Calonne's Leichtsinn war mehr in seinen Grundsätzen, als in seiner äußeren Art zu seyn gegründet. Es schien ihm glänzend: mit Schwierigkeiten zu spielen, und dies wäre auch wirklich der Fall, wenn man sie im Spiel besiegte. Sind sie aber stärker als der, welcher die Miene annehmen will, ihr Herr zu seyn, so wird seine nachlässige Zuversicht nur um so lächerlicher.« – Mit welcher Weisheit erklärt sie das Unglück Ludwig XVI. in der Wahl schlechter Minister. »Gerade die Regenten, die vermöge ihres Charakters am wenigstens zu einem Entschluß kommen können, sind es, auf welche man am meisten Eindruck macht: wenn man zu ihnen von ihrem *Ansehen* spricht. Sie schmeicheln sich mit dem Gedanken: es werde von selbst wirken, wie eine übernatürliche Macht und ganz unabhängig von Umständen und Mitteln.«

Wie richtig sagt Frau v. Stael von den Partheien ihrer Zeit: »Man kann eine Parthei nur nach der Lehre beurtheilen, die sie bekennt, wenn sie am stärksten ist; die Minderzahl fordert immer die Gerechtigkeit und die Gerechtigkeit die Freiheit.« – Ueberhaupt ist sie selten unbillig; sie entnimmt die größte Last der Beschuldigungen dem Augenblicke der grauenvollen Umwälzung und vertheilt sie auf Jahrhunderte; ja sie fühlt sehr gut den Punkt in der Geschichte bei dem Kardinal Richelieu, wo das Verderben des französischen Reiches sich beschleunigt. Sie verkennt: daß mit der Unterdrückung der Feudal-Freiheit und Verbindung der chaotische Volkszustand anfängt, in dem auch der Beste, der nicht die Macht in den Händen hat, vereinzelt, hülflos und antheillos untergeht; und während sie einleuchtender, als die meisten andern Schriftsteller, darthut: daß ein Oberhaus die unbesonnensten Schritte der französischen Versammlungen hätte unschädlich machen können, daß der Mangel eines solchen Hauses ein Hauptgrund zur Entstehung der Despotie war, spricht sie doch ohne Unterlaß gegen Feudal-Formen, ohne welche die wesentliche Wirkung: den Geist des Augenblicks mit Vergangenheit und Zukunft zu verknüpfen, nicht erreicht werden kann. Daran mag der aufmerksame Leser die ungeheure Gewalt erkennen, die das Gerede auch über denkende Köpfe ausübt. Aber so seltsam vollständig ist die Welt: daß sich solchem Parteimangel immer wieder der entgegengesetzte Parteimangel gegenüber stellt. Unter den deutschen Schriftwerken stellt sich dieser Mangel und diese Vollständigkeit in *Hallers*: »Restauration der Staatswissenschaft« dem Werke der Stael gegenüber. Sieht Haller das Wesen der Staaten-Entstehung aus der Natur des Familien-Lebens – welches das Geistige auf Erden ist, und aus der Natur des Grundbesitzes, welches das Körperliche ist, das dem Geiste unterworfen – mit einer Deutlichkeit ein, wie kein anderer Schriftsteller; zeigt er hier die Einwirkung der Eroberung und der Geistes-Überlegenheit und wie doch endlich jede Art der Gewalt zu ihrem Bestehen nach dem Ursprunge des Staats, zu dem Grund-Eigenthum trachten muß – lauter Wahrheiten, die Frau v. Stael nur selten zu ahnen scheint – so sind ihm dagegen alle Uebergänge der Gewalt, wie sie durch Gegengewalt, durch Verträge und einschlingende Gewohnheit, eben zu dem wohlbekannten Ziele gebändigt wird, völlig verschlossen. Er träumt sich ein Fortbestehen der Staaten, in jenem ursprünglichen Zustande, während er die Abweichung gegen die Anforderungen seines eignen Systems sich nicht verbergen könnte, wenn ihn nicht die heftigen Blitzschläge für die Gegenwart geblendet hätten. So kommt es: daß sein dritter praktischer Theil des weitläufigen Werkes das Unfruchtbarste für die Praxis ist; während gerade für die Praxis aus dem Werke der Stael außerordentlich viel zu lernen ist. – Frau v. Stael kennt nur diese Uebergänge, der Anfang und das Ende von allem Streben in der Welt scheint ihr völlig entzogen: das Erregen und Bewegte, die Hoffnung zum Besseren haben ihr Herz ergriffen und ihre Einsicht hat zu begreifen gesucht: woran diese Bemühungen scheiterten; daher ihr befremdendes Entzücken, wo nur eine Versammlung vorhanden, die etwas Gutes bewirken will; daher ihr Bewundern, wo das mißgebrauchte Wort Freiheit ausgesprochen wird, während sich die grauenvollste Unterdrückung damit bekleidet; daher der Glaube: es wäre doch möglich gewesen, eine Nation hätte sich in höherem Sinne verknüpfen können, die in ihrem ersten Andrange alle ihre natürlichen Bande löste. Der Fels war zertrümmert; wie viel Blut gehörte dazu, den flüchtigen, verbindungslosen Staub wieder zu binden, wie lange wird es dauern, bis er sich bildet. – Haller möchte dagegen ein Bestehen den Staaten sichern, wie es in der ruhigsten Familie sich nicht bewahren läßt. Alles soll sich sehr leicht machen, wenn die Gewalt nur nicht über gewisse Grenzen hinausgeht und innerhalb dieser Grenzen sich nicht beschränken läßt. Wo aber nun beides geschehen, öfter geschehen, in Noth, Irrthum und Bosheit; wo nun die Welt in Gegensätzen auseinander gerissen: wo will er da den Kraft-Sammler finden, der den unaufhaltsam hinunter rollenden Wagen wieder den Berg hinaufbringt: daß nur von Neuem eine klare Uebersicht gewonnen werden kann? – Da mag Einer, da mögen Hunderte die an Allem sehr unschuldige Staatswissenschaft restauriren, es bleibt bei dem Satz: Non hominum consiliis pax reparatur in orbe.

Zu den Bildnissen Luthers und Melanchthons

Die Bildnisse der beiden Häupter unserer deutschen Reformation gehören unläugbar zu den *Blättern* für *Geist* und *Herz*, welche der Gesellschafter zu geben verspricht, sie bezeugen den Wunsch desselben nicht mit leeren Händen bei der dritten Säcularfeier der großen Reformationstage erscheinen zu wollen. Die Gemälde von Kranach, nach denen beide mit treuem Fleiß schon vor mehreren Jahren von einem jungen Künstler, Herrn L. E. Grimm radirt wurden, (der seitdem durch eine bei Artaria erschienene Sammlung seiner späteren Arbeiten sich als einer der geschicktesten Radirer bewährt hat) sind in der Königlichen Gallerie zu München aufgestellt. Melanchthon ist in demselben Alter gemalt, wie wir ihn so oft und überall von Kranach und von Schülern dargestellt erblicken, denn wahrscheinlich hatte er außer seinem Sohne noch manche geschickte Lehrlinge, um die große Zahl von Bestellungen auf Bildnisse der Reformatoren, neben seinen größeren Malerwerken und seinem bürgerlichen Geschäfte, zu befriedigen. Luther zeichnet sich durch seinen Bart aus, der einige Tage nicht abgenommen, auch durch eine gewisse Fülle, die nicht ganz gesund scheint, so daß man irgend eine bedeutende Zeit seines späteren Lebens darin zu erkennen veranlaßt wird. Oder wäre es wohl gar einem der Bilder nachgemalt, die nach Mathesius zween Maler von ihm nach seinem Tode gefertigt haben, und denen Kranach das Licht der Augen zurückgegeben hat, um seinen Freunden ein Bild seiner letzten Zeit zu schenken? Ich gebe dies für bloße Vermuthung, aber der seltsame Bart läßt sich fast auf keine andere Art erklären. Die ersten Abdrücke dieser treflich radirten Blätter sind einer neuen abgekürzten Ausgabe der Predigten eben jenes vorher erwähnten Mathesius gewidmet, welche unter dem Titel: Historien von des ehrwürdigen in Gott seligen Manns, Doktor Martin Luthers Anfang, Lehre, Leben und Sterben bis zum Jahre 1546, zu Joachimsthal in Böhmen gehalten, im Jahre 1566 zu Nürnberg zum erstenmal erschienen und an der letzten Säcularfeier zum letztenmal wieder aufgelegt sind. Er hat uns mit der treuen Anhänglichkeit und dem starken Gedächtnisse, die jener Zeit eigen waren, ein eben so reines und vollständiges geschichtliches Bild Luthers erhalten, wie Lukas Kranach mit dem guten Auge und der geübten Malerhand jener Zeit uns das warhafte Angesicht Luthers in verschiedenen Altern bewahrt hat. Das Werk des Mathesius, oder die Auszüge, welche daraus erschienen, wurden von allen Geschichtsschreibern der Reformation benutzt. Um so mehr war ich überrascht, in diesem Werke, das mir vor einer Reihe von Jahren in die Hand fiel, gar vieles mehr zu finden, als in allen mir bekannten

Geschichtsschreibern, besonders schienen, aber die mir bekannt gewordenen Auszüge eifrig bemüht, das Lebendigste wegzuschneiden, um dadurch an der trocknen Folge der Begebenheiten nicht gestört zu werden. Ich fühlte gleich, daß mir eine Arbeit an dem Werke obliegen würde; das Reformationsjahr mahnte wieder daran, sie ist fertig, und ob ich dieselbe mit richtigem Sinne für das Wesentliche vollendet habe, steht der lesenden Welt in wenig Tagen zur Beurtheilung frei,* wo es sich dann mit so vielen Festgaben zur Reformationsfeier vereinigt. – Die Eigenthümlichkeit des alten Mathesius forderte aber wirklich eine sorgfältigere Bewahrung, als ihm bisher geworden, denn diese Eigenthümlickeit bekräftigt seine Erzählung wie ein Händedruck, er versichert, daß er am jüngsten Tage noch Jedermann Rechenschaft von seinem Buche geben will. Seine Eigenthümlichkeit besteht aber nicht allein in diesem zuverlässigen Glauben, in diesem genauen Glauben alles dessen, was er an Luthers Tische gehört hat (denn beides ist ihm gemeinschaftlich mit dem Herausgeber der nie genug zu rühmenden Tischreden Luthers) sondern auch in seiner Sprache. Er braucht hier, wie in seiner Bergpostille, den Ausdruck seiner Bergleute; er verkettet ihnen auf diesem Wege die Glaubenslehren mit dem täglichen Geschäfte, uns aber mit einem neuen Bilde, während sie in der allgemeinen Sprache, in den abgenutzten Dekorations-Ansichten der meisten Redner unserer Zeit fast mit dem Augenblicke des Hervortretens wieder in dem allgemeinen Geisteselemente versinken. Freilich ist es unendlich leichter, einen Perioden zu runden, statt einen Gedanken eckig auskristallisiren zu lassen; aber hätte Luther so beschönigend und gleissend gedacht, wir würden nie seine Bibelübersetzung erhalten haben. Dieses strenge, mühsame Streben Luthers

* Es erscheint dieses Werk in der Maurerschen Buchhandlung, Berlin wo auch Abdrücke der Bildnisse in großen Format und auf Schweizerpapier zu haben sind.

nach dem Eigenthümlichen der Sprache, das Mathesius mit inniger Bewunderung beschreibt, wie seine Bibelübersetzung von ihm und seinen Freunden immer neu durchgesehen wurde, wie sie nicht verschmähten, Handwerker dabei um Rath zu fragen, hat wahrscheinlich dem treuergebenen Schüler Mathesius den Anstoß gegeben, sich in die Sprache seiner Bergleute einzustudiren. Möchte doch sein Beispiel vielen Predigern die Veranlassung werden, ihr ewig wiederkehrendes Sammelsurium von eingelernten Redensarten abzulegen und zur Urquelle zurückzukehren, aus der alles Aechte in unerschöpflicher Fülle fließt.

Mit innigem Behagen erzählt Mathesius seinen Bergleuten, wie Luther einem Bergmann geboren sey, wie er vom löblichen Berggut auferzogen sey und wie viel er stets von den Bergleuten gehalten habe. Deswegen berichtet er auch folgende artige Geschichte:

Als mit den Fasten auch die Fastnacht mit ihren ungestümen Ergötzlichkeiten in Wittenberg abgeschafft worden, beschloß der Rath daselbst um Einigkeit zu erhalten, statt der Fastnacht ein geordnetes Fest auf dem Rathhause zu veranstalten, zu welchem auch die Universität eingeladen wurde. Luther schlug die Ladung aus, hieß sie aber fröhlich seyn und Einigkeit erhalten. Nach alter Gewohnheit liefen nun viele Gesellschaften junger Leute an diesem Tage vermummt in der Stadt umher, kamen auch vor Luthers Haus, wurden aber von ihm nicht eingelassen. Als aber Luther hört, daß eine Gesellschaft vor der Thüre, die sich Bergkleider hatte zuschneiden lassen und mit Scheidhämmern wie Schieferhauer gerüstet sey, spricht er: Die laßt mir herein, das sind meine Landsleute und meines lieben Vaters Schlegelgesellen, denen Leuten, weil sie die ganze Woche unter der Erde stecken in bösem Wetter und Schwaden, muß man bisweilen Ergötzung und Erquickung gönnen und zulassen. – Darauf tritt die Gesellschaft vor Luthers Tisch, setzt ein Schachspiel dahin und er, als ein geübter Schachzieher, nimmt es mit ihnen auf. Ihr Bergleute, sagt er, wer in diesem Schach oder in eurem Schacht ziehen und nicht Schaden nehmen und das Seine mit Unrath verbauen will, der soll seine Augen nicht in die Tasche stecken, den es gilt an beiden Orten Aufsehens. Darauf machte er seinen Schachgesellen matt, der verehrt ihm das Schachspiel und Alle wurden in Ehren fröhlich, sangen und sprangen.

Wem diese kleine Geschichte des großen Mannes gefällt, der mag auch gern die folgenden lesen:

Im Jahr 1542 kommen zwei Bürger aus Joachimsthal nach Wittenberg und besuchen den Luther, bringen ihm auch einen schönen Handstein von rothgültigem Erz. Diesen Beiden erzeigt er allen guten Willen und bittet sie zu sich. Ueber Tisch spricht der Eine: Herr Doktor, mein Geselle hat sich etwas hart an Euer Ehrwürden vergriffen, denn da man euer Bild auf dem Altenberg in der Fastnacht verbrannte, hat er sich daselbst zum Richteramt gebrauchen lassen. Nun er aber zum Evangelium berufen, ist ihm solches von Herzen leid! – Dem Doktor gefällt die Rede: Wohlan, spricht er, weil er es mit Unverstand gethan und sein papistisch Feuer mir und meiner Lehre nicht geschadet hat, sey es vergeben und vergessen im Namen des Herrn. – Wie dieser Handel ein gutes ehrliches Gelächter gab, spricht der Absolvirte: O Herr Doktor, ich danke euer Gnade, aber ich habe noch eine große Schuld auf mir, bitte, ihr wollet mich auch davon absolviren; habe mich in meiner Zeche verpufft, bin ein armer Bergmann und an die 500 Gulden schuldig. Euch Bergleuten, sagt der Doktor, blüht das Glück, wenn ihr am ärmsten seyd, denn da haltet ihr an und sehet selber zu euer Zechen und Noth lehrt euch beten, auch zur Kirche zu gehen, nüchtern und mäßig zu seyn; darum wißt ihr selber nicht, wie reich ihr seyd. Ziehet heim, arbeitet treulich, handelt redlich, hofft zu Gott, der läßt immer Erz wachsen und giebts zur rechten Zeit denen, die in ihren Zechen anhalten und bei ihm in Geduld aushalten. Der reiche Gott wird mit euch seyn; auf seinen reichen Segen und milde Hand absolvire ich euch von aller eurer Schuld. – Ehe dieser Bergmann wieder zu Hause kommt, kriegt er Botschaft, man habe in seiner Zeche auf dem seligen Asa* gutes Erz angetroffen; da läßt er Geld und giebt Ausbeute und zahlt alles ab und behält noch übrig.

– Andern Bergleuten aus Joachimsthal, die Mathesius an Luthers Tisch brachte, befragte er, was für Musik im Thal gehalten werde, war sehr fröhlich mit ihnen und schenkte ihnen selber ein aus einem kristallenen Glase und als sich bedankten, fing er an mit ihnen vom Bergwerk zu reden, und sprach: Gottes Wort ist durch Feuer gereinigt wie ein Brandsilber, das siebenmal durchs Feuer gegangen und in dem keine Wildigkeit mehr ist. Die werthe Christenheit ist wie ein schmales und edles Gänglein, das durch die großen Gebirge und Felsen streicht und oft schier gar verdruckt wird. Aber der aller Gebirge mächtig ist, macht seinem Gänglein, darauf sein Sohn vermessen ist, oftmals Raum, daß es einen Bauch wirft und giebt, was es geben soll. Wohl denen, die mit diesem schmalen und festen Gänglein belehnt sind, das durch einen sehr klemmigen Stein streicht und ihre Zubuße mit rechtem Glauben, herzlichem Gebet, christlicher Liebe in Geduld reichen; die Ausbeute ist gewiß, nur liegt viel Abraum darauf. Mathesius schließt dann mit den Worten: Hohe Leute hegen tiefe Demuth und ehrlichen Sinn, verachten Arme und Geringe nicht; wie schön steht es, wenn erleuchtete Männer ihr Licht leutselig gegen Niedrige scheinen lassen und folgen dem schönen Beispiele des Sohnes Gottes, der auch mit armen Fischern fein nachbarlich umging, sie in der Nacht zudeckte und ihnen bei Tische vorlegte. Ihr Bergleute, laßt es euch eine Ehre seyn, daß viele Bürger des Thals Luthern gesehen und gehört, mit ihm gegessen und getrunken haben, daß auch die größten Kirchenlichter in Wittenberg, Melanchthon, Justus Jonas, Kreutziger und Andre dieses Thal gern gesehen,

* Asa – Name der Grube

mit euren Kirchendienern gute Freundschaft erhalten haben. Sprich deinen Segen, lieber Herr, zu unserm löblichen Bergwerk, laß neue Gänge ausschürfen und eine reiche Zeche angehen, damit deine löbliche Kirche und Schule fürder erhalten werde.

BRIEFE

Aus dem Briefwechsel Achim von Arnims mit Bettine 1806–1820

Arnim an Bettina.

Göttingen, 16. August 1806

[...]
Kein Brief von Ihnen hier, und doch muß ich bleiben, das Schicksal hält hier vorsichtig die Zügel meiner Pferde, um meinem Wege vorzuleuchten; wie umnachtete mich die Freude, als ich zu Ihnen hinsah, daß ich die blinkenden Waffen rings nicht sah. Noch vor wenigen Tagen feierte ich die Flitterwochen eben des Freundes theilnehmend mit, von dem ich Ihnen zwei kleine Lieder im Winter sandte. In Hannover fiel es mir wie Schuppen von den Augen. Wahrscheinlich sind wir von Frankreich aufgeopfert, es soll aber bei allen guten Geistern ein willig Opferthier finden, die Armee ist voll Freude, unser Sand wirbelt vor Lust, daß er getränkt wird, die Erndte ist reif, schneide sie, wer die Sichel führen kann. Was sollte bestehen, was nicht die Kraft dazu hat! Fort mit uns, wenn wir nicht würdig dieser stolzen Erde, sonst wollen wir uns aber anklammern und einbeißen an dieses liebliche Eigenthum, der Teufel will sich nicht mehr brauchen lassen mit seinen Kräften, so muß er fallen! Ich spreche in so gutem Zutrauen, ich kann nicht dafür, aber bewahren Sie es wie meine liebste Hoffnung im sichern Herzen, es kann auch wohl alles schlecht und mittelmäßig werden, im Frieden ist kein Heil mehr, im Kriege Verzweiflung.

Hochachtungsvoll Ludwig Achim Arnim.

Bettina an Arnim.

Frankfurt/M., August 1806

[...]

Viel zu vermögen, was man vermag, auch ausüben dürfen, das ist einzig ein würdig Leben, ich fühle nicht gar oft, daß ich vermag, aber wohl, daß ich nicht darf, was ich vermag. Nur jetzt in diesem Augenblick möcht ich da sein, wo Sie sind, ich scheue mich nicht es zu sagen – ich konnte nie fort, ich wäre sonst lange schon an Ihrem Horizont hergeflogen, ich hätte die Wolken getheilt mit breiten Flügeln, die heißen Sonnenstrahlen hätt ich mit Macht verhalten und Schatten gewährt und Kühlung mit treuem Herzen. – Ich kann nicht das alles deutlich machen, was und wie ich will, ich möchte reizen mit Kraft und Muth den, der mir werth ist, den Wächter zu überwinden, der ihn im engen Schicksal gefangen hält. Was heißt das: die Welt soll neu hervorgehen und herrlicher? sie soll werden ein höher, besser Leben? O laßt uns selbst doch neu aus uns hervorgehen, ein eignes Leben in jedem Moment, dann ist ja alles geschehen, dann mag der Lorbeer wachsen wie wilder Efeu, in Kronen sich über Nationen herziehen, den sieht mein ernster Held nicht; der grünte und der, der grünt, der wird vergessen, nur der noch grünen wird, ist einzig sein Verlangen: ›Was sollte bestehen, was nicht die Kraft dazu hat? Fort mit uns, wenn wir nicht würdig dieser stolzen Erde! Sonst wollen wir uns aber anklammern und einbeißen an dieses liebliche Eigenthum.‹

– Nur der mit Leichtigkeit, mit Freude und Lust die Welt sich zu erhalten weiß, der hält sie fest. Strengt Euch nicht zu sehr an, meine Freunde, beißt, klammert euch nicht an, spielt lieber Ball mit ihr, sie ist ja *rund*, wer sie im Gleichgewicht zu werfen weiß, der fängt sie immer wieder. – Mir fällt hier in mancherlei Rücksicht das ernste, traurige Schicksal von Troja ein, wie seine junge Helden die Burg zusammenrissen, um die Burg selbst zu retten. Dem König war aller Muth geweihet, drum mußten sie die Thürm und Giebel vom Pallast nieder werfen, um die Feinde zu zerschmettern, mit goldnen Balken warfen sie in der Zerstörer Schaar, um diese zu vernichten, so lange bis alles zerstört und nichts mehr war, dann schrieen sie: Troja ist nicht mehr, die herrliche Burg, die wohnlichen Gemächer, wir haben sie aus den Grundvesten gerissen, um ihren Feinden abzuwehren. – So steht auch die unglückliche Günderode in ihrem schrecklichen Schicksal da, sie wollte den Feind vernichten, der ihre Freiheit einengte, und mit dem einzigen Versuch, mit dem einzigen Dolchzucken traf sie ihr eigen Herz und warf das, was ihr werth sein sollte, weit von sich und traf mich auch mit dieser Unthat, ich werde den Schmerz in meinem Leben mit mir führen, und er wird in viele Dinge mit einwirken, es weiß keiner, wie nah es mich angeht, wieviel ich dabei gewonnen und wieviel verloren habe. Ich habe Muth dabei gewonnen und Wahrheit, vieles zu tragen und vieles zu erkennen; es ist mir auch vieles dabei zu Grund gegangen, ich werd mich nicht so leicht mehr an den einzelnen fesseln, ich werd mich wohl an nichts mehr fesseln, und um dieses werd ich oft mit Schmerz und Trauer zu ringen haben. – Sie wissen wohl gar nichts von allem, wie sie sich am Rhein auf einer grünen Wiese unter Weidenbüschen Abends um zehn Uhr mit lustiger Miene das starke Messer durch die Brust gestoßen, so nah am Rhein, daß ihre aufgeflochtne Haare in das Wasser hingen; die ganze Nacht blieb sie da liegen, bis Morgens der kühle Thau ihr auf die Brust fiel in die tiefe, tiefe Wunde hinein, die gleich im ersten Moment dem Leben so großen Raum gab, schnell zu entfliehen. Ich war grade auf einer Rheinreise begriffen, den Tag, nach dem es geschehen war, warf man mir die schreckliche Nachricht ins Herz, ich fuhr in dem kleinen Nachen an der Stelle dicht vor bei, wo es geschehen war. Wie mir es da ergangen, wie ich gegen alles ein ganz ander Gefühl gehabt, und wie ich die Natur mit einem eignen Blick betrachtet habe – davon sprechen wir, wenn wir uns sehen; es waren Gewitter am Himmel, dunkle, schwere Wolken, Sonnenblicke, und doch war alles so herrlich, ich habe einzig gefühlt, und ich bin froh, daß ichs durchlebt habe. Ein augenblicklich Verlangen hatt ich damals, eine Sehnsucht nach einem Hafen, einem Herzen, worin ich mit Sicherheit all meine Gedanken möchte landen lassen, ein jeder fände Platz, keiner dürfte den andern verdrängen, die leichte Barke mit witziger, bunter Wimpel fährt schnell dahin und ankert, wo auch das ernste Kriegsschiff, mit Muth und Stärke beladen und *mit Schicksal*, ich würde alles dort hinsenden und verwahren den jungen Keim der Weisheit, den der lebhafte Sinn nicht aufkommen läßt.

Dem Savigny war ein junger Sohn geboren auf drei Tage, er antwortete mir auf einen Brief, den ich ihm um diesen Verlust schrieb: ›Gründe und Betrachtungen trösten nicht, sondern nur warme, lebendige Liebe, und darum hat mich Dein Brief gerührt und gefreut, denn der Schmerz ist kalt und lähmt alle Kraft, aber Liebe erschafft die Welt und alles, was Leben hat, und in ihr muß der Schmerz selbst zur Rührung werden und der Freude begegnen.‹ Wie tröstlich für mich, die ihn trösten wollte, denn all diese Worte sind nicht, was er sein könnte und was er erkennt, sondern was er ist, und was ihm alles ist; darum sind auch alle herrliche Worte von ihm unschätzbar, denn es sind eben so viel Zeichen von herrlichem Thun und Gemüth, und soll es in uns auch sein nicht augenblicklicher Enthusiasmus, der leicht hinweggeweht wird, wie allenfalls ein tanzender Fliegenschwarm, von einem herbstlichen Windstoß. – Sie werden, wenn Sie meinen Brief durchlesen haben, leicht einsehen, daß es nicht Mangel an Lust war, warum ich Ihnen nicht schrieb. Wenn Stille im Gemüth herrscht, dann mag wohl die Zeit sein, daß sich die echte Gestalt hinter dem Teppich oder Nebel leicht und richtig dem werdenden Freund zu erkennen giebt durch Mittheilung – ein leichter Athemzug vom Schicksal, der die glatte Fläche des Lebens berührt: so wirft er sich gleich in tausend Falten, leichte Umrisse und Gestalten, die sich untereinander bilden mit Schnelligkeit und auch so wieder vergehn. Wer soll sie erkennen und erklären, als der sich mitziehn läßt in die Erscheinung, und Sie waren so weit von allem entfernt, was damals in meiner Seele vorging. Ich selbst konnte dem Entfernten diese Begebenheiten nicht vormalen, bloß um ihm die Stimmung des Augenblicks darzuthun. – Jetzt da ich am Ende meines Briefs bin, möchte ich dem Arnim noch so gerne etwas sagen, es ist nur mein Werk, daß ein Mensch mich rührt, mein Herz ergreift; ich darf auch daher mich kühnlich gehn lassen in allem, was ich thue, es hält mich ja nicht mit Fesseln und hält auch den andern nicht; ich bin dem Arnim gut, wie ich der Welt, wie ich allem gut bin, in dem Moment wo und wie sich Gott darin spiegelt.

Bettine.

Arnim an Bettina.

Göttingen, 27. August 1806

Der sanfte, blaue Blick der armen Günderode begegnet mir sicherer, nun sie nicht mehr sprechen kann, sie sieht freier und ohne Zurückhaltung in die Welt, wir fühlen uns enger befangen, schlagen die Augen nieder und an unsre Brust, wir konnten ihr nicht genug geben, um sie hier zu fesseln, nicht hell genug singen, um die Furienfackel unseliger, ihr fremder Leidenschaft auszublasen. Ich sage: – wir – und doch war ich ihr gar zu nichts, aber ihr doch recht gut, und von dem Morgen, wo ich ihr das Wasser in die Augen spritzte, von dem Nachmittage, wo sie so lachend kämpfte den Dolch zu verbergen, den sie aus dem Schranke hervorsuchte, womit wir spielten recht wie Kinder mit dem Feuer, das ihr Bette ergriffen, bis zu unserm Umsturze, wo ich sie in meinen Armen gen Himmel hielt, und bis zu dem Abschiedsabende in Ihrem Hause, wo sie so hübsch aussah, daß wir uns alle verwunderten, in all der lieben, fröhlichen Zeit war sie so mitwirkend zu allem Spiel, so sanft vertheidigend gegen die kritische Pflichtbosheit der censirenden Pädagogik von Clemens, daß ich immer bei ihr auf das Lamm komme, das nichts mehr zu opfern hatte und sich nun selbst opferte. Schauderhaft ist mir die Section des Arztes gewesen, der ihren Tod aus dem Rükkenmarke gelesen; so etwas ist doch nur zu sagen möglich bei dem versunkenen Zustande dieser Wissenschaft, zu der kein Arzt und kein Kranker zum Arzt mehr Zutrauen hat. Mit der weichen, schwachen Hand solche Gewalt, um einem drückenden Lebensverhältnisse zu entgehen, das wohl so einem vereinsamten, gereizten Gemüthe im Augenblick unendlich hoffnungslos scheinen mochte, das ist mehr Lebenskraft, als der vortreffliche Arzt verstehen wird, wenn er auch hundert Jahr darüber alt würde. Wer so etwas mit fremden Augen ansieht, der muß sich auch einen fremden Grund denken, er denkt, die Krankheit hat einen Arm vor gestreckt, um zu vernichten, was sie nicht entstellen mochte, die gemeinste Bemerkung spricht dagegen, daß kein Gesunder so an jeden verlängerten Augenblick des Lebens hängt als alle abzehrenden Kranken. Fort also mit dieser entsetzlichen Erklärungswuth, was in sich so klar ist, ohne Anspruch zu machen, gut oder böse sein zu wollen, sondern lieber wie ein Bergschatten in die Tiefe des Rheins zu verlöschen. Ich weiß nicht, wie nahe Sie sich ihr verbunden fühlen, die Aeußerung ist so beschränkt durch zufällige Veranlassung, daß darüber kein andrer meinen sollte; wahrlich gehöre ich auch nicht zu denen, die andrer Menschen Zuneigungen herabsetzen mögen, es ist ja endlich unser einziger Trost, wo uns Menschen verschwinden, sie recht geliebt zu haben, solange sie unter uns. Doch, meine ich, Sie äußerten damals, ihr näher in Beschäftigung, Richtung, Ansicht und Austausch von Kenntnissen, als durch eigentliches Anschließen an ihr einzelnes, eigenthümliches Wesen verbunden zu sein; denn das ist doch wohl das eigentliche Wesen der Freundschaft, nicht zu lieben den einzelnen Moment, der bezwingt, sondern die göttliche Kraft in allem zu erkennen, die den Gleichgültigen nur im einzelnen Momente überrascht. Ja, ich möchte Sie durch sich selbst trösten und erfrischen, ich möchte sagen, wie der Christ die Wahrheit seines Glaubens an einen Kampf auf Leben und Tod setzt, der Physiker sein mühsames Lebenswerk an ein Experiment, so scheint Ihnen nur die Ansicht der Natur durch den Tod der Freundin, mit der Sie so wahr und so launig wie mit der Natur spielten, verändert, zerrissen; Sie glauben dadurch manches gelernt zu haben, es trennt sich von uns nur, was uns fremd war. Es ist hierin kein Vorwurf, Sie hatten diese schöne Aufrichtigkeit, es ihr zu sagen, vielleicht daher dieses Zurückstoßen in der letzten Zeit, wo sie mit sich ganz einig sein wollte und jene himmlische Freundschaft finden, die auf Erden einzelne Glückliche zusammen belebt und mit ihren Sinnen und mit ihren sterbenden Wurzeln den Boden nicht verschließt, sondern auflockert. Auch der Dolch wird in diesem himmlischen Elemente zur Pflugschar, die Unthat zum bösen Traume, über den wir uns die thränenden Augen auswischen und die That darin erkennen, sie weder vernichten noch darüber richten – dazu ist keiner bestellt. Auch ich verlor einen Schulfreund und täglichen Bekannten auf gleiche Art vor sieben Jahren in Halle, lief nach ihm über die beschneiten Berge durch die strudelnden, überschwemmten Wege, ein Fremder fand ihn, er hatte sich selbst erschossen, ich fühlte es, wie mir alles unerwartet schrecklich, daß der Zufall des Zusammenlebens, nicht nothwendiges Vertrauen uns verbunden, aber das tröstete mich freilich auch nicht.

Das Zweifelhafte aller Zukunft hält mich hier noch fest; wäre nicht diese Qual, die immer in veränderter Gestalt sich bei mir einschleicht, bei jedem Zeitungsblatte meine Adern stocken läßt und den Atem hemmt, ich könnte sagen: nur zum Genuß. Meine alten Bekannten haben mich nicht vergessen, fünf Jahre des Herumstreifens haben mich empfänglicher gemacht für manche wunderliche Seelen, die ich sonst nur wie eine Curiosität einmal betrachtete, Wünsche rauben mir nicht mehr den Genuß des Gewährten, Gegenwärtigen; habe ich in der Wissenschaft verloren, so bin ich doch verständiger geworden. In der Bibliothek arbeite ich jetzt gerade in dem entgegengesetzten Winkel wie sonst, die Bibliothekare lachen, immer darüber, also etwas weiter bin ich auch da gekommen. Clemens, der mir Ihre Nachrichten von der Günderode schickte, ich erhielt auch Ihren Brief einen Tag vorher, schreibt mir von einer Kunstwelt, wohin ich mich begeben soll, Sie tragen mir auf, mit der Welt Ball zu spielen. Woher wissen Sie, daß die Erde rund? Mir scheint sie ziemlich scharf und spitzig; die Erde soll sich auch drehen, mir steht sie fest und die Sonne geht mir noch auf und unter, und in den ersten Flammen des Frühlings brennt mir noch aller Transscendentalismus wie ein Freudenfeuer rein auf, das Thier haart sich, der Mensch enthäutet, und diese ganze Masse abgestreiften Todes hindert die Erde nicht, daß sie grün wird. Wir wollen nicht die faulsten sein und schlafen liegen bleiben: drum dein Stimmlein laß erschallen, denn vor allen kannst du loben Gott den Herren hoch dort oben. Ich entsage nicht der Hoffnung, Sie recht bald zu sehen,

Ihr ewig naher Ludwig Achim Arnim.

Arnim an Bettina.

Königsberg, 17. Juni 1807

[...]

Die Fluth ist über unsre Köpfe hingezogen, wir leben noch und sind zu dem Welttheil hingeworfen, der mir noch werth ist, weil er Sie, meine Verehrte, und Clemens und vielleicht noch einige liebe Wesen enthält; der Weg ist offen, schreiben Sie, ich bitte, ich flehe, und wenn Sie mich auch ganz vergessen hätten, was ich nicht glauben kann und mag, geben Sie einige Worte Almosen einem unbekannten Bettler, wer will fragen, wer er ist, der seine Noth sieht. Ich komme oft zu dem schrecklichen Glauben, daß ich mich allein an die Menschen hänge und allein Mensch bin unter seligen Wesen, die meiner sterblichen Zuneigung lächeln. Sie thun doch nicht so, ich weiß es, Sie werden vielfach zerstreut gewesen sein, Sie leben in so glücklicher Gegend: nur ein Wort daher in diese verwüstete, ausgehungerte, abgebrannte Welt! Ich hatte mir hier thörig einen Garten gebaut und schöne Blumen gepflanzt, auch Ihnen ein Andenken von weißen Lilien und Feuerlilien; aber ich bin mit allen Bewohnern hineingeflüchtet in die Stadt, es wurde nichts gefunden als eine Klucke mit zwölf Küchlein, die schlugen sie todt gegen die Wand, die Klucke verwilderte, und keiner weiß, wo sie geblieben. So sieht es hier aus, die Erndte ist als Pferdefutter zerstört, viel aus Muthwillen, und wo vor ein paar Wochen auf dem Schloßteiche noch die Königin mit Gesang umherfuhr, den hat jetzt die Hitze mit grünem Schlamm überzogen. Sie werden die Geschichte dieser Tage in allen Zeitungen lesen; die Russen, auf die der König blindes Zutrauen setzte, rannten blind in ihren Untergang, es war hier keiner, der nicht alles Geschehn, voraussagte, nur sie wollten nicht daran glauben, von oben her war kein schneller Entschluß zum Frieden da und kein Sinn, das Kommando der Armee zu ändern. Die Schlacht von Friedland war gleichzeitig, während unsre Stadt bestürmt und beschossen wurde, der Sturm wurde abgeschlagen, einen Tag nachher ging die Stadt durch Uebereinkunft über; den 16., den ich auf sonderbare Art seit vielen Jahren als eine Zahl im Gedächtniß trage, die mir lieber als jede andre einfällt, sah ich Morgens um drei Uhr den Einmarsch der Franzosen. Wie lange ist es her, daß ich ihn aus dem Englischen Hause sah und herunterlief und über die Ketten am Markte fiel und mir die Beine zerschellte! Lauter schmerzliche Erinnerungen, und doch ertrüg ich sie willig, hätte ich Nachricht von Ihnen; mit welcher Wehmuth sehe ich jedes Blatt von Ihrer Hand! Ihre Ahndungen sind erfüllt; schon sah ich die brennenden Vorstädte von *Troja*, die Bomben fielen in die Stadt und die Stürmenden wurden nur mit Mühe zurückgedrängt. Da entzweite sich General Rüchel, der Gouverneur, der diese unbefestigte Stadt durchaus vertheidigen und allmählig abbrennen wollte, mit dem General Lestocq, der den Rest der Armee in der Stadt befehligte, er ritt allein in der Wuth fort, es geschah ein ruhiger Abzug und die öde Burg von Troja blieb stehen. Die Franzosen zogen ruhig gegen 7 Uhr vor der Statue Friedrichs I. vorbei, und die stand fest und ruhig, als wenn ihr das nichts anginge, vielleicht hatte sie recht und wir leicht beweglichen Menschen hatten vielleicht unrecht, etwas zu fürchten, was lange schon vorüber war, den Untergang unsres Staates. Was mich hier festgehalten hat, ich kann es Ihnen wohl gestehen, was ich mir selbst verschweigen möchte, Sie sind mein guter Engel, den ich am liebsten zum Richter über mich setze: nichts Großes, nicht der Gedanke, hier auszudulden, wo der Preußische Name entstanden; ich habe wohl von so etwas mir vorgesprochen, als alle meine Bekannten zur Flucht riethen. Es war eigentlich bloße Besorgniß um ein Mädchen, die auch davon nichts weiß, die auch nicht weiß, wie gut ich ihr bin, die auch nicht ahndet, wo sie mir wohl oder wehe thut, die Ihnen recht ähnlich sieht; von der ich mich jeden Morgen, solange ich mit mir allein bin, losschwatze und es doch nicht lassen kann, zu ihr zu gehen. Ich habe in meinem vorigen Briefe ihren Namen genannt, zuweilen meine ich wohl, sie ist mir gut, aber meist ist sie gleichgültig, und manche Nacht verschlich in bittrer Verzweiflung an der Welt, daß ich nicht liebenswürdiger geschaffen. Diese Verzweiflung mag ihr Gutes haben, ich fühle mich wenigstens schuldlos, sie lehrte mich manchen Schmerz ertragen, sie hat keine meiner Thätigkeiten verschlungen, und ich schließe mit der Ueberzeugung, daß ich nicht helfen konnte, sondern daß das Schicksal größer dachte als ich. Schreiben Sie, meine Gütigste, Verehrte; herzlichen Gruß allen in Ihrem Hause; warum muß ich so fern sein und nicht fortkönnen!

A. A.

Bettina an Arnim.

Cassel, 13. Juli 1807

O Arnim! Wenn Sie wüßten, wie viele Liebe auch für Sie in mein ganzes Leben eingewebt ist! Alle Rosen, die der Frühling noch übrig gelassen hat, die hier an meinem Fenster herauf blühen und verblühen, ich möchte sie losreißen und Sie mit Ihrer Wehmuth drin begraben, ich möchte – o was thät ich nicht, um Euch still zu machen im Gemüth wie ein Gebet, das man mit Vertrauen gen Himmel sendet. In Berlin war ich vor acht Wochen an Ihrer Wohnung vorbeigetrippelt; in Weimar ward mir ein einziger Wunsch erfüllt, die vier Stunden, die ich dort zubrachte, schaute ich in Göthes Antlitz, der mich wieder so freundlich ansah, so freundlich! Kein Wesen in der ganzen Natur war mir so angemessen, gab so, was ich begehrte, als eben das seinige. – Es war nicht aus Zerstreuung, daß ich nicht schrieb, meine Gedanken waren so schwer, das Papier schien mir nicht stark genug dazu – und auch jetzt! ich konnte noch nie Ihnen so recht mit Vertrauen sagen – aber bald wirds besser gehen! wenn wir uns wiedersehen, nicht wahr? Wie ist das, Arnim? Sie haben das Mädchen so lieb, diese weiß es nicht, und ist auch nicht wie Sie? – Das schadet nichts, war mirs doch auch so mit Ihnen und mit allem, was ich begehrte, in meinem Leben. Die Natur war immer zu kräftig. Ist es doch dem wohl auch so, der die Berge gethürmt hat und den Wasserstrom in heiliges Leben stets bewegt, der ewig spricht, wenn alles schweigt, wenn er in seiner Erschaffung sich erfreut und will den Dank dafür in einem Herzen erndten; ich glaub, es würde sich auch noch sträuben. O Gott, wenn einer säh, wie Erd und Himmel in einander schmolz bei Nacht. – Ich lese Ihren Brief immer wieder und immer, er macht mich traurig, ich werd nicht eher ruhig sein, bis daß ich weiß, daß Sie dies Blatt erhalten haben und auch überzeugt sind, daß mir Ihre Freundschaft immer und ewig ein Kleinod ist. Ich wollt, wir könnten uns bald sehen, ich habe mich verändert, seit Sie weg sind, äußerlich auch. Die Haare trage ich seit dem Kriegssturm all nach einer Seite hin gelockt, da wo ich mir dachte, daß Preußen müßte liegen; das war doch Euch zu Ehren, mein guter, guter Arnim. – Wo ich bin, das wissen Sie noch nicht: in Hessen-Cassel, schon ein ganz halb Jahr, in einem herrlich blühenden Garten, male oder besser schmiere in Oel, doch geh ich in einer halben Stunde nach Frankfurt, wo Clemens ist, der eben von einer Reise nach Holland zurückkommt, die er mit George gemacht hat, er schmachtet nach Ihnen als nach seinem einzigen Gut in dieser Welt. – Mit Göthe sprach ich viel von Ihnen, er hat Sie lieb, er kann es sehr gut begreifen, daß ich Sie auch lieb habe. Ich wundre mich, daß ich so ruhig war bei ihm, bei ihm allein, daß ich auf seiner Schulter lag und beinah schlief, so still war die Welt um mich her, und er ließ sichs gefallen und war auch still und war so ehrend in dem wenigen, was er zu mir sprach. Ich trag einen Ring von ihm am Mittelfinger der rechten Hand, es ist eine kleine Figur in einen blauen Stein geschnitten, die ihre Haare löst oder bindet – so ist es mit der Freiheit des menschlichen Herzens auch, man weiß nicht recht, ob man löst oder bindet. Aber so soll es bei mir sein: gebunden, fest als ob es nie getrennt gewesen, soll mein Leben sein an allem, was ich liebe, und lose, recht lose das, was ich liebe. Guter, guter Arnim, wenn Sie nur wüßten, wie um Ihrer selbst willen ich Sie lieb habe.

Bettine.

Arnim an Bettina.

Königsberg, August 1807

Welch ein heißer Sommer, meine einzige liebe Freundin, es giebt nur vier Elemente, vier Welttheile, um uns damit zu viertheilen, alles reift; nur der Mensch, nur ich stehe unschlüssig zwischen den Satten und weiß nicht, ob ich zu ihnen gehören, die da grün sind, die da gelb werden, oder die vom Feinde abgeschnitten nur trostlose Blumen übrig lassen. Jeder Brief hat wie jede Kugel ein Schicksal, das ihn treibt, Ihr Brief war eine Leuchtkugel, welche die Oede meiner Gegend mir erhellte, wo ich kaum ein Ohr finde, das meine Worte anhören mag, und was hätten Sie davon, es mir weißzumachen, wenn Sie jetzt gleich malen; mit welcher Freude habe ich diese neue Entwickelung erfahren, mit welcher Freude habe ich immer wieder gelesen, daß Sie von meinem Wesen etwas halten, das mir selbst überdrüssig wird. Die Kinder sammeln an den Quellen, was sie Donnerkeile nennen, wieviel hab ich gesammelt, was mich vernichtet; o daß ich die Kraft hätte, das alles abzuschütteln, zu Ihnen zu flüchten, ich weiß, es würde mir wie ehemals, und ich riebe Ihnen die Farben und Sie malten mir in den müßigen Stunden dafür, was ich gesehen. Vielleicht bin ich bald bei Ihnen, und mit welcher Freude denke ich an dieses Vielleicht, weil ich vieles leicht zu denken habe lernen müssen, täglich werde ich hier fremder, und ich verwundre mich, daß die Häuser noch aussehen wie sonst, daß mich die Wellen noch tragen wie sonst; wie kann man sich selbst betrügen und wie so fest hinstarren nach der Gegend, wo das Wolkenbild verschwunden.

Gestern erhielt ich Ihren Brief, heute ging ich hin zu ihr [Auguste Schwinck] mit meinem Stammbuche und bat sie, sich einzuschreiben und zu vergessen, wenn ich ihr unangenehm gewesen, mir schnitt das durch die Seele, sie lächelte und fragte, wie man so etwas reden könnte. Ich löse diese Räthsel nicht, ich weiß nur, daß ich etwas in der Welt bedarf, was ich lieben muß, und so wandre ich in der Himmelsgluth in meinen Blumengarten und putze an meinen Blumen und Bäumen und gieße oft, wenn es noch zu früh ist und die Sonne hoch steht, aber es ist alles in guter Absicht, und alles gedeiht und wird, nur die Menschen nicht, doch *Sie* wurden ja, aber Sie werden durch Sich und sehen jedem vertrauend in die Augen; nur eine der Locken wünschte ich mir von denen, die zu mir herwallen, und ich wäre glücklich, meine Augen damit zu decken und in dieser Nacht meinen schönsten Tag zu finden. Ich kehre mit einem Einschnitt in meinem Kahne wie die Lalenburger von ihrer Wasserfahrt zurück, wo sie die Glocke versenkt. Und die Glocke klang so hell und der Kahn war mein Herz. Es ist haarscharf darüber hergegangen. Freilich, Sie hatten recht, es war zuviel Schicksal darauf gefrachtet, und was ich aufgeladen hatte, kommt mir vor wie ein nachgemachter Ballen, um den wahren zu verbergen; ich kann es nicht beurtheilen, ich war nur ein armer Schiffer, dem das Schiff nicht einmal gehörte, der nur seine Fracht macht und wiederkommt, wie er weggegangen, nur daß er sein Leben gefristet. [...]

Den dritten wurde des Königs Geburtstag mit Reden und Gesängen verherrlicht, Abends Erleuchtung, Und alles lacht von plumpem Schmerz, Und weint bei schalem Scherz, Der Sattel hat das Pferd gedrückt, Wer Kronen trägt, geht gern gebückt, Bis sie herabfällt und zerbricht, Und wir besehn sie nun bei Licht, Die aber todt, die schweigen still, Und keiner weiß, was er mehr will. – Und da strahlt mir zum Schlusse aus Ihnen ein Wiederschein von Göthe und aus Göthe ein Wiederschein von Ihnen, und Sie beide spiegeln sich in einander so unendlich, daß ich es nicht lassen kann, außerdem wie ich jeden für sich liebe, noch jeden in dem andern zu lieben. O könnte ich Sie beide zusammen sehen! Ich bitte um nichts, ich frage nur an, da Sie in reisender Bewegung, ob Sie vielleicht nach Giebichenstein, bei Halle im Saalkreise, kommen könnten; wie nahe ist Weimar, von Halle nur eine Tagreise. Ihre Briefe würd ich dort an Madame Reichardt adressirt am besten erhalten, ich reise zu bald von hier, um auf Briefe von Ihnen hierher hoffen zu können. Arnim.

Bettina an Arnim.

Frankfurt/M., August 1807

Ihren Brief, lieber Arnim, erhielt ich in einem Anfall von Krankheit, der mich beinah acht Tage im Bett hielt; sc ungeduldig ich dabei war, nicht gleich mit allem Vertrauen, das durch Ihre freundliche Worte erweckt ward, antworten zu können [...] Wieviel mal stelle ich mir innerlich vor, wie Sie wiederkommen, was ich sagen will; es ist mein Spielwerk, mit dem ich mich ergötze, so oft ich allein bin, es ist mein Lieblingskind, das mir Sorge und Freude macht, es ist ein Zwillingsbruder von der Begierde, wieder mit Göthe zu sein. Wenn ich an diesen denke, so möchte ich ewig um ihn herumstreichen, ihn zart anspielen, wie kühler Wind in der Sommerhitze, ihm frisches Wasser reichen, ihn wärmen und pflegen im Winter, ein Tribut meines erfüllten Herzens. Seine Büste steht auf meinem Tisch, oft leg ich die Hand an die kalte breite Stirn, so lebendig ist das Bild, daß ich glauben muß, er winkt mir, er lacht, er scheint traurig, je nachdem ich es selbst bin, alles wie unter einem Schleier. Ein alter Glaube befällt mich dabei, daß ein Bild lebendig sein müsse, so geht es, ›wenn man etwas in der Welt bedauert, was man lieben muß‹, und so wie Sie in der Himmelsgluth in Ihren Blumengarten wandren und an Ihren Blumen putzen und gießen, wenn es noch nicht Zeit ist und die Sonne noch zu hoch am Himmel steht, so wandre ich in der Erwartung herum, daß es doch bald Zeit sein wird, wo der milde, freundliche *Abendstern* hinter dem Herzensgebürg hervorsticht, wo der *Himmel* kühlen Thau in die gesenkten Blumen gießt und alles sich wieder zu frischem, kräftigen Leben stärkt. Oft reißt mir doch die Geduld und ich breche in Thränen aus, wenn ich so gerade dies Bild anschaue und ich weiß, daß er immer mit weiter geht und keinen Schritt zurückthut und doch endlich den letzten thun muß. Und wenn ich ihn bis dahin nicht wiedergesehn hätte! – warum wir dies nicht bedenken! wir würden die Zeit, die wir mit Freunden sind, besser anwenden, ihnen echte Liebe und Wahrheit geben, und wir müßten nicht erst durch Trauer und Verdruß ins Gleis gebracht werden. – Wenn ich an Sie denke, so thut mirs leid, daß ich nicht gleich kann meine Reitstiefel anziehen, mein Pferd besteigen und in vollem Galopp dem lang ersehnten Freund entgegen, ihm dann alles erzählen und jetzt beieinander bleiben, alle Gefahren und Abentheuer getheilt; in der That, ich wollt, ich wär Ihr Bruder oder Freund, wir könnten denn innig verbunden recht unabhängig von einander leben. Zuweilen sehe ich meine Kleider an, in denen ich nach Berlin gereist bin, es sind Bubenkleider, ein gelbes Westlein, graue Beinkleider, und brauner Ueberrock; die Lulu war auch so gekleidet, außer daß sie eine grüne und ich eine schwarze Kappe hatte. In einem großen Fichtenwald vor Brandenburg kletterte ich auf einen Baum und sah mich in der Gegend um, ach wie ergötzte mich jede kleine Freiheit, ja ich habe mich mit innigem Wohlbehagen mit dem Postknecht in den Stall begeben und die Pferde helfen bereiten, ich langte den Sattel und die Steigbügel von der Wand und lief mit der Peitsche voran. In einem andren Ort ging ich Arm in Arm mit einem alten preußischen Soldaten durch etliche Straßen, er führte mich an die Schmiede, wo ich ein neues Eisen bestellte, ich dachte mir, diese Promenade mache ich Arnim zu Ehren; er war recht gutmüthig und wunderte sich, daß ein kleiner Junge von zehn Jahren wie ich schon so weit reise, und diese kleine Freiheiten machten mich so froh und kindisch, wie ich nicht leicht sonst war. Guter Don Quixote, dir und mir gehts übel, ich glaubs, daß dir in deinem grünen Mantel und rother Kappe nicht wohl ward, und daß es dir lieber war, mit einer rostigen Barbierschüssel und beschmutzter Hühnerstange Veränderung und Abentheuer zu suchen, als hundert Eiersüppchen zu essen!

Oft ist es mir unerträglich, in unserer matten, engen Stadt eingeschlossen zu sein; in kühlen Felsspalten möchte ich herumklettern, den Quellen nach, wo sie hin und herkommen; mit dem Mond durch die Wolken ziehen, das ging' nun nicht, aber doch drunter her; sehen, wie er aus dem See steigt den Bergen hinauf. Ich wollte ja gerne aufgeben das Recht, mit den Menschen zu sein, die das Fenster zumachen, wenn der Abendwind kömmt, die nicht über die Wiesen gehen, wenn der Nachtthau darauf glänzt. Warum denn nur mit der Welt Menschen sein, warum nicht auch mit ihren Bergen und Blumen und Wäldern, mit ihren Schatten und Lichtern innig und vertraut leben! zusehen, wie die Sonne niedersteigt, die Nacht den dünnen Mantel in Falten zusammenzieht und wieder leicht und durchsichtig fliegen läßt, wie die Morgenluft ihn zurückweht, die Lerchen in den aufgedeckten Himmel steigen, die Wasserfälle den nächtlichen Nebel vom Berg hinunterdrücken und in den grünen See wälzen, das hohe Himmelroth mit weißem, schaumigen Arm umfangen, das zart und küssend hinaufsteigt, von tausend Perlen geschmückt und umstrahlt! Wie wohl thut die Herrlichkeit, die Pracht, die Größe dem Herzen! – mitten im Meer auf einer duftenden Insel stehen, von freien Winden erfrischt, von allen Frühlingszweigen umstrickt! wie ein junger Meeresgott alles mit herrschendem Aug überblicken, oder mit der Sonne das höchste Gebürg ersteigen, mit ihr auf allen Gipfeln flammend durchdringend alles berühren, wie ein Sturmvogel sich niederstürzen, gegen den Strom und den Wind segeln, die aufgewehten Schwingen in den Wellen netzen, die große Brust ausdehnen, selig überfüllt in allen Tiefen und Höhen der kräftigen Natur wühlen, und dann wenn Herz und Geist erfüllt ist, wie eine schwere Wolke, eine einzige Brust, in die wir unsre Entzückung ausgießen, ein Auge, das mich dankbar erfreuend anblickt, das auch mir wiederum, wenn ich arm bin, reichlich giebt, meine kalten Schmerzen erwärmt und heilt! – o du gekrümmtes, dürres Menschenleben! – still! still! – [...]

Guter Arnim, ich hab Ihnen gar kein Wort von Ihrer Liebe [zu Auguste Schwinck] gesprochen, als wenn ich keinen Theil daran nähme, und wohl so viel unnütze Worte, Sie verzeihen, Bettine.

Arnim an Bettina.

Königsberg, August 1807

Warum giebt es noch keine Telegraphen für gute Freunde? Wie gerne hörte ich von Ihnen, meine Verehrte, ein paar ahnende Worte über die zweite Heirath von unsrem Clemens. Mir machte sie eine freudige Überraschung, sein Brief hatte mich so traurig um ihn gemacht, auch sehe ich nicht gerne mehr voraus, sondern mit an, und alles was er thut, ist mir lieb und recht und gut, blos weil er es thut. Unangenehm war es mir, diese Neuigkeit durch einen fremden Mann, Herrn von Fornhaber, zu erhalten, angenehm war es mir, jemand zu sprechen, der Sie und ihn wohl gesehen; bald wird es mir auch so gut werden. Ich reise übermorgen mit Reichardt von hier nach Dresden, wo ich meine Nachrichten durch die poste restante erhalte, ob meine Gegenwart in Berlin nothwenig; auch in diesem Falle bleibe ich nur kurze Zeit, da, ich muß noch in diesem Jahre den edlen Rheinischen Wein keltern, es ist meine erste Weinlese, der ich beiwohne, denn jene bei Genf war durch den Aufstand unterbrochen, und jene, als wir im Trages fischten und jagten, wurde in dem schlechten Wetter nicht reif. Wenn wir nach Michelsbach wandern werden:

Lustig auf! der Kapuziner,
Unser kleiner Wettermann,
Macht mit bloßem Kopf den Diener,
Nimmt den guten Morgen an;
Gutes Wetter fühlt er tagen
Und die leichten Schritte tragen
Uns so lustig auf das Land,
Ein Schritt gegangen, dreie gesprungen,
Wie es die Grillen uns vorgesungen.

Ich bin wirklich fröhlich, seitdem ich entschlossen bin, seitdem ich Gelegenheit gehabt, der Mutter von Auguste alles auseinander zu setzen, und die Wärme, die mich überkam, die Freiheit, die Zuversicht, mit der ich redete, selbst der Beifall dieser herrlichen Frau haben mich im Entschlusse der Trennung gestärkt, ungeachtet sie mir versicherte, daß sie und ihr Mann eine Verbindung mit ihrer Tochter gern gesehen; aber sie mußte mir eingestehen, daß diese mich wohl nie geliebt und andre vielleicht lieber, ja sicher lieber gehabt, wenn es auch nur flüchtig sie übernommen. Sie nannte es freilich Stolz von mir, das ich Demuth nenne, daß ich jeden künstlichen Weg verachtet, mich gefällig zu zeigen, sondern im Gegentheile recht keck in meiner Eigenthümlichkeit aufzutreten. Sie nannte es Stolz, daß ich nicht wettrennen mochte mit andren in Diensten, Ausdauer, Klugheit, äußern Verhältnissen, wie ich es doch in tausend kleinen Verhältnissen des Lebens thun müßte. Aber hier fiel mir Napoleon ein, der in allem Großen seinem Schicksale traut, in allen kleineren Verhältnissen seiner Klugheit, und mein Leben ist nicht groß genug, um die Ehe als etwas Kleines zu behandeln, und sie soll mir ruhig vom Himmel kommen, ohne Nebenwege, oder ich werde als Einsiedler sterben [...]

Es ist nichts verloren in der Welt, was aus unserm Herzen quillt; die Verzweiflung läßt sich bezweifeln und Schmerzen verschmerzen, und welche Leihbibliothek gebe endlich nicht ihren Thaler für einen Roman, wo der Held, um seiner Bestimmung gewiß zu werden, einem Nebenbuhler im Zweikampf sekundirt und einen andern in seinen Bewerbungen forthilft, einem dritten durch Lob aufzuhelfen sucht; und doch konnte ich wahrlich nicht anders thun, und wenn ich die Zeit noch einmal leben müßte, wofür mich Gott behüte, und so oft ich sie auch wieder durchleben muß in meinen strudelnden Gedanken. [...]

1. September 1807: [...]
Gestern habe ich zum erstenmal Ihre Stimme wiedergehört, aber nur im Traume, es war ein so neues Lied, daß ich mir gestern den ganzen Morgen die Stirne rieb, wie

es eigentlich gelautet. Doch war es so schön, wunderbar und mannigfaltig, als wenn ein Blitzstrahl in ein Feuerwerk geschlagen und alles auf einmal sich erschließt, dreht, färbt, donnert und spielt. Dann war es auch wieder so sanft, als wenn sich Morgens die Halme und Blumen aufrichten und man glaubt, es fällt ein unfühlbarer Regen. Dann sah es wieder so tief in sich hinein, als wenn eine Blumenkrone von ihrer Schwere ganz umgebogen sich nun im Wasser spiegelt. Dann hatte es wieder so viele Schichten von Aether und Wolken, als in den Blitzen erschienen, und woher alle die Blitze dahinein kommen, das entstand von einem Gewitter, das ich über den Traum verschlafen hatte. Wenn die Welt nicht einmal allegorisch wäre, was bliebe dann noch, was bliebe den Entfernten. Wenn mein Muth, mein Uebermuth und Unmuth, die drei ähnlichen, sich immer verwechselnden Drillinge, von denen ich immer den unrechten aufnehme für den rechten, alle in meinen Armen ruhen, dann singe ich so recht mit Sehnsucht: Eilende Wolken, Segler der Lüfte, wer mit euch wandelte, mit euch schiffte; ich rief es oft, aber nun singe ich es mit Zumsteegs Melodie, die Sie kennen müssen, die ich hier kennen lernte. Dabei freue ich mich, daß Maria Stuart, Helena, Kleopatra todt sind, daß ich mich nicht in sie zu verlieben brauche, daß ich wollte einmal recht lustig sein, und da macht mir wieder der Gram den Hals enge, daß ich nicht lachen kann. Die Moralisten sprechen immer von zwei Wegen in der Welt, die das Gehen verwirren, ich finde gar keinen, vielmehr einen so weichen Wiesengrund, daß ich nirgend fest auftreten darf. Mein Garten ist noch immer der einzige Punkt hier, wo ich mit Zutrauen stehe. Könnten Sie ihn doch sehen, wie mich die Blumen und die Brennesseln da begrüßen , die ich für die Schatten der Blumen halte; so eifersüchtig ich selbst auf ihre Huldigungen sein mag, so vertrauen die Blumen mir doch alle ihre Liebesgeschichten und ich muß das alles verschlucken und noch edelmüthig sein, muß rathen zu ihrem Besten, ordentlich wie man Blumenblätter abpflückt, um das Schicksal zu erfahren, so entblättern sie meinen Kopf, worin freilich Kraut und Rüben genug bleiben [...]

Meine Haut wird jetzt schon hart, nicht vom Guitarrespielen, sondern von den Schlägen des Schicksalshammers; ich glaube, er will mich nur härten, mich nicht in die Erde schlagen. Aber hilft es dem, der die Schläge empfängt, daß ich ihm erzähle, daß es alles zu seinem Besten? – der meint immer, man habe ihn nur zum Besten. Der Himmel erhalte Sie und erfrische Sie, mein guter Genius, in Ihrem Schutze finde ich doch allein Ruhe. Herzliche Grüße allen den Ihren; recht neu möcht ich Sie begrüßen, und doch kann ich nur immer das Alte sagen, wie ich Sie verehre.

Achim Arnim.

Arnim an Bettina.

Berlin, 10. Juli 1810

Liebe Bettine! Gestern Vormittag stand ich wohl drei Stunden an meinem alten Stehpulte, an welchem ich Deiner so oft und in verschiedner Zeit gedacht. Savigny war zu Humboldt gegangen, und Clemens las im andern Zimmer neuangekommene Bücher. Aber in dieser Stille, die rings mir wiederkehrte, wurde immer lauter in mir ein Widerspruch, eine Unbestimmtheit, wie Du es eigentlich mit mir meintest, den Deine Freundlichkeit in den letzten Tagen nur beschwichtigt, nicht unterdrückt hatte. Gedachte ich des Abends vor meiner Abreise von Prag, so ward mir warm und froh, aber dazwischen fielen mir so manche Worte in Bukowan ein, die Du zu ruhig, langüberlegt und festentschlossen gesagt hattest, als daß ich sie für bloße Laune oder Scherz nehmen konnte, und an diesen Worten, die mir manches bestätigten, was Clemens mir zufällig einmal erzählt hatte, daß ich nichts von Dir erwarten, nichts von Dir verlangen sollte, daß ich Dir sei wie andre mehr und andres mehr, daran würgte ich so lange, bis die Zeit gekommen, wo ich mein

Essen einschlucken mußte. Ich sitze heute an einem neuen Platze, an meinem Schreibkasten, der noch von Deinem Abschiedsstrauß aus Bukowa duftet, ob mir die Worte und das Zutrauen zu Dir wiederkehren. Soll ich meinem Herzen glauben und der Thräne, die halb von der Sonne aufgesaugt, halb von Deinen Lippen aufgeküßt, mich an einem guten Tage im Kornfelde bei Bukowan von manchem Druck erleichterte, soll ich glauben manchem Deiner früheren Worte, manchem Briefe, bei Gott, so fühle ich auch mit Zuversicht, daß mich kein eitler Sinn verblendet hatte, als ich in Dir eine dauernde Neigung, eine auszeichnende, zu mir annahm, und ist das alles leichtsinniges Spiel gewesen und ich der poetische Haubenstock, an den Du allerlei überflüssige Worte des Gefühls angeheftet, so möcht ich fluchen allen Worten, allen Thränen, allen Herzen, Dir aber *nicht*; denn ich bleibe Dir doch gut und möchte mich nicht ganz von Dir scheiden, wenn mir gleich Dein Wiedersehen schmerzlich sein würde. Ich schwöre Dir, daß in den Zeiten des unnatürlichen Krieges, wo mich eine unnatürliche Leidenschaft aus den festen Gleisen meiner Bahn fast herausgerissen, daß ich mit Jammer Deiner gedacht, als ich alles hoffte, weil ich dadurch von Dir losgerissen würde; als ich allem Glücke nahe zu sein glaubte, wie ich dadurch unglücklich war! Ich habe es Dir nie gesagt, und doch ist es wahr. Ich fand Dich nachher wieder, leugne es jetzt, Du kannst mir doch nur damit beweisen, daß viel in Dir untergegangen; in Cassel, in Winkel, in Schlangenbad, schenktest Du mir so ausschließliche Zärtlichkeit, daß mein Gewissen erwachte, ob ich mit getheiltem Herzen zwischen Königsberg und Dir Dich nicht betröge. Die Einsamkeit führte mich oft in ihr ernstes Nachdenken, die Verhältnisse des äußeren Lebens zogen sich mir, der zum Erwerb so wenig angeleitet, wie Du zur Wirthschaftlichkeit, immer enger zusammen. Ich hätte Dich in das Haus meiner Großmutter geführt, das ewig voll Qual, Streit und Unruhe kaum mir, der ich seit meiner Jugend daran gewöhnt, eine Stunde erträglich war; hättest Du Dich nur einmal in der Art, wie Du es häufig thust, über den Tisch ausgestreckt, sie hätte es Dir nie vergessen oder verziehen. Vielleicht war diese Bedenklichkeit, diese Gewissenhaftigkeit ganz unnütz; mir aber habe ich darin genützt, und das ist genug. Die Zwischenzeit löste mich mit einem schmerzlichen Krampfe von Königsberg los; was ich gefühlt, bleibt mir, alles andre schwand wie ein Mondregenbogen mit dem Tage. Meine Großmutter entriß der Tod, sie hat mir viel Gutes gethan, und ich ehre dankbar ihr Andenken; unsre Gesinnungen hatten in dieser Welt keine eigenthliche Berührung. Ihr Vermögen hätte mich selbst in dieser Zeit, wo nur der thätige Gebrauch eines Vermögens eigentliche Sicherheit gewährt, reich gemacht, wenn sie nicht durch eine Fideicommißeinrichtung, die sich erst zum Besten meiner Kinder auflöst, mich und meinen Bruder und Onkel beschränkt hätte. Da ich aber alle Beengungen meines Lebens zu Erweiterungen meiner Natur ausgebildet habe, so war mein Entschluß nach der Eröffnung des Testaments bald gefaßt, das Meinige zu thun, um rechtmäßige Kinder zu haben. Da brauchte es nicht langer Zweifel, ich wußte niemand auf der Welt, von der ich so gern ein Ebenbild besessen hätte, da kein Maler Dich mir ordentlich dargestellt hatte, und auch keine, mit der ich auch ohne diese Verdoppelung so gern mich erfreut, gestritten, gewacht und geschlafen hätte, als Dich, und das wollte ich Dir alles in Bukowan vortragen, aber anders und ernster als hier im Briefe, wollte die Zeiten bedauern, die ich so in Träumereien verloren, wollte Dir sagen, wie mich der Gott so gut und wunderlich geführt! Da wurde ich aber ganz anders von Dir empfangen, als ich gemeint und erwartet hatte; es wurde mir zu verstehen gegeben, es hätte sich vieles verändert, es wären Erfahrungen gemacht, ich könne nichts verlangen, was ich mir einbilde, von einem Hingeben zu großen Zwecken der Zeit, an Musik. Beim Himmel, ich ehre alle hohe Zwecke, doch bei diesen liegen die Mittel so nothwendig, so unwillkürlich, so gar nicht widersprechend; nie möchte ich irgend einen Menschen der Welt, wie viel weniger Dich, die mir seit Jahren näher liegt als irgend ein Mensch, an die ich lange geglaubt, daß es die Einzige, die je mit eigentlicher dauernder Neigung mir zugethan, und der ich mich in Handlungen, wenngleich nicht in Gedanken immer, treu erhalten habe – wie möchte ich Dich Deinem besseren Dasein entreißen, um mir eine Güte zu thun, und menschlich zu leben wie andre! Meiner Wahrheit bin ich es aber schuldig, Dir frei zu bekennen, daß ich Musik durch ein gut Leben immer gefördert sah; was aber Einwirkung auf Zeit betrifft, so weiß ich, was dazu gehört, um mit Absicht etwas darin zu leisten, ist auch keiner von allen, die ich kennen gelernt, weder Du noch ich, dazu geschickt. Will uns aber ein höheres Geschick irgend etwas in die Hände legen, so wissen wir es sicher nicht voraus, denn auch des Mächtigsten Hände würden zittern. Wir würden es vollbringen und wenig davon zu sagen wissen, wie es geschehen. Du erkennst an dieser meiner Gesinnung, daß mir eine Menge Dinge, die häufig in der Welt bewundert, die ich auch wohl sonst aufgesucht, mir nichts mehr anhaben. Es ist sehr leicht, in müßiger Zeit über vieles hinauszudenken zum scheinbar ungemeinen, wie der Schneidergesell, der an der Bohnenstange am blauen Montag in den Mond zu klettern glaubte; aber schwer und selten ist die That! Ich achte das echt Gemeine, das allen Menschen, allen Völkern eigen, denn darin ist Güte, Treue und Wahrheit. Aus der Güte stammt aber die Liebe, aus der Treue die Hoffnung, aus der Wahrheit der Glauben. Möge uns alles Dreies werden, so wird das Vertrauen unsichtbar unter uns sein. – Sei Gott befohlen und der Maria vom guten Rathe, schreib bald, hüte Dich vor allen angewöhnten schönen Redensarten, sprich wie Du bist.

Achim Arnim.

Bettina an Arnim.

Bukowan, Juli 1810

Einen sonderbaren Traum hab ich heute gehabt, aus welchem mich Dein Brief vom 10. Juli aufweckte. Eine grausame Königin hat dem Weibe Martin Luthers das Herz aus dem Leibe reißen lassen. Luther stieg mit seinem Weib, das er die Liebe nennte, auf einen Felsen, der aus dem Meer hervorragte. Das Volk hatte sich am Ufer versammelt, und die Königin saß in vielem Geschmeide, das dunkel funkelte, auch da; sie hatte aber keine Ruhe, bewegte sich ewig wie eine große Welle hin und her. Nun hielt Luther eine verzweifelte, herzzerreißende Rede, wie man seinem Weibe, das die Liebe sei, das Herz genommen, und daß der Tag und das Aug der Welt jetzt die Früchte der Liebe in ihrem Leib könne sehen, die doch ewig ein Geheimniß hätten bleiben sollen; aber darum wolle er und sein Weib jetzt die Welt verlassen. Er griff ihr in die Wunde, welches sehr schauderhaft anzusehen war, und holte etwas heraus, was er hinter sich ins Meer warf, indem er dem Volk den Rücken zukehrte, darauf stürzte sie sich ins Meer. Dann sprach er mit einer Begeisterung, daß mir alle Adern im Herzen zuckten, er drehte sich wieder rückwärts und mit einem ungeheueren Schwung sprang er auch so ins Meer. Sein Angesicht war ganz deutlich unter dem Wasser zu erkennen, es glich ganz seinem Bilde, nur sehr schwarze Augbrauen und Haare. Ich ging betrübt nach Hause, das Volk folgte mir im dumpfen Zuge, ich war noch so jung, daß mir eine alte Kindermagd folgte, mich zu hüten, der ich ehmals versprochen, daß wenn ich heurathe, so solle sie zu mir kommen. Zu Hause war Essenszeit, jedermann setzte sich zu Tisch; ich dachte aber, daß ich nimmermehr essen und trinken wolle, weil es so fürchterlich traurig in der Welt sei, da weckte mich Dein Brief, und im Bett noch sprach ich viel mit Dir, es war aber immer nicht das rechte.

Du bist unendlich gut und herrlich, daß weiß ich, aber

Du bist noch besser, als ich es weiß und fühlen kann. Der Mensch ist Gottes Ebenbild, und darum ist er auch niemalen ganz in seiner Herrlichkeit zu verstehen, so wie es Gott nicht ist. In Deinem Blick hat sich oft was größeres gemalt, als was der Erde angehört, ich habs gesehen, denn alle Lieb gehört dem Himmel. Deine Gestalt ist so edel; wenn du in freier Luft gehst, so ist ihr Umriß ein bedeutender Wiederschein von viel herrlichen, was ich nicht auszusprechen vermag noch wage. Schon in den frühesten Zeiten meiner Liebe sah ich Dir oft nach, auf dem Trages, so weit mein Blick reichte, und freute mich Deiner. Später einmal, es war zu der Zeit, als die alte Göthe krank war, saßest Du am Abend auf meinem Sessel, ich lag am Boden und hatte Deine Knie umarmt, wir waren beide stumm, Du wie ein Stein, ich wie ein Meer, das die Stürme unterdrückt; ich sah Dich an, und es war mir immer, als sähe ich das Bild von etwas großem, unbegreiflichem vor mir, das sich nicht aussprechen läßt. Da Du weg warst, ging ich im Zimmer auf und ab, die Gedanken zogen von mir aus, ich blieb allein mit einem Gefühl, als ob schweres Erz in meiner Brust läge, das ausgegraben sein wollte. Wieder einmal saßest Du Abends bei Licht an einem Tisch und lasest, das war ein so lieber, stiller Anblick! Noch seh ich alles vor mir, wie sich die ganze Umgebung an Dich anschmiegte, wie sich der Umriß Deines Profils an den dunklen Vorhängen erhob; das ganze Zimmer ward mir so lieb, es war mir, als stünd ich in einem Heiligthum und Du seiest der, dessen Gegenwart mir Segen brächte. Wie Du mir von Königsberg aus schriebst die ganze Geschichte Deines Herzens, da frohlockte ich, daß Du Dich zu *mir* wendetest, um Schmerz und Freude zu vertrauen, und ich dachte, daß ich auf der rechten, mir der liebsten, Stelle stände in Deinem Herzen. Ach die Briefe aus Königsberg sind mir unendlich lieb, ich hatte es vorher nicht gehofft, daß ich so einen bedeutenden Platz einnehmen würde. Diese und andre Vorfälle, die ich nicht im Stand bin zu beschreiben, weil sie auf mich eine

Wirkung machten, die ich selbst nicht verstehe, z. B. von Stummheit, Kälte, plötzlichem Schmerz, dann wieder, als ob Du mir ganz fremd seiest, endlich auch, als müßte ich mich für Dich aufopfern, und Gott bitten, er möge mir nur Kraft geben, Dich ewig lieb zu haben – diese sind die Fruchtknoten, die an dem Baum meiner Liebe angesetzt haben und dunkle und rosigte Blumen erblühen daraus; mich bewegt die Schwermuth und die Lust, wenn ich Dich ansehe, oft fragte ich mich, was das sei in mir, wenn viele Wege sich wie Blitze durchkreuzten, wenn das äußere Leben von mir abfiel wie das dürre Blatt vom Baum, wenn ich in schweren, bangen Stunden lächelte über meinen Schmerz und mit fröhlicher Begeisterung aus diesem hervortrat wie ein Freiheitsathmender aus dem Gefängniss. Ich dachte darüber nach, obs wohl Eingang zum Wahnsinn sei; Du warst entfernt, keinen Menschen hatte ich, der mein gewesen wäre, keinem konnte ich vertrauen und wollte es auch nicht. Dazwischen trat die Liebe zu Dir wieder ein, ich band Dich fest wie ein Wickelband und trug Dich am Herzen wie eine Mutter, wahrhaftig!

Wie will nun einer kommen und sagen, daß dies alles nichts sei, daß ich Dich nicht lieber habe wie anderes mehr, daß Du mir nichts seist. Was weiß er von mir? was weiß ich selber von mir und der Liebe? als nur, daß ich eines festen Willens bin, gut zu sein und gutes zu thun, und Dir vor allen andern! Wer sich nicht selbst sein Haus baut und sein Leben bereitet, um sich mit allen anderen bequem zu machen, dem bauts und bereitets Gott, und alle Frühling blühen neue Wundersamen auf, und das Leben wird gedrängt voll. Wer ist aber dessen Herr und Meister, daß er wisse, was er damit anordnen und beginnen soll? sondern er muß abwarten, was daraus werde. Das innere Schicksal, das Leben eines jeden Menschen ist eine Wissenschaft von unermeßlichem Umfang, und eins ist nothwendige Folge des andern; welches ist aber der Grundsatz, von dem man ausgehen müsse, um diese Folge zu begreifen? Die Liebe ist ihr

Student, und sie geht oft im Dunklen, aber sie thut nicht wehe; denn wo sie nicht mehr begreift, da liebt sie dennoch fort. Ich aber achte die Liebe als das höchste und einzige im Menschen, die einzige, wahre Himmelsgabe. Wer sie hat, ist herrlicher denn alle, und er ist mächtiger denn alle; was er will, das wird ihm gelingen! Wer kann nun sagen: ich habe die Liebe? Lieber Arnim! mein Wille ist die Liebe, ich streb nach ihr und ich hab auch den Willen, daß ich ihr alles aufopfern will; aber ich kann nicht von ihr sagen, daß ich so herrlich bin.

Vor ein paar Tagen saß ich am Ptesch im Wind und las in der Bibel, wie Christus nach seiner Auferstehung zu seinen Jüngern eintrat durch die verschloßnen Thüren, er sprach zu ihnen: Friede sei mit euch! Und da er das sagte, blies er sie an und spricht zu ihnen: Nehmt hin den heiligen Geist! Und weil ich das lese, geht mir ein Schauder durchs Herz, es schlägt wie leise Wellen in meiner Brust vor Rührung, und denke: Hätte ich auch seinen Athem gefühlt und hätte den heiligen Geist, so wollt ich den Arnim auch glücklich machen, und alles glücklich machen. Nehm Du nichts verkehrt, was ich Dir dahin schreibe, es ist alles so einfältig wahr und soll auch nichts anders bedeuten, als daß ich Dir gern alles beste zuwenden möchte; auch war dies der erste Gedanke an Dich, der aus meinem Herzen kam, seit Du von Prag abgereist warst, darum ist er mir lieb.

Wir wollen Gott vertrauen und abwarten, was er fügt; wir wollen uns fassen und nicht loslassen. Ich kann Dir nicht alles sagen, aber ich hoffe, daß Du aus diesem wenigen erkennest, daß ich nicht schlecht bin und das Gute will. Liebes Kind meines Herzens, warum soll ich nicht Dein sein? warum, wenn Du an mich verlangst, soll ich Dir nicht geben?

Wir stehen in des Höchsten Hand: sein Wille geschehe! – Wir wollen diesen Willen erstreben, erharren, erdulden, erfassen, wollen verdienen seine Gnade, wollen seine guten, treuen Kinder sein, die starken Helden seines Gebots! Und Dein Schutzengel trage Deine

Wünsche zum Himmel, dort sei Dein Wohl bereitet, und Du sei der Herrlichsten einer, so wie es Deine Gestalt und Wesen andeutet, schon auf Erden sei so; denn dies Leben hängt mit dem ewigen zusammen, es ist der Eingang dazu. Sei von mir geliebt, sei mein, sei getrost.

Bettine.

Arnim an Bettina.

Berlin, 29. Juli 1810

Dein Brief ist mein Amulet, das mich gegen alles Böse in mir und außer mir bewahren muß. Beim Feuer in der Nacht griff ich zuerst danach, und jeder Eimer, den ich trug, erhielt dadurch neue Kraft; wärst Du bei mir gewesen, ich hätte nicht löschen mögen, sondern mich der schönen Flammen gefreut, in Deine Augen geblickt; und da hätte sie fortschreiten mögen und uns ergreifen, ich hätte doch gelebt, einen Augenblick mit Dir ganz und innig. Heute nahm ich ihn mit ins Bad, um mich vom Schweiß der Mühe zu säubern, und da legte ich ihn neben die Wanne, und das Wasser umdrängte mich mit so weichen Liebesarmen, daß ich nicht wußte, wie schnell mir so anders geworden. Gestern, ehe ich Deinen Brief erhalten, war ich im Begriffe, Savigny nur eine kleine Vorstellung von der Wichtigkeit Deiner Worte zu machen, weil er es mir durchaus nicht gestatten wollte, daß ich die Briefe seiner Frau öffnete, um Deine Einlagen, die ich darin vermuthete, herauszunehmen; ich schwor ihm vergebens, daß ich im Finstern öffnen wollte, damit kein Wort mir zufällig in die Augen leuchtete. Aber er versicherte es seinem Gefühle entgegen, und Du hast alles klüglich eingerichtet und mir besonders geschrieben. Mit welchem Schmerz werde ich morgen Savigny fortrollen sehen zu Dir, und wie lange Tage muß ich warten! Doch ich habe Deinen Brief und sieh, wie man kindisch wird im lustigen Herzen; tadle mich nicht, wenn Dir mein Scherz auch zuweilen nicht gefällt. Ich meinte wohl, die gute schöne Königin hätte mir

Deinen Brief nach Ihrem Einzuge zum Dank zukommen lassen, weil ich sie eifrig besungen und mein ganzes bescheidnes Dichterdasein damit aufs Spiel gesetzt habe. Sieh nicht zu viel Herrliches in mir, ich weiß am besten, wie viel ich gewollt und wie wenig ich gethan habe. Täusche Dich nicht, es ist die einzige Herrlichkeit im Menschen, daß er geliebt werden kann, und geschieht mir das von Dir, freilich da bin ich herrlich; aber Du weißt nichts davon, ich fühls nur am Gedeihen in meinem Wesen, an der Erfüllung meines Daseins, am sichern Hinschauen durch alle Welt. Ich soll harren und warten, sage mir, was? Ich habe lange geharrt, daß mir die Seligkeit kommen sollte von selbst, ohne mein Zuthun. Hätte ich Dir nicht geradeaus geschrieben, ich tappte noch im selben Zweifel umher, ob mir etwas oder nichts in der Welt beschieden. Lustig an in Gottes Namen, er wird uns nicht untergehen lassen, die Arbeit wird mir lieb werden durch Dich.

Ich meine, wir heirathen uns, wann und wo es sei, nur bald. An Mobilien brauchst Du so nicht viel, wenn du ein Fortepiano hast, ich hab mein Schreibpult. Was mich so dringend treibt, ist die Entfernung Deiner hiesigen Wohnung [Monbijou Platz 1] von der meinen [Mauerstraße 34], es ist eine Reise bis dahin; aber Savigny konnte leider keine nähere finden, die seinen Bedürfnissen angemessen. Ich habe Dein Zimmer mit schwerem Herzen angesehen, ehe mir Dein Brief gekommen, hab mir gedacht, ob mir da gute oder böse Zeit würde aufgehen; und da fiel mir ein grüner Baum davor in die Augen, der gab mir ein frisches Zutrauen. Dem Zelter wohnst Du nahe, das kann Dir lieb sein, und ich lauf doch zu Dir, und wärs ans Ende der Welt. Und dann haben wir in der Nähe den geräumigen Schloßgarten von Monbijou, da können wir Ball schlagen und Erdbeeren pflücken. Ich hoffe, wir sehen uns und treffen uns gleichgesinnt in Bärwalde; nur unvermeidliche Geschäfte können mich davon abhalten, Dir bis dahin entgegenzukommen, es drängen sich mir so viel Plane, mögliche Fälle auf. Ich sehe, daß ich gar nichts geschrieben habe, was der Mühe werth, viel weniger, was der Liebe werth wäre; aber das alles mache ich gut, und gleiche es aus mit Gebeten, die einen Schutzheiligen auf jedes Wagenpferd mit tüchtigen Sporen setzen, der in jedem Wirtshause die Betten weiß überzieht und die Fliegen in der Gestalt eines Rothkelchens fängt und Euch am Morgen keine Ruhe läßt mit Singsang. Die kleine Adele die unendlich artig ist, hatte neulich meine Kette bemerkt und sie mir listig aus dem Hemd herausgezogen. Gestern Abend saß sie auf meinem Schooß, suchte sie gewaltsam wieder hervor und fragte mich, was mein Schatz machte. Ich ward diesmal nicht böse, ich ward nicht roth: mein Schatz der ist so hold und fein, Gott wolle ihm gnädig sein, oder etwas Aehnliches sagte ich. Nun nennt mich das liebe Kind auch ihren Schatz und ich denke Deiner bei ihr und denke bei jedem Kusse, den sie mir giebt, er komme von Dir. Ehe ich Deinen Brief hatte, wählte ich mir den Sinnspruch, die Zeiten durch die Zeit zu mildern. Jetzt fühle ich erst, daß in den Zeiten die Zeit das einzig Böse ist, ich meine die Zeit, die sich verliert, harrend, hoffend. Grüß Christian und Gundel. Gute Nacht.

Achim von Arnim an Wilhelm Grimm.

Berlin, 12. April 1811

[...]

Gestern habe ich eine schön singende Meise mit einem Gruß an Dich zum Fenster hinausfliegen lassen, schreib mir doch, ob sie alles ausgerichtet hat. Meine Heirathsgeschichte hatte ich ihr ausführlich beigebracht, in aller Kürze will ich sie Dir wiederholen.

Es war die Aufgabe zu lösen, wie zwei Verlobte, von denen der eine mit dem Bruder der Braut, die Braut aber mit ihrer Schwester zusammenwohnt, so daß Braut und Bräutigam durch eine halbe Stunde Weges von einander geschieden sind, unbemerkt mit einander verheirathet werden können. Mittel dazu – die Kammerjungfer Lisette, vielleicht hast Du sie in Cassel bemerkt, sie ist eine Landsmännin von Dir aus Hanau, aber wegen der militärischen Aushebung ist sie etwas unter Maß geblieben; dafür ist an ihr, wie bei kleinen Leuten nach dem Sprüchworte, alles Herz und Kopf. Bettine hatte ihr oft müssen Unterricht in Liebesbriefen geben, und dafür bezeugte sie ihre Dankbarkeit durch ihre Verschwiegenheit. Den 11. März hatten wir dazu bestimmt, nachdem das letzte Aufgebot in lutherischer und katholischer Kirche den 10. vollendet war, uns zu verheirathen. Die Unterschrift von Ehepakten gab mir die Veranlassung, Bettinen allein abzuholen, und ihr die Gelegenheit, sich sorgfältiger als gewöhnlich anzukleiden. Aber ein unseliger Umstand hätte beinahe alles gestört. Der katholische Küster, statt mir den Aufgebotsschein zu schicken, war damit zu Bettinen gelaufen, dort von Savigny an mich zurückgeschickt worden, und so schwebte ich ihm nach, ohne ihn zu treffen, ungeachtet ich in dem Aerger die meisten Leute, die etwas Küsterhaftes in ihrem Ansehen hatten, auf der Straße anrief, ob sie katholische Küster wären, worauf mir einer mit ›Gott bewahre mich davor!‹ antwortete. Ganz in Schweiß gebadet, beschloß ich endlich mit Bettinen ohne Aufgebotsschein zum alten Prediger Schmid zu fahren, dessen goldne Amtsfeier Bettine einen Monat vorher mit besingen half. Der würdige Alte machte auch keine Umstände wegen des mangelnden Scheines, auf seiner Bibliothek ruhten wir erst in einem grünseidnen Sopha aus und ließen die ersten ungestümen Bewegungen des Herzens vorübergehen. Seine Frau, die mich seit drei Generationen gekannt hatte, ich meine in meinen Großältern, erzählte von meiner Jugend, und wie ich oft so ernst damals gewesen; sie war die einzige Zeugin unsrer Trauung und ersetzte den mangelnden Myrthenkranz Bettinens, die unsre hiesige Gewohnheit nicht kannte, nach der er ein bedeutendes Zeichen ist, mit dem ihren, welchen sie vor fünfzig Jahren getragen, es war ein zierlich Krönchen, grün

Seide kraus über Drath gesponnen zur Nachahmung der Myrthe, wie es in jener Zeit Mode. Bettine glich darin mit dem schwarzgescheitelten Haare einer Fürstin älterer Zeit. Der alte Prediger sprach mit sicheren, prunklosen Worten sehr eindringlich, wie Gott alles vollende, was mit Gott angefangen und unternommen sei; wir tauschten die früher einander geschenkten Verlobungsringe aus. Diese beiden Ringe werden Dir hier beschrieben. Bettine schenkte mir einen goldnen Reifen, auf welchem goldne Lilien auf schwarzer Emalge zu schauen; ich schenkte ihr einen Ring in antiker Form mit einem Chrysopras, worin zwei Hände zu sehen, die einander drücken, die Inschriften beider behalten wir für uns. Nach der Trauung führte ich eilig Bettinen nach Hause und aß in freudiger Einsamkeit beim Restaurateur. Erst Abends kam ich wie gewöhnlich zu Savigny, wir fuhren mit ihnen zu einer Ausstellung, wo ein langer Zug über eine Brücke zur Kirche zu sehen, den wir für unsern Hochzeitszug annehmen konnten. Abends sprengte ich ein Glas halb aus Versehen, halb in Absicht, indem ich mit Clemens ein alt Studentenlied vom ›Vivlava, ich fahr' damit ins Unterland‹ sang; dies abgesprengte Glas soll recht zierlich geschliffen werden mit der Inschrift: ›Mensch, hilf dir selbst, so hilft dir Gott‹. Zum Glück für unsre Heimlichkeit war Clemens schon seit einiger Zeit gewöhnt, weil ich gern mit Bettinen noch etwas zusammenblieb, voran nach Hause zu gehen; ich mußte ihm meinen Schlüssel geben, er wollte ihn aufs Fenster für mich legen. Als er fort war, gingen Savignys auch zu Bette, ich that als wenn ich Abschied nähme, trabte die Treppe in Begleitung der kleinen Kammerjungfer hinunter, als ob ich schwer beschlagne Hufeisen trüge, unten aber schlug ich die Thüre scheinbar zu, zog dann die Stiefel schnell aus und war in drei Sprüngen in Bettinens Zimmer, das mit großen Rosenstöcken und Jasminen, zwischen welchen die Nachtlampe stand, sowohl durch den grünen Schein der Blätter wie durch die zierlichen Schatten an der Decke und

Wand verziert war. Die Natur ist reich und milde, was aber von Gott kommt und zu Gott kehrt, ist das Vertrauen. Früh schlich ich mich unbemerkt fort. [...]

Arnim an Bettina.

Wiepersdorf, 25. Juni 1817

Liebe Bettine und das kleine Männeken, Fidelen, Siegmund und Freimund,

Euch alle küsse ich aus der wohlbekannten Ferne meines grünen Stehpultes, das noch immer da steht, wo es gestanden hat, und mir alle guten Stunden zurückruft, die ich hier mit Euch allen verlebte, das aber von den bösen traurigen garnichts wissen will, denn es waren die besten, in denen ich mich wollte stören lassen. Mit wehmütiger Freude bin ich in der Gartenpracht umgewandelt, es wurde geheut, das Gras und der Klee hatten durch die Düngung einen unerhörten Wuchs erreicht. Von meinen neuen Bäumen sind nur ein paar ausgegangen, alle andern stehen recht schön, die Kirschbäume tragen schon etwas. Der Überfluß an Erdbeeren übertrifft alle Erwartung, obgleich erst ein kleiner Teil reif ist, doch haben sie mich auf die Entstehung des Namens Erdbeeren gebracht, der starke Gewitterregen am Sonntag hatte sie stark an die Erde gebeugt, so daß wenig Beeren ganz frei von Erde sind, es wäre aber eine verkehrte Vaterlandsliebe, das Vaterland aufessen zu wollen; aber ich habe keine Geduld, sie abzuwaschen. [...]

Von meiner Reise hieher ist übrigens viel Merkwürdiges aufzuzeichnen. Als sich der Postwagen zuerst in Bewegung setzte, glaubte ich, daß wir ein Erdbeben über die Stadt brächten, doch tröstete ich mich damit, daß es mir sehr gesund sein könnte, da mir Wolfart [bekannter Berliner Arzt, Verfechter des Magnetismus] besonders das Reiten anempfohlen hat, das Reiten des Stoßens wegen, und der Stöße gab es genug. Die Passagiere waren meist frische und animierte Portepéefähnriche, die in den liederlichen Häusern Berlins sehr gute Verbindungen gemacht hatten, eine Husarendoktorn und ein Paar starre Professionisten. Alle Augenblicke wurde geschnapst. Um zwei Uhr morgens kamen wir erst nach Königs-Wusterhausen, wo das altkönigliche Schloß bei weitem nicht so trefflich wie mein altes Bärwalder anzusehen ist; von den Fußtritten Friedrichs des Großen war im Boden nichts mehr zu entdecken; obgleich ich wohl Zeit hatte nachzusehen, weil gleich nach dem Ausfahren um 4 Uhr dicht am Orte die Wagenachse brach, der Wagen umstürzte und ich hinausgeschleudert wurde. Der Postillon hatte das Unglück dem Postmeister vorausgesagt, ich zweifelte auch nicht daran, es war ein kleiner Nebenpostwagen, achtzehntausend Taler in Münze darauf, Pakete und Passagiere nicht zu rechnen. Ich hatte mir ein wenig den Daumen verstaucht, die Husaren Doktorn sprach aber von Wunden zwischen ihren Beinen, und ein Husarenschneider hatte sich mit den Geldfässern dergestalt herumgestoßen, daß er den Stiefel sich bald vom angeschwollenen Fuße mußte herunterschneiden und mit Kampferspiritus waschen lassen. Als wir nun auf einem andern Wagen bestanden, der nicht stärker aber viel unbequemer war, da gaben wir sorgfältig auf die Geldfässer achtung. In Teupitz fanden wir ein gutes Mittagsmahl und gute Gegend mit vielen Weinbergen, der Wagen hielt auch bis Buchholz. Hier aber erhielten wir zwei schwache Wagen statt des einen und von dem worauf ich saß, sagte ich dem Postmeister voraus, die Vorderräder würden brechen. Inzwischen hatte ich schon ein Vertrauen gefaßt, nachdem wir das Gebürge, den hungrigen Wolf und den todten Mann, zwei treffliche Wirtshäuser, in denen sogar das Wasser fehlte, überstanden hatten. Bald nachher aber sprang das eine Rad, wir schleiften es eine Weile, dann sprang auch das andere, und der Postillon ging mit den andern Passagieren nach einer Försterwohnung in der Nähe, während ich beim Wagen Wache hielt. Endlich wurde ich befreit, ein anderer Wagen der auch sehr dünn, nahm unsere Geldfässer und Sachen auf, alles ging zur Försterwohnung. Ich sah den Husarenfähnrich, der in unserer Gesellschaft, mit einer ein klein wenig verwachsenen Dame im eifrigen Gespräch; sie sprachen noch von einem kleinen Garten, der zu besehen sei, ich ruhte mich bei einem Glase Wasser aus. Wir wollten fort, warteten, der Postillon blies einmal, zweimal, dreimal, endlich fuhren wir fort, da kam der Fähnrich über eine Hecke setzend zu uns. Er bekannte sogleich, daß er den einsamen Kummer der guten Dame im Gebüsch auf den Ruinen einer Rasenbank soeben geschlossen und durch das Blasen des Postillons sich nicht habe stören lassen. Während dieses Geschick die Unglückliche betraf, hatte sie immer gesagt, die Bekanntschaft sei doch noch gar zu neu, es sei unmöglich, so etwas zu verlangen. Dasselbe hat sie auch nachher wiederholt, sodaß sie einen gänzlichen Mangel an Bewußtsein zu ihrer Rechtfertigung anführen kann. Unterwegs schon begegnete ich eben dem Rittmeister Zylmitzky, der in Königsberg einst mein Nebenbuhler war. Er hat sich kürzlich verheiratet, und bat mich in Lübben, wo wir nachts ankamen, zum Mittagessen. Ich besuchte, was da zu sehen war, vor Tische, den Hain, und fuhr nach dem Essen in das wunderbare Wiesenreich des Spreewaldes zu Schiff. Der Weg bis Lübbenau ist ganz Wiese, von mehreren Armen der Spree durchschnitten, dort geht erst das Seltsame an: kleine, erhöhte Gärtchen überall, wo genug Erde angeschafft werden konnte, etwa einen Fuß erhöht, in kleinen Beeten bestellt, höchst sorgfältig; zwischen den Häuserreihen überall kleine mit Holz eingerahmte Kanäle, an jedem Hause ein kleiner Hafen, die Kinder mit dem Wasser so vertraut wie mit der Erde, überall Schwimmer, überall Zwiebeln, Gurken, Kähne und Kuhmist. Die ganze Stadt lebt von Gärtnerei und Viehmästung und ist bis auf einen kleinen Teil künstlich wie Venedig durch aufgefahrene Erde über dem Wiesengrund entstanden. Das Geheimnis der ganzen Gegend beruht aber darauf, daß die Wiesenfläche so ungeheuer groß in Verhältnis des Flusses ist, daß, wenn er austritt, was alle Herbst geschieht, diese Fläche doch immer nur mit wenigen Zoll Wasser überdeckt wird, so daß die etwas erhöhten Häuser und Beete nur in seltenem Fall unter Wasser kommen. Die Stadt und Gegend gehört dem Grafen Lynar, dessen Schloß ähnlich dem Bärwalder liegt und eben im Bau begriffen war, überhaupt hat die Gegend mit Bärwalde große Ähnlichkeit und würde noch mehr haben, wenn der Wasserfluß durch Bärwalde besser geordnet wäre.

Eben kommt unvermutete Gelegenheit nach Berlin, die Fortsetzung meiner Reisebeschreibung im Spreewald künftig. Du erhältst Deinen Strohhut und eine Decke für den Freimund, der unter dem Federbette zum Erbarmen schwitzt.

Sei herzlich gegrüßt drei und dreimal und die Kinder und denke immer, ich sei schon wieder bei Dir. Grüß Savignys herzlich, schreib mir hierher und sende hierher den Brief Savignys, so ganz schnell komme ich doch noch nicht los, der alte Schafstall war eben auch eingestürzt, als ich ankam, an dem ist nichts verloren. Leb recht wohl.

Arnim.

Bettina an Arnim.

[Berlin, 26. u. 27. Juni 1817]

So muß man das Liebste den morschen elenden Postwagen überlassen, schon die Ferne, die das Auge nicht mehr erreichen kann, ist für den Liebenden die dringendste Gefahr, nun sinds schon 8 Tage daß Dich mein Aug nicht sieht und mein Ohr nicht hört, aber das innere Auge sieht Dich, und mein Herz spricht in der Nacht zu Dir. Es drängt Dich keiner an Deinem grünen Stehpult und die Erdbeeren schmecken Dir recht gut, und die Erinnerung guter Stunden füllen Dir die Einsamkeit, und drum bist Du glücklich dort, wo ich nicht bin. Es ist indessen doch sehr gut gewesen, daß ein Muß uns in die

Stadt gebracht hat; besonders für die Kinder, die hierdurch an eine ordentliche Lebensart gezwungen, viel gesunder und auch nicht mehr so verwildert sind, wenn ich in dieser Zeit meiner Unbehüflichkeit in Wiepersdorf geblieben wäre, so hätte ich sie wahrscheinlich nicht vor den infamsten Unarten hüten können, die Du selbst bei den Bauernkindern bemerkt hast. Für die Zukunft sei es jedoch, wie Du willst, ich kann keinen Wunsch haben, der dem Deinen entgegen wäre; und drum denk ich mit einiger Beklemmung an das Umziehn, was mir in wenig Tagen bevorsteht, weil es Dir vielleicht lieber wär gewesen, wenn ich gleich nach Wiepersdorf zog. Ach lieber Alter, ich bin nun schon über die Hälfte meines Lebens, und sehe wohl ein, daß ich geboren bin zum Dulden, aber nicht zum eigenen freien Bewegen, so sehr ich mich auch in meinen früheren Jahren danach gesehnt habe. Du bist der Beste von uns Beiden, und was Du willst, ist also auch das Beste. Ich habe Freimund eine Schiefertafel für 4 gr. Münz gekauft und ihn das A darauf schreiben lernen, so lang ich ihm die Hand führte, gings ordentlich, wenn ich ihn aber sehr allein machen ließ, so bildete er es allemal folgenderweise nach: [Zeichnung] Siegmund hat Freimunds Windmühle entzwei gemacht, er meinte, es habe schon so sehre lange geknackert in der Mühle, und da habe er sehen wollen, was denn so sehre knackert. Heut hat er zu mir gesagt: Mutter, kauf mir ein Vögelchen, das beißen kann und auf meiner Hand sitzt, ich will ihm ein Körbchen kaufen, da soll es drin sitzen und ich wills immer herumtragen, er hat mit dem Affen von Beuth Bekanntschaft gemacht und ihm eine Rose gebracht, die der Affe gefressen, worüber er sich nicht genug wundern und freuen konnte. [Krankheiten; Aufträge]. Spener hat in die Zeitung einrücken lassen: er sähe die Sammlung für die Armen am Rhein für geschlossen an, da er die erfreuliche Gewißheit habe, daß die Regierung dem Mangel schon gänzlich abgeholfen habe. Savigny hat dagegen einrücken lassen, daß er immer noch sammle, und hat auch seitdem schon wieder eine bedeutende Summe zusammen gebracht. Lebwohl geliebtes Herz. Die Kinder schlafen alle ganz ruhig und auch die Leute, nun will ich mein Herz auch in Gedanken an das Deinige legen und in der Gewißheit, daß der Beste unter allen, wenn er auch fern, dennoch mein ist, recht ruhig schlafen.

Es ist mir aber doch lächerlich, wie alles nacheinander so hübsch zusammenrumpelt, wenn ich noch denke, wie Du mit einem Seil das ganze Gebälk an der Kirchhofseite zusammengerissen, nun schon ein Schafstall; ich bitte doch sehr, mach Dich so bald wie möglich aus dem Staube, es könnte sonst hier und da was einstürzen und Deinen Aufenthalt immer verlängern, und am End muß ich verschmachten. Alles was Dir begegnet, mußt Du mir schreiben lieber Alter, und dann noch, wie zärtlich lieb Du mich hast, das bist Du mir als Ersatz schuldig. Ich hätte Dir noch so vieles zu sagen, wie ich Dich lieb habe, aber es ist immer das nämliche, und ich muß schließen. Lieber Gott, ich bitt Dich drum, Daß ich mit ihm in Himmel kumm ist alles was ich will von der Seligkeit in der langen Ewigkeit. – Ich lese immer wieder in unserem Buch [»Die Kronenwächter«] und ich finde immer wieder Sachen und Gedanken die mir vorkommen, als habe ich garnicht gelesen. – Sonst war das Ende Deiner Briefe wie Arme, die mich an Dein Herz schlossen, und diesmal hast Du nur geschrieben *leb recht wohl*, Arnim.

Leb also auch recht wohl.

Bettine.

d. 27. Juni

Aber ich bin doch böse, daß Du nichts anderes geschrieben hast, zärtlich bist Du garnicht gegen mich. Du drückst mir nur gern ein blau Mal, und geküßt hast Du mich auch nie so recht, wie ich's gern haben wollte. [...]

Arnim an Bettina.

27. u. 28. Juni 1817

Liebe Bettine!

Meine Zärtlichkeit für das kleine Männeken läßt mir keine Ruhe und ich schäme mich, daß ich ihm so viel Geld verreisen soll und möchte schier umkehren, wenn ich nicht zu oft erinnert würde, daß ich eines Gesundbrunnens bedarf. Übrigens schwelge ich hier in Erdbeeren und Sahne. Es ist schrecklich, daß ganz Berlin nicht weiß, was Milch und Sahne ist. Die Jägern kocht recht ordentlich und ich verquäle die gute Zeit mit Geldzahlen, was ich heute zu Ende gebracht habe nach unzähligen Pausen, denn morgen wird alles auf die Post nach Dahme und so auch dieser Brief gefahren. Der alte Schafstall ist nebenher auch abgebrochen und die Aussicht dadurch in die Gärten der Bauern geöffnet, was sich recht gut macht. In meinem Brief, den Du durch Kralisch samt Hut und Decke wirst erhalten haben, blieb ich als Reisebeschreiber in Lübbenau stehen. Da erhob sich bald nach meiner Ankunft ein heftiges Gewitter, es schlug in eine Scheune des nahe liegenden Dorfes *Ratten* ein, die Sprützen zogen dahin es gab viel Leben. Am andern Morgen saß ich wohlgerüstet mit Bier und Butterbroten auf einem Schemel in Hemdsärmeln im Kahn, nun gings in die Geheimnisse der Kaupenwelt. Kaupen heißen nämlich die erhöhten Grasbulten in überschwemmten Fennen [Fenne = Fehn, Moor]; wo so eine Erhöhung war, bauten sich die Leute an und schafften immer mehr Erde um sich herum. Die erste Kauperwohnung lag sehr entfernt, es war das Forsthaus an der großen Eiche. Leider ist der Lübbenauer Burgerwald gar sehr dünn und niedrig geworden und ich hielt schon den Spreewald für ein bloßes Märchen, bis wir endlich an ein Stück Wald kamen, das durch seltene Höhe und Gleichmäßigkeit seiner Himmelssäulen alle Elsenbüsche übertraf, die mir vorgekommen sind, Eichen und Eschen traten nur als Seltenheit ein. Eine ausgezeichnete Eiche war der Ort, wo wir beim Förster landeten. Ein paar schöne schlanke Mädchen gaben mir saure Milch und meinem Schuster Branntwein, ich schrieb mir eine Inschrift des aus hölzernen Balken in Gebürgsmanier zusammengefügten Hauses auf:

Wir bauen alle feste
Und sind doch fremde Gäste,
Wo wir sollen ewig sein,
Bauen wir gar wenig ein.

Nun wurde ich auch neugierig, den Stall zu besehn, aber ehe mich noch das Mädchen hingeführt, landete die Mutter und wies die Tochter zurück, wer weiß, was sie sich von mir einbildete. Diese Ställe sind nun die Welt eines Spreewälder Rindviehs, nie kommen sie auf den Hof und ins Freie, bis sie geschlachtet werden, übrigens ist das Vieh dabei gesund und müßte durch diese Lebensgewohnheit zu Seereisen trefflich vorbereitet sein. Nach dem Stall besah ich das kleine Roggenfeld umher, das mit Saubohnen eingefaßt war wie überall und den reichlich geschmückten Blumengarten. Als ich so mit der Frau das alles betrachtet hatte, kam ein ungeheurer Kerl mit Strümpfen ohne Schuhen, ein gewaltiges Gesicht, rollende Augen und lächelt mich an und bot mir freundlich guten Tag. Ich fragte ihn, ob er der Förster sei? Er sagte, der Titel sei gut, wenn nur die Mittel da wären, erzählte dann, daß er sich zuerst an dem Fleck durch Unterstützung des Grafen angebaut habe, bei dem auch zweie seiner Söhne dienten. Er zeigte mir an der Eiche, wo ein Blitz niedergefahren, und daß sie doch grün geblieben und auch der Hund lebendig, der in ihr sein Haus hatte. Die Frau brachte mir Rosen. Meine Zeche, zu der noch Brot gekommen, betrug 6 Dreier, ich hatte an Sahne wenigstens ein Viertelpfund Butter abgelöffelt. Die Sache war gut, hatte aber auch ihr Ende, wir mußten weiter. Nun denke Dir aber unsere Fahrt nicht einsam sondern vielmehr wie ein beständiges Begegnen mit anderen Schiffen, denn nicht nur die Dörfer, sondern auch Lübbenau holt sich alle Fütterung aus dem Wald, alles zu Schiff, meist Weiber, die tapfer schmauchen um die schreckliche Fliege Cuntra von sich abzuhalten, von deren Kühnheit im Angriff niemand einen Begriff hat, der nicht im Spreewald gewesen. Auch traf es sich glücklich, daß überall geheut wurde, d. h. das trockene Heu wird auf Holzunterlagen an eine sehr hohe Stange unter dem Namen Schober aufgestellt.

Morgens den 28. Juni 1817

Die große Zahl dieser Heuschober auf den Wiesenflekken machen den Eindruck großer afrikanischer Dörfer wie wir sie aus Kupferstichen kennen. Endlich gelangten wir zu den Kaupern [Kaupenbewohnern] von Burg, 700 einzelnen Besitzungen. Ich betrat eine, sie unterschied sich nicht von der Försterwohnung, alle reinlich in Holz erbaut. Eine uralte Frau und einen eisgrauen Mann, der im Bette lag, fand ich in dieser Hütte, die Frau antwortete wendisch, die meisten tun sogar, als ob sie kein Deutsch verstehen, denn sie halten sehr zusammen, von Fremden kommt ihnen Störung; wo sie was zu handeln wissen mit Mastvieh, verstehn sie recht gut Deutsch. Das Wendische ist ihnen wie den Juden das Hebräische. Alle Bewohner des Spreewaldes haben große Vorliebe für ihr seltsames Reich, Deutsche sowohl wie Wenden, sie werden sehr alt, meist 90 Jahr, ungeachtet der beschwerlichen Arbeit. Den Schluß der heißen Reise machten die reichen Dörfer Leipe und Läde, von denen besonders das letzte keinen Fuß breit Land hat, der nicht künstlich zum Teil auf große Stämme, zur Zeit als das Holz noch wohlfeil, aufgefahren wäre. Mancher Bauer hat da für ein paar tausend Taler Vieh. Die Ochsen, wenn sie verkauft, werden mit Stricken an den Beinen niedergeworfen in die eichenen Kähne, von Lübbenau aber müssen sie marschieren und sollen das zum Verwundern bald lernen.

Eben rollt mein Wagen vor, ich küsse Dich tausendmal in Gedanken und wünschte, daß ich mich einsetzen könnte und zu Dir fahren. Küß die Kinder in meinem Namen. [...]

Dein Arnim.

Arnim an Bettina.

Wiepersdorf, 1. Juli 1817

Liebe Bettine,

also habe ich Dich nicht genug geküßt in meinem Briefe! Warum soll ich verbotene Früchte anschmachten? Aber ich komme wieder und dann ist alles erlaubt. Die Einsamkeit behagt mir hier wenig, denn ich kann mich keiner erfreulichen Arbeit hingeben, weil jeden Augenblick irgend eine Besorgung zwischentritt. Noch weiß ich nicht den Tag meiner Abreise, ich möchte den Hammelstall gerichtet sehen, aber ich meine übermorgen, den Mittwoch, fortzugehen. Heute habe ich an Deinem Fortepiano [...] gearbeitet, wir wollen uns alle Mühe geben, daß es gesund ankomme; auch das übrige soll besorgt werden, nur mit Deinen Kostbarkeiten bin ich in einiger Verlegenheit, daß sie beim Visitieren nicht zu Schaden kommen oder zerstreut werden. Das Fortepiano wird wohl auf den Packhof wandern müssen. Nun ist noch eins gar ärgerlich, ich weiß Deine Hausnummer nicht in der Georgenstraße, wo sie Dich suchen sollen. Ich werde Stolzenhain mitschicken müssen, ein Knecht findet sich in dem allen nicht zurechte. Es muß sich finden, wie Dein Umziehen [zu Beuth], aber eins will ich Dir raten, laß meinen schweren Schrank nicht bis ins oberste Zimmer transportieren, ich brauche nicht so oft etwas daraus, auch werde ich oft genug zu Dir herunterlaufen. Strenge Dich nur nicht bei dem Ausziehen an, nimm lieber ein paar Mann mehr an, daß Du ganz ruhig zusehen kannst. Überhaupt läßt Du Dich zu viel von dem Kinde quälen, es erschreckt mich, daß Du Schmerzen in Deinen Gliedern fühlst. Im neuen Quartier hast Du unten bequemen Platz, da braucht das Wasser nicht weit getragen zu werden. Kauf oder leihe Dir gleich eine Badewanne. Du hast Dich wahrscheinlich nachts mit dem Kinde erkältet, denn Du schläfst so grausam warm zugedeckt, daß es nicht fehlen kann. [...]

Ein milder Regen senkt sich heut zur Erde, die diesen bedarf, übrigens steht alles gut bei uns hier, besser sogar als an vielen Orten umher. Burgemeister Lorenz kuckt ungeduldig aus dem Fenster des Amtsmanns, weil ich Dir noch schreiben will und er mit mir über die Vertiefung des Grabens, der nach Schönwald führt, sprechen will, den er mit seiner ganzen Gemeine zudämmt, um Peistker (Beißger oder Peitzler, kleiner, geringwertiger Fisch) zu fangen und Wassersnot in Frühling übers Land bringt. [...]

Alles frägt hier nach unsern Kindern, was sie hier Böses lernten, würden sie auch in Berlin lernen, wenn sie ohne Aufsicht mit andern Kindern zusammenkämen, auf dem Lande etwas mehr Schmutz und Grobheit, in der Stadt mehr Eitelkeit und Verdrehtheit, z. B. der Franz.

Wenn Du heute ziehen müßtest, wäre es um die Sachen sehr schade, ich hoffe, daß morgen besser Wetter ist, erkälte Dich nur nicht dabei, ich decke Dich mit allen Flügeln herzlicher Gedanken, guter Wünsche, ich webe Lauben von Strahlen um Dich, daß Du mit dem Männeken trocken, hell und freundlich bei allem Wetter ausdauerst; und was ich abschneiden kann von der Reise, das tue ich gewiß, ich bin der Reise-Einsamkeit schon überdrüssig, aber ich habe es nie gesagt, wie mich diese sakrische Hämorrhoidalbeschwerde oft gequält und gestört hat, um der Gebirgsgegend willen hätten mich niemals die Pferde so weit fortgezogen. Nun sei tausendmal und abertausendmal geküßt und braun und blau gedrückt und alle Kinder dazu, daß es ein recht Geschrei wird, als wär ich der Alp.

[...] Achim Arnim.

Achim an Bettina.

Wiepersdorf [September 1820]

Dein Brief, liebe Bettine, entriß mich der bangen Sorge, daß Du oder die Kinder krank sein möchten, weil ich so lange ohne Nachricht blieb. Deine Anmahnungen zur Reise sind liebenswürdig, der Grund kann richtig sein, aber welcher Held hat am Tage der Schlacht daran gedacht, ob ihm das Frühaufstehen schaden könne. Die Separation ist einmal im Gange, die Arbeiten folgen sich Schlag auf Schlag, Beelitz war zwei Tage mit einem Ökonomiekommissar hier, jetzt kommen ein paar Boniteurs, ich muß die Wiepersdorfer Saatzeit beachten, zwischen Rüger und der Wirtschafterin ist großer Streit. Mein Bruder ist diese Nacht abgereist, ich konnte ihm nicht einmal ein paar Zeilen und nur einen Gruß an Dich mitgeben. Bei den Johannisbeeren, die hier am blätterlosen Strauch wie Rubinengewinde glänzen, denke ich besonders an Friede und bei den Bäumen, die fast unter der Last der Pflaumen, Äpfel und Birnen brechen, daß sie zehnfach gestützt werden müssen, denk ich immer, daß sich der Siegmund doch nicht würde nehmen lassen, da hinauf zu klettern; einen Scheffel Borsdorfer bringe ich Dir aus dem Wiepersdorfer Garten mit. Die Buttersendung verzögert sich, weil die Krankheit der Kühe den Milchertrag vermindert hat, obgleich in diesem Jahre die Weide im Überfluß vorhanden. Dazu kommt noch, daß seit zwei Monaten beständig die Feldmesser zu bewirten waren.

Du schreibst mir in Deinem Briefe so liebenswürdig, wie Du mir lange nicht gesprochen hast, um so schwerer wird mir die Reise werden, wenn ich die Geschäfte hier beendigt habe. Doch ich sage noch nichts Gewisses. Eine hübsche Fahrt machte ich nach Torgau mit Rüger zu einer Pferdeauktion im königlichen Gestüt von Dölen. Ich hatte die Stadt nie gesehen und fand am Schlosse ein treffliches altes Bauwerk, von einem Baumeister Kreits [Creitz?] der über einer höchst wunderbaren Treppe sich hat abbilden lassen, im Jahre 1536 erbaut. Erzähl nur dem Schinkel, wenn er nicht selbst die Veranlassung der Herstellung dieser Treppe beim Kasernenbau ist, daß der Baumeister sich mit dieser Arbeit sehr verdient gemacht hat. Merkwürdig ist auch eine Kirche mit einem Lukas Cranach und der neue Festungsbau höchst solide und grandios. Nicht weit von Torgau ist ein künstlich vertiefter Teich, der eine Stunde lang, und die Sage berichtet, daß drei Brüder miteinander wetteiferten, daß der eine das Schloß baute, der andere die Elbbrücke, der dritte den Teich graben ließ, der letzte ist offenbar der nahrhafteste. Ich kaufte eine tragende Schimmelstute Valeria und einen zweijährigen Hengst Robert, den letzten zu einem Spottpreis.

Ich muß schließen, ein andermal mehr, ich küsse Dich tausendmal, vereinsame nicht und habe keine Sorge. [...]

Die Kinder küsse in meinem Namen, der Himmel wache über uns allen.

Achim Arnim.

Bettina an Arnim.

Berlin, [September 1820]

Dein Herr Bruder war eben hier, der mir vorrechnete, wie er Dir vorgerechnet habe, daß ein jeder von Euch jetzt über 5000 Taler jährlich zu disponieren habe; wenn es auch nicht wahr ist, so macht es mir doch immer ein sonderbares Vergnügen, so etwas zu hören; in demselben Augenblick dachte ich, wie es Dir doch allmählich erlaubt sein würde, Dich freier zu bewegen; reise nur ja nach Frankfurt, lieber Alter, und wenn es auch erst am Anfang des Oktobers geschehen kann. Nach Leipzig gehst Du ja doch auf jeden Fall, das sind doch nur zwei Tagereisen mehr, und dann bist Du unter vielen Menschen, die sich Deiner freuen, und das schöne Herbstwetter geht dort an, wenn es hier schon vorüber ist. Dies behalte ja nur hübsch im Sinn und wappne Deine Reiselust damit gegen alle rauhen Winde. In Deinem gestrigen Brief, der eine Antwort auf meinen ersten ist, freust Du Dich meiner Ansicht und nennst sie liebenswürdig. Du bist (nicht als mein Eigentum) unter mehreren Gegenständen von tiefem Interesse für mich, Du bist der Erste und der Bedeutendste, und wenn ich Dich nicht grade vor mir sehe, wo Deine persönliche Überlegenheit immer meine Ansicht unterdrückt, so hab ich immer über Dich nachzudenken. Daß ich es nun grade gegen Dich nicht zur Sprache kommen lasse, kommt daher, weil ich mich doch immer zu schwach fühle, Dich zu pflegen, zu tragen, zu nähren, wie ich für Dein Wohl am zuträglichsten achte, zu schwach, um den Eigensinn in Dir zu bekämpfen, der gegen Dich selber geht; wo sollte ich den Geist herholen, der mir das Recht erteilte, meine Stimme gegen Dich zu behaupten?

Für eine andere Köchin hab ich schon gesorgt, die Kampz möchte gern wieder nach Bärwalde, sie läßt Dir den Vorschlag machen, ob Du ihr eine Stube in Wiepersdorf zu geben geneigt seiest, sie wolle Dir dafür die Aufsicht führen über das, was dort geliefert und sonst geschehen, und meint Dir mit ihrer Treue besonders in diesem Jahre nützlich sein zu können, weil Schumann abgeht; auch wär sie geneigt, die Wirtschaft im nächsten Jahr dort zu übernehmen, wenn Du allenfalls die Pachtung behieltest. Du wirst wissen, ob Du sie brauchen kannst. Schlecht ist sie nicht, wenn auch nicht so brauchbar, wie Du wohl wünschen magst, und bei einer neuen Einrichtung, die man noch nicht kennt, ist die Treue doch eine doppelt notwendige Sache, sie hat all ihre Wirtschaftsrechnungen noch von Bärwalde und denkt sie einmal mit denen der andern zu vergleichen. Rüger wird sich wahrscheinlich niemals mit einer vertragen, die nicht bei ihm schläft, darauf kann man also keine Rücksicht nehmen, er hat Deinem Bruder gesagt, er wolle in seinem Alter es nicht bereuen müssen, seine

Jugend nicht mit den Weibern genossen zu haben, ich glaube etwas mehr Ernst von Deiner Seite wäre bei ihm höchst notwendig, wenn er Dir nicht in kurzem ganz unbrauchbar werden soll, denn es ist keine Frage, daß seine Ansicht in diesen Wochen in sehr kurzer Frist zu einer Unverschämtheit heranwachsen wird, die auf jeden Fall unangenehme Folgen für Dich haben muß. Denn mit dem Wachsen und dem Verheeren des Lasters gehts immer ins große, während es mit der Tugend kaum sichtbar wird. Solltest du eine ander Wirtschafterin brauchen, so schreib es mir, damit man sich bei Zeiten umsehe; es hat sich hier vor kurzem eine ganz ausgezeichnete gemeldet, die ich nicht berücksichtigte. [...] Ich sag Dir in diesem Brief Lebe wohl und Glück auf die Reise, nicht weil es der letzte sein soll, den ich Dir nach Wiepersdorf schreibe, obschon ich wünsche, daß Du so bald gehen könntest, sondern weil ich Dir damit bedeute, daß ich drauf rechne, daß Du Dir etwas gönnst und ich nicht umsonst Dich angepredigt habe. Die Grimms werden mirs gewiß Dank wissen, wenn Du in ihre Stube eintrittst, und mir wirst Du's am End auch Dank wissen, Du wirst auch ein gutes Rheinweinchen kaufen, davon werden wir auf der Taufe trinken; mit meiner Gesundheit gehts besser, Dein Bruder hat nicht den Teufel, sondern den Hanswurst im Leib und sitzt mit Brühl zusammen und übersetzt eine Oper aus dem Englischen, Gray Manering, er komponiert auch stellenweis; es ist mir ein Glück, daß bis jetzt immer aus seinen feurigsten Projekten nie was geworden ist. Aber der Brühl ist doch wirklich ein wirklicher Hanswurst. *Laß Dirs wohlgehen und schäme Dich vor mich, wenn Du nicht das Herz dazu hast,* und hab es doch und schreib mir in Deinem nächsten Brief »ich hab nun endlich den festen Entschluß gefaßt, Dein mir aufgezwungenes Vergnügen aus voller Lust zu genießen und zu reisen«.

Sei tausendmal in aller guten Launen Schutz befohlen und komme mir vergnügt wieder.

Deine treueste Seele Bettine.

Arnim an Bettina.

Wiepersdorf, den 19. September 1820

Liebe Bettine!

Es ist, als ob sich doch wirklich alle Sorten kleiner Zufälligkeiten gegen meine Reise verbinden. Hanow, den ich durchaus hier abwarten muß, ist krank geworden an der Halsbräune und hat den Gerichtstag auf den 27. verlegt. Ebenso hat einer der Boniteure sich durch Verrenken des Fußes beschädigt und kann nicht kommen, so daß ein anderer bestellt werden muß. Ich schwelge unterdessen schon im voraus in der Phantasie, die ganze Gegend umgeschaffen und einige hundert Bewohner mehr hier betätigt zu sehen. Der Himmel gebe, daß es alles geschieht, und wenn es geschehen, daß es nicht unsere Absicht und Erwartung täuscht. Im ganzen sind unsere Vermögensangelegenheiten in den letzten Jahren zu einer viel größeren Sicherheit vorgerückt, und wir würden jetzt schon einen neuen Krieg und dergl., der uns früher gänzlich zu Grunde gerichtet hätte, einige Zeit ertragen können. Wenn ich nun bedenke, wie die Sorge darum und besonders, seit ich Kinder habe, mir so manche Woche geraubt hat, ohne daß ich es mir merken lassen, so wird sich auch künftig diese Zeit einbringen, sei es an mir oder an den Kindern, die noch zum Schlusse nötig ist. Ich denke jetzt nächstens einen Kärrner oder einen Wagen an Dich mit Vorräten und Kleidern für die Kinder abzusenden. […]

Meine neu gekauften Pferde sind sehr gut eingeschlagen.

In Ahlsdorf ist jetzt großes Probeorgelspiel. Der älteste Sohn, der Major, prüft die sich meldenden Schulmeister; denn Opitz geht nach Dahme, und hat sehr strenge Anforderungen, sie müssen in jeder vorgeschriebenen Tonart aus dem Stegreif vierhändige Vorspiele erfinden, auch zu einer vorgeschriebenen Stimme die andern hinzufügen können. Bis jetzt hat sich nur einer als tüchtig befunden. Dieser Major ist eigentlich ein kluger

Kerl, aber höchst seltsam gegen die Welt gestellt, weil ihm nichts so recht in der Welt gelungen ist. Denkst Du auch daran, daß die Max eingeimpft werden muß! Im Frühjahr, wenn noch ein kleines liebes Kind Dich quält, wird es noch schwieriger sein.

Ich denke nirgends an Dich so oft wie hier, wo wir mit einander recht schöne Tage lebten, die Du leider vergessen hast. Schimpfe nicht auf mein armes Gut bei den Leuten und verhöhne es nicht, es tut mir wehe, ich habe keine Eitelkeit darauf, aber ich weiß doch, daß Gras und Bäume grün und der Himmel blau ist, und das Gefühl von Eigentum soll niemand kränken, denn es hängt im Menschen mit dem Heiligsten zusammen, mit Treue und Glauben. Darum ist es auch nicht recht, daß Du Bärenhäuterfreuden die großen Ereignisse nennst wie Erntefeste, um die sich das Leben dieser Erde in seinen großen Erscheinungen wendet. Ich küsse Dich und die Kinder.

Achim Arnim.

Bettina an Arnim.

Berlin, [September 1820]

Ich habe die Briefe, welche an Dich mit addressiert waren, alle der Couverts entledigt, um das Porto zu sparen, die an Deinen Bruder alleine hab ich so gelassen. Aus dem einliegenden Brief von George [dem Bruder] kannst Du Reiselust schöpfen, wenn Dich der warme Herbst nicht locken sollte, so wäre es Sünde; die Feude von Grimms, die Dich unerwartet eintreten sehen, stelle ich mir oft recht lebhaft vor, und so manchen andern Genuß, der Dir gewiß nicht entgehen kann, wenn Du die allgemeine Krankheit in Dir überwindest, daß dies und jenes nicht der Mühe lohne, daß man von dem Interesse an und mit Menschen nichts habe p.p.

Du kannst, wenn Du die Philisterhaut nur ein wenig ablegen willst, über den ganzen Umfang der Geschäfte mit Beelitz hinreichend Dich besprechen, ihm und Deinem Bruder Deine gemessene Ansicht hinreichend darüber erklären und dieser, der ewig in allen geselligen Freuden und nur nach Gutdünken sein Leben hinleiert, kann dann die übrige Zeit noch in Wiepersdorf bleiben; so geht es gewiß, wenn Du nicht schon aus lauter Ängstlichkeit irdischer Sorgen ein Narr geworden bist. Du brauchst keine Faseleien von Deinem Bruder zu befürchten, denn wenn er auch die Eier dazu legt, so brütet er sie doch nicht aus; er ist nicht so blind gegen seinen Vorteil, daß er seine schwankenden Gedanken für untrüglich halten solle, wenn noch die Frage ist, ob ihm der Pelz davon naß wird.

Lieber Freund, hätte mich einer vor meiner Verheiratung gefragt, glaubst Du, daß Arnims Geschick und Glück innerhalb Deiner Kinderstube, Deiner Küche und dem bornierten Kreis Deiner Gedanken begründet ist?, so hätte ich mit einem bestimmten Nein geantwortet; schon in der Zeit in Frankreich sah ich Dich mit einer Art Behagen Abschied nehmen, weil mir deuchte, die weite Welt gehöre jetzt Dein und Deine Lebensbahn gehe weit über die kleine Beschränkung der meinigen hinaus, und für Dich würde die lächerliche Vorurteilskette der Umständlichkeit im Leben nie existieren, ja Du kamst mir vor wie ein rechter Phönix von Lebensfreude, der bei jedem Sonnenstrahl es nicht lassen konnte, mit ausgespannten Flügeln ihm entgegen zu schweben, jetzt mache ich mir Vorwürfe, daß ich die schwersten Gewichte an diese Schwingen gehängt habe, aber nicht ich, sondern die Vorurteile und die Schwachheit, zu tun und zu lassen, was andere loben und tadeln, und endlich Deine schwankende Meinung über Dein Verhältnis zur Welt, über Dein Verdienst, über die Anerkenntnis desselben (und über das, was Du in der Welt, und für sie werden könntest) haben das Blei zu diesen Gewichten geliefert. Die rechten Dichter sind geistiger Weise, was die Kron- und Erbfürsten irdischerweise sind und repräsentieren, sie sind nämlich als das geboren, was sie der Welt einst werden sollen, verzweifeln sie aber an ihrer inneren Macht, so legen sie die Krone nieder, noch ehe sie ihnen öffentlich verliehen ist, – ja sie müssen gleich den irdischen ihre Stimme zu erheben wissen, wo man sie nicht hören will; sie müssen züchtigen, wo man sie nicht anerkennen will, und vor allen Dingen müssen sie das Element behaupten, was ihnen Nahrung giebt, nämlich den Beifall und das Bewußtsein in jeder Menschenbrust von seinem Dasein [als] ein Komet unter den Sternen. Wenn aber je ein Dichter ein geborener war, so bist Du es, ich will Dir hier keine Worte machen, Du wirst selber fühlen, wie doppelt wahr diese Wahrheit ist, ja selbst Deine Schwächen (deren Du wirklich hast, und die im Zunehmen sind) verleugnen Dich als solchen nicht, sondern sind vielmehr das echte Beglaubigungssiegel; ach, und darum wünsch und will ich Deine Reise, insofern mein Wille etwas durchzusetzen vermag (und der gute Wille soll ja immer alles durchsetzen können), die herrlichere Natur, die freundlichere Aufnahme und Anhänglichkeit, der jugendliche, ja ich möchte sagen Kindheitsgenuß im vollen Herbst, wird ein Bad sein für den Lichtleib, daß ihm der Schlamm und die Kruste, die durch anteillose, frostige Verhältnisse angesetzt haben, wieder losweichen, die innere Wärme, die entsteht durch das Gefühl der Überlegenheit, die den Schmeichelnden und Verehrenden sich milde ergiebt und aufopfert, die wird Dir wieder zur Begeisterung werden, und Du wirst neu bekehrt und neu begeistert, neu geboren zurückkehren. Denke, so viel verspreche ich mir von dieser Reise, und lache mich aus. Lache mich aus, daß ich aus fester Herzensüberzeugung behaupte, daß wenn Du willst, Du all dies erringen könntest (aber Du leidest auch ein wenig an der Schwachheit, daß die gebratenen Tauben Flügel haben möchten). Goethe wollte gewiß er selber sein, noch ehe ihms einer zugestanden hätte, und die Kraft seines Willens, hervorzuragen unter allen und dieser aller Augen auf sich zu richten, hat's gewiß allein durchgesetzt. Was hindert Dich, ein Arnim sein zu wollen, wie jener ein Goethe sein wollte. Du bist *geboren*, den Venusgürtel um Kunst und Wissenschaften zu schlingen, wo sie sich einander entgegen stehen; wie tiefer geht Deine Erkenntnis, wie genialischer, wie bewußter sind Deine Ansichten, wie weit umfassender sind Deine Gefühle in der Darstellung einer menschlichen oder auch unserer Mutter Natur, wie oft hab ich im stillen bewundert, daß was jedem irdischen Auge in unmittelbar irdischer Erscheinung ewig entgeht, Deinem Lichtauge, Deinem Dichterauge in innerer Begeisterung von Anfang bis in die Ewigkeit vorschwebt; daß sie das nicht erkennen, das muß Dir kein Verlust sein. Wenn es nun wahr wäre, was ich jetzt sage: diese Zeit ist eine Probezeit zwischen der echten und falschen Dichtergewalt, und Du wirst diese Zeit noch durchbrechen – warum ich nur heute meinen Gedanken den Zügel schießen lasse, da ich Dir nichts zu sagen weiß, da ich Dir mit meinen Reden doch nur die Faust auf's Aug passen kann! Aber ich will auch garnicht was gesagt haben, ich hab schon so lange verlernt, mein inneres Interesse öffentlich Dir zu zeigen.

Gestern war ich im Theater mit der Bardeleben, Chawansky ein Prachtstück der Schröder, ein zusammengescharrter Haufen von lauter Unsinn und Torturscenen, mit einem Kraftaufwand, mit einer Grazie, mit einer Stimmen- und Gesichtsbewegung von der Schröder gegeben, daß man sich der tiefsten Bewunderung nicht enthalten kann. Diese Frau muß jede Rolle begreiflich machen können, da sie jede durchsetzen kann, was könnte schon manchen besseren Stücken eine Bahn brechen, ich denke dabei an eines Deiner Stücke [›Die Vertreibung der Spanier aus Wesel im Jahre 1629‹.], wo die gute besonnene Fürstin ihr Volk vor den Spaniern rettet, eine Rolle ganz für diese Frau geschrieben und sie begabt genug, den Geist Deines Stückes würdigen zu machen. Leb tausendmal wohl und behalte mich lieb.

Bettine.

Von Savignys noch keine Nachricht.

Arnim an Bettina.

Wiepersdorf, den 24. September 1820

Liebe Bettine!

Ich kann Dir heut nur einen Frachtbrief schreiben und Deine Reisemahnungen sind wohl einer besseren Antwort wert. Mit dem nächsten Poststage mehr. Heute nur diese Bitte, daß Du diesmal *nicht* vergißt mir zu schreiben (durch den Knecht), ob alles wohl angekommen. Über alles das, was ich mit dem Fuhrmann gesendet, hast Du mir nichts geschrieben, und denke nur daran, wenn Dir auch der Wert der Sachen gleichgültig, daß sie mir manche Mühe gekostet haben. [...] Aus den Pflaumen mache doch recht viel Essigpflaumen. Wenn Du im Augenblick zu vielerlei Fleisch im Haus hast, so sende die Hasen an Pistors und Albertis, wir essen so oft bei ihnen und sie schätzen so eine kleine Gabe. [...]

Der Dachs verkündet uns einen frühzeitigen Winter, doch giebt es jetzt noch schöne mondhelle Abende, wenn ich auf meinem Braunen über die Heide trabe.

Herz zum Herzen ist nicht weit
Unter lichten Sternen,
Und das Aug vom Tau geweiht
Blickt zu lieben Fernen;
Unterm Hufschlag klingt die Welt
Und die Himmel schweigen,
Zwischen beiden mir gesellt
Will der Mond sich zeigen.
Zeigt sich heut in roter Glut
An dem Erdenrande,
Gleich als ob mit heißem Blut
Er auf Erden lande;
Doch nun flieht er scheu empor,
Glänzt in reinem Lichte,
Und ich scheue mich auch vor
Seinem Angesichte.

Wenn der Wagen mit den Sachen noch lange ausbleibt, schreibe ich noch ein paar Lieder. Sei herzlich geküßt und die Kinder, die doch diesmal an den Vater denken werden.

Achim Arnim.

ANHANG

GERHARD WOLF

Achim von Arnim – der märkische Romantiker als Einsiedler

I

Landhausleben

Als der Erntewagen kommen,
Zog er auch am Rosenzweig,
Weil er war zu breit geladen,
Hat der Zweig davon genommen,
Wär's verloren, war's ein Schaden,
Was ich sammle, macht mich reich ...

An einem Maitage des Jahres 1816 besuchte Wilhelm Grimm die Freunde Achim und Bettina von Arnim auf ihrem Gut Wiepersdorf im Ländchen Bärwalde südlich von Berlin, heute in zwei Stunden zu erreichen, damals mehr als eine halbe Tagesreise entfernt.

»Die Kinder« – schildert Grimm es seinem Bruder Jacob, es sind drei Jungen nach fünf Ehejahren – »werden fast wie Bauernkinder aufgezogen und laufen in Kitteln, deren Zeug Bettine selbst gewebt ... Arnims Haus ist geräumig und der Garten daran und der Wald von Birken dahinter schön, doch« – schränkt der nüchterne Grimm den ersten, günstigen Eindruck sofort ein – »ist jenes inwendig ziemlich verfallen, war aber mit Pracht und eigentlich fürstlich eingerichtet. Zimmer mit purpurseiden Tapeten und reichen Goldleisten und getäfelter Boden. In seiner Stube liegt alles ziemlich untereinander, die Bettine führt die Haushaltung selbst, hat alles Schwere, z. B. gutes Kochen, leicht erlernt, hat aber keine Lust an diesem Wesen ... Beiden wäre zu wünschen, daß sie aus dieser Lebensart herauskämen, obgleich Arnim an seinen Pflanzungen im Garten Freude hat, so würde ihm die eigentliche Landwirtschaft doch schwerfallen, wenn er sie übernehmen sollte«, und er fügt, immer praktisch denkend, hinzu: »Das ganze Ländchen, das aus drei Gütern besteht, die ihm und seinem Bruder gehören, trägt an Pacht 8000 Tl. ein, die aber für, glaube ich, 150000 Tlr. Schulden die Zinsen ausmachen, so daß ihm sehr wenig übrigbleibt.«

Als Grimm die Arnims besucht, sind sie kaum zwei Jahre auf dem Lande, nicht um das einfache Leben zu genießen – *Romantiker, wie uns die Stadtleute jetzt zu nennen belieben* –, sondern *um zu sparen;* und was uns heute rückschauend wie Idylle anmuten könnte, besichtigen wir Park und restauriertes Schlößchen, täuscht. Bettine, »geplagt durch Langeweile«, von der Hausarbeit unbefriedigt, hat noch im gleichen Jahr wieder mit den Kindern eine Wohnung in Berlin genommen und sich nur noch vorübergehend in Wiepersdorf aufgehalten: »Die Erinnerung guter Stunden füllen Dir die Einsamkeit, und drum bist Du glücklich dort, wo ich nicht bin.« Arnim bleibt, bleibt bis zu seinem Tode. Von Glück konnte wohl nicht die Rede sein.

Oft dachte ich wohl, ob nicht am Rhein uns ein besseres Geschick blühen könnte, aber da hätten wir auch nur mit Luft und Erde gelebt wie die Günderode, während uns die Menschen kaum für einen lustigen Sommertag ausgehalten hätten. Er, der mit ererbten Gütern ausgestattete märkische Gutsherr von altem Adel, ist zwar nicht auf demütigende Bittgänge angewiesen wie andere seiner schreibenden Zeitgenossen, etwa ein gewisser Herr von Kleist. Aber um die Familie ernähren zu können, muß er sich schließlich doch zu dem Landwirt fortbilden, der sich um Saat und Ernte kümmert, sein Bier braut, seinen Schnaps brennt, selbst wenn der verschuldete Grundbesitz – *als Güterbesitzer ein beständiger Zank mit Behörden aller Art* – nur so viel abwirft, daß die Familie in der Stadt ihr sparsames, aber standesgemäßes Auskommen hat. Die vielen, ganz unliterarischen Briefe zwischen den Ehegatten über Küche und Keller, Haushaltung und Wirtschaftsgeld sprechen Bände, nur eingestreute Repliken und Verse sagen, wie Arnim dabei zumute ist, intonieren das eigentliche Motiv:

Nun weiß auch ich was Einsamkeit,
Nun sich der Himmel mir verschließt,
Und aus der Wolken träge Zeit
Im trägen Regen niederfließt.

Ein größeres öffentliches Leben war mir unerreichlich, schreibt Arnim, das Naturbild kommentierend, den Grimms, *ein kleineres Mitlaufen gestattete meine Lage nicht, so ist mir die Einsamkeit willkommen, und das mühsame Erreichen dessen, worauf doch endlich das Ganze mitberuht, verliert von seiner Verdrießlichkeit.*

Willkommen oder aufgezwungen – ist Einsamkeit das Schlüsselwort für Dasein und Dichten Achim von Arnims, so ist diese Einsamkeit kaum ein Begriff für Weltabgewandtheit und Menschenscheu, für Wirklichkeitsfremdheit und Eigenbrötelei, vielmehr der tapfere, nicht ohne Schmerz getroffene Verzicht auf ein Leben, das sich in tätigem Handeln wie in poetischem Schauen und Gestalten gleichermaßen erfüllt, an einem *Ganzen* mitzuwirken und teilzuhaben, da *das Vollendetste* erreicht wird, *wo eigene Lebensthätigkeit mit dem Gedanken zusammenfällt.* Das vollkommene Ganze, wenn Denken und Tun, wenn Geist und Macht sich vereinen – natürlich ein unerfüllbarer Traum, Paradoxon, Romantik, Utopie – *das Paradies.*

Ließe ich mich einmal stören
In der Mühe der Geschäfte,
Möchtet ihr mich neu betören,
Heimatlose, wilde Kräfte …

Die seit dem Zusammenbruch des friderizianischen Preußens erweckte Zuversicht auf demokratische Reformen, auf ein Staatswesen, das nicht gehorsame Untertanen und brave Mitläufer, sondern mündige Bürger voraussetzt – *es muß die individuelle eingeborne Kraft jedes Einzelnen frei werden* –, solche Erwartungen sind in der Stickluft einer allgemeinen Restauration zunichte geworden. In Preußen hat sich nicht etwas vom *Geist der größten Volksbewegung unsrer Zeit der französischen Revolution* durchgesetzt *(Was soll geschehen im Glücke)*, behauptet hat sich träge Reaktion.

Wie kaum ein anderer Schriftsteller der Berliner Romantik hat Arnim versucht, sich in das öffentliche, politische Geschehen einzumischen, hat wie kaum ein anderer sich darin verstrickt, glück- und erfolgslos widerstrebende Kräfte zusammenzuführen, unvereinbare Gegensätze zu versöhnen: Revolution und Reformen, Konfessionen und Standesunterschiede, alten Adel und neues Bürgertum – *Das ganze Volk muß aus einem Zustande der Unterdrückung durch den Adel zum Adel erhoben werden.* Überliefertes, was ihm wert schien, erhalten zu bleiben, wollte er mit Modernem, das ihn anzog oder auch verstörte, ausgleichen und verbinden: feudalistische Traditionen des Mittelalters mit der aufkommenden kapitalistischen Produktion, Ständeordnung mit demokratischer Verfassung, Kunst und Wissenschaft, Denken und Handeln – zuviel für einen und viel zu desparat, es auf einen philosophischen Nenner, in eine geschlossene literarische Form zu bringen oder gar in praktikable Politik umzusetzen. So daß er uns in seinem lauteren Streben, in der unablässigen Mühe, die er daran wendet, sympathisch nah, in Absichten und Ideen, es zu verwirklichen, auch wieder fernsteht; wie uns in seinen zahlreichen Schriften, Romanen und Novellen, Gedichten und Stücken (sie füllen nach seinem Tode dreiundzwanzig Bände), in seinen Briefen, Aufsätzen, Plänen und Abhandlungen (sie sind bis heute nicht gesammelt und oft nur schwer zugänglich) vieles bestürzend anzieht, anderes in seiner arabesken Ausführung sich nur mühsam erschließt. Glaubt man ihn als Person in einer Brief- oder Verszeile aus den Umständen und Bedingungen seiner Verhältnisse gleich zu verstehen, entzieht er sich uns oft in seinen weitverzweigten, vertrackten Texten, kann und will man ihm in manchen Vorstellungen und Urteilen, schon gar nicht in seinen Aversionen folgen.

»Wird Dich nicht der Staat und der Stand gefangen nehmen? Werden Dich nicht die todten Finger Deiner Ahnen festhalten? wird Dir Deine Familie, der es wie aller Familie wohl im ganzen gleichgültig ist, nicht so freundschaftlich die Hand drücken, daß Du Dich in den Sessel von jeher setzest, etwa so poetisch bist, als es geschmackvoll ist, so würkend, als man absehen kann, und so freundschaftlich, als es artig ist?« Diese bangen Fragen, die Clemens Brentano schon früh an Arnim richtet, sind noch heute nicht einfach und eindeutig zu beantworten.

Arnim, der als preußischer Patriot den Soldaten 1806 seine *Kriegslieder* widmet – sie unterscheiden sich von den Flammenzeichentiraden eines Theodor Körner durch einen schlichteren, volksliedhaften Ton –, ist in jenem »Unglücksjahr« dem preußischen Hof auf seiner Flucht vor Napoleon unaufgefordert nach Königsberg nachgereist; dort aber gehört er zum Kreis der radikalen, liberalen Reformer um den Freiherrn vom Stein, für den es an diesem Hof schon bald keinen Platz mehr gibt.

Ich fühle es, daß der Staat mich jetzt nicht eigentlich brauchen kann, gesteht Arnim und beschreibt später Bettine seine unentschlossene Haltung mit den Worten: *Mich ergreift meine alte Trauer, die mich in Königsberg quälte, das Gefühl, vielleicht etwas Unrechtes aus Versehen ergriffen zu haben. Statt des Buches hätte ich das Schwerdt nehmen sollen, jetzt ist es doch eigentlich zu spät, die Gewohnheit hat mich mit Millionen unsichtbarer Fäden so fest angezogen, daß ich mich nicht in völliger Frei-*

heit je davon trennen könnte; mitten in der Schlacht würde ich bedauern, daß sie nicht vorbei, und daß ich sie nicht dargestellt lesen oder sehen könnte. Und er empfiehlt – *wenn es gar zu wild hergeht* – das ländliche Wiepersdorf als stillen Zufluchtsort.

Immer eingezwängt zwischen falsche Alternativen, gründet Arnim 1811, um der restaurativen Regierungspolitik Widerspruch zu zeigen, die »Christlich-deutsche Tischgesellschaft«, *eine gemischte Gesellschaft aus vielen treflichen, aber einander wenig bekannten Menschen zur gemeinsamen Berathung über Gesetze, und zur gemeinsamen Lust. Das weiseste der Gesetze,* meint Arnim, *bestimmt, daß jeder lederne Philister ausgeschlossen.* Erfolg hat er mit dieser Unternehmung nicht, ihre Folgen rükken ihn nicht in das beste Licht. In der geselligen Runde zu Tafel und Disput finden sich neben Dichterfreunden wie der Komponist Reichardt und Clemens Brentano, neben Heinrich von Kleist, Herausgeber der »Berliner Abendblätter«, für die Arnim schreibt, auch regierungstreue Beamte ein, neben bürgerlichen Liberalen wie Schleiermacher sitzen auch stockkonservative Adlige und altständisch-reaktionäre Leute mit zu Tisch wie der Publizist Adam Müller; und der Affront gegen die napoleonische Herrschaft und politisches Philistertum gefällt sich in der Ablehnung alles Fremden und Undeutschen als bornierter Nationalismus.

Nimmer sollen Fremde herrschen
Über unsern deutschen Stamm …

klingt es in Arnims Stiftungslied, und nach der Satzung der Gesellschaft – nun durchaus kein weises Gesetz – sind nicht nur Philister, sondern auch Franzosen, sind außer Frauen auch alle Juden ausgeschlossen. *Ich bemerke bey dieser Gelegenheit,* sagt Arnim in einer seiner Tischreden, *daß ein Gesetz, welches auch getaufte Juden von der Gesellschaft ausschließt, ausschließlich durch Stimmenmehrheit gegen meine Überzeugung durchgeführt worden ist …* Gläubige Juden sind demnach von vornherein verpönt. Auch mit solchen Überzeugungen beginnt damals in Deutschland der Antisemitismus.

Arnims uns schwer begreifliche Judenfeindlichkeit mag in hilfloser Empörung über ihn bedrängende Gläubiger, schließlich im Ärger über einen Prozeß, der seinem Renommee schadete, private Motive haben. Daß er seinen Unmut gegen das um sich greifende Handelskapital, welches die alte Majoratsherrschaft bedrohte – das *teuflische Geschlecht der Geschäftsmänner* – aber mit ausdrücklichem Eifer auf *das Heer jüdischer Teufel* überträgt, *wodurch alles, was geschieht, zu persönlichen Begünstigungen und Anfeindungen wird*, und zur konfessionellen Polemik steigert, macht deutlich, daß die Gründe für solche Ressentiments in tieferen Schichten einer Persönlichkeit zu suchen sind und ihre Rechtfertigung aus einer weit zurückkreichenden Zeit holen. »Dies ist der Deutschen Empörungsmut«, ruft Rahel Varnhagen, eine »unselige Kassandra«, nur wenige Jahre später aus, als die ersten öffentlichen Judenverfolgungen beginnen »*Ich* kenne mein Land! Leider ... Die gleisnerische Neu-Liebe zur christlichen Religion (Gott verzeihe mir die Sünde!), zum Mittelalter, mit seiner Kunst, Dichtungen und Greueln hetzen das Volk zu dem *einzigen* Greuel, zu dem es sich noch, an alte Erlaubnisse erinnert, aufhetzen läßt! Judensturm. Die Insinuationen, die seit Jahren alle Zeitungen durchlaufen; die Professoren Fries und Rühs« (Verfasser antisemitischer Traktate, G. W.) »und wie sie heißen, Arnim, Brentano ... und noch höhere Personen mit Vorurteilen. Es ist nicht Religionshaß: sie lieben *ihre* nicht, wie wollten sie andere hassen ... (1819.)«

Rahels Aufschrei trifft die Berliner Romantik an einem neuralgischen Punkt; und ihr Satz: »Ich bin *grenzenlos* traurig: und in einer Art, wie ich es noch gar nicht war« erreicht uns heute, da uns Pogrome ganz anderen Ausmaßes vor Augen stehen, mit demselben »herzenskalten Schreck«, ohne daß wir uns ein leichtes Urteil anmaßen. Der mit Millionen Fäden der Gewohnheit seinem System Verbundene, ihm bei allem Widerwillen und skeptischer Distanz doch Verfallene, der sich selbst nicht wiedergeliebt noch anerkannt sieht – auch Arnims Bücher finden kaum ein Echo und selbst bei Freunden harte Kritik –, münzt seine innere Enttäuschung in sichtbare Antipathie und Ablehnung auf den Ersatzgegner um. Nicht die eigene Kaste ist schuldig, verteufelt werden die Andersgläubigen, sie jetzt Opfer seiner Entrüstung.

Dabei zählt Arnim keineswegs zu den konservativen Frondeuren der preußischen Hierarchie. Eine Offiziersstelle in der gegen Napoleon aufgestellten Landwehr wird ihm verweigert. Neben anderen Zivilisten – wie der Philosoph Fichte oder Arnims Schwager Friedrich Karl von Savigny, später preußischer Justizminister – tritt er dem Berliner Landsturm bei und erhebt beim König Einspruch gegen die Aufhebung dieses Landsturms, weil er erkennt, daß die autokratische Regierung dieser vom Volk mitgetragenen Organisation voll Sorge begegnet, *der Landsturm könne Revolutionen, wenn auch nicht hervorbringen, doch gefährlicher machen.* Und *Revolutionssorgen* – notiert er in einem unveröffentlichten Konzept seiner Eingabe – *haben schon viel Herrliches unterdrückt; nie ist eine Revolution unter einer weisen und frommen Regierung von Bedeutung gewesen.* Die Redaktion des Blattes »Preußischer Korrespondent« gibt er wegen der kleinlichen Zensur der Behörden zermürbt auf: *Aufsätze ... werden so zerstrichen, daß am Ende eine Lüge übrig bleibt.* Er kehrt Berlin den Rücken.

Vieles ist hart in der Welt eingerichtet, schreibt er an Bettine aus Bärwalde, *dieses Leben mit der gesamten Natur hat inzwischen doch einen Ersatz für die Mühe, wie es kein königlicher Dienst aufzuweisen hat.*

Arnim spürt, daß mit den gescheiterten Hoffnungen auf eine Erneuerung der irdisch entfremdeten Welt auch eine literarische Gemeinschaft, in der er ohnehin allein stand, zusehends zerfällt. Kleist – *eine sehr eigenthümliche, ein wenig verdrehte Natur, wie das fast immer der Fall, wo sich Talent aus der preußischen Montur durcharbeitete* – endete schon 1811 durch eigene Hand. Brentano konvertiert 1817 in den Schoß der katholischen Kirche zurück, er scheint dem vernünftigen Protestanten die eigene Entscheidung zu erleichtern: *Wenn ich in einer großen Stadt bliebe, ich würde auch endlich nichts anderes anzufangen wissen, als ein Betbruder zu werden oder mir solche religiöse Spinnweberei und Spinnfeindschaft, wie sie den Clemens plagt, anzuschaffen ...* (1811). *Ich fühle in Berlin physisch und geistig meinen Untergang, ich bedarf körperlicher Tätigkeit, um mich auch geistig tätig zu erhalten ... Wie aber auch jeder Mensch nicht bloß innerlich etwas erstrebt, sondern auch äußerlich eine Bestätigung seines Daseins sucht, so fühle ich mein Wirken, wenn ich selbst wirtschafte, würdig, einflußreich und belohnend; es verknüpft sich mit der Welt meiner Gedanken, während ich mich in Berlin jeden Augenblick als überflüssig finde und fast als unbefreundet* (1821).

Der ersehnte Traum vom bestätigten Dasein; Arnim erfüllt ihn sich in seiner Dichtung.

Er hat während der fünfzehnjährigen Tagesarbeit auf dem Lande – nur wenige Reisen unterbrechen den Rhythmus der Jahresabläufe – ständig und rastlos geschrieben. Ja, es ist, als ob die Vereinsamung, die gewählte Isolation – man würde mit einem modernen Schlagwort von innerer Emigration sprechen –, die viele zum Verstummen bringt, ihn geradezu antreibt. Seine noch heute am meisten gelesenen Novellen wie *Der tolle Invalide auf dem Fort Ratonneau* (1818) und *Die Majoratsherren* (1820) entstehen neben vielen Erzählungen, denen er mit dem Titel der Sammlung *Landhausleben* (1826) – er setzt ihn über sein gesamtes Spätwerk – ihren realen und poetischen Ort zuweist.

Gieb Flügel dann und einen Hügel Sand,
Den Hügel Sand im lieben Vaterland.
Die Flügel schenk den abschiedsschweren Geist.
Daß er sich leicht der schönen Welt entreißt.

Vielleicht klingt uns aus seinen, nur wenig beachteten, Gedichten, die er bei günstiger Gelegenheit notiert, selten an die Öffentlichkeit gibt, selbst nie sichtet und sammelt und nur manchmal in die Prosa einstreut, am reinsten wider, was er aus dem Zwiespalt von empfundenem Verlust und beglückender Befreiung sagen kann?

… vergeistigt hat mich Wirklichkeit umfangen.

Arnim hat Unmengen von Versen gereimt – »einige tausend Blätter, fast alles schwer zu lesen!« stöhnt Varnhagen über dem Nachlaß, und vielen, die sich von Bild zu Bild, von Strophe zu Strophe reihen und verzweigen in einem weitläufigen *Dichtergarten*, fehlt es an weiser Beschränkung und Konzentration. Clemens Brentano hat es schon früh freundschaftlich kritisiert: »Du sprichst Dich nie aus, das ganze Leben um Dich spricht Dich aus. Deine Verse … sind aber keine unmittelbare Gedichte, sondern Du Dich unaussprechender bist ihr Mittel, und so muß man Dich kennen, um sie zu lieben …«

Arnims Lyrik ist noch kaum wirklich entdeckt. In ihr mischen sich seltsam spielerische Naivität mit grüblerischer Schwermut, tagesferne Geistigkeit mit plötzlich ausbrechender Sinnenfreude. Widersprechende Elemente auf engem Raum eines Verses, eines Wortbildes, *vorgenossen, nachempfunden – Sternenhauch* und *Lustklang*. Viele Stücke in *Des Knaben Wunderhorn* sind fast Eigenschöpfungen, und wo es ihm gelingt, den einfachen Ton des Volksliedes in seine Verse zu übertragen, ja mit ihm übereinzustimmen, findet er seinen eigenen Ton:

Die freie Nacht ist aufgegangen …
Blumen atmen gern auf Erden …
Nur was ich liebe, das ist mein …
Was ich singe, weiß ich kaum …

Wer wollte seinen Liebesgedichten Unmittelbarkeit absprechen, Gedichte, in denen er uns so entgegentritt, wie ihn Bettine als Mensch und Dichter sah und sehen wollte: »... daß Du nicht in Deiner trüben Kammer in Wiepersdorf sitzest ..., sondern daß Du auf herrlichen Bergen das unermeßliche Weltmeer überschauest, daß die Natur endlich wieder an Dich kann und die alte getrocknete Schlangenhaut vor Dir abstreift und Du wieder verjüngt unter Göttern wandelst ...«

Arnims Gedicht – ein Lied, in dem die Worte einfach nebeneinandertreten wie Dunkel und Licht, Tag und Nacht, Natur und Kunst.

Mir ist zu licht zum Schlafen ...

II

Trösteinsamkeit

Im Walde, im Walde, da wird mir so licht,
Wenn es in aller Welt dunkel ...

Es hatte so zuversichtlich-heiter begonnen.

»Bester Bruder«, schrieb übermütig Clemens Brentano am 1. Juni 1806 an den Freund Achim von Arnim:

»An einem Pfingsttag es geschach,
Daß man die Wälde und Felde sach
Schön lustig stehen mit Laub und Gras
Und mannich Vogel lustig was

und ich in Heidelberg Kirschen aß! Kirschen, lieber Junge, Kirschen! welche Du in Göttingen, der Tebel hol mer, so artlich in die Schnautze stecken kuntest, daß ich Dir oft mit großer Liebe nach dem Maul sah. Warum bist Du nun nicht hier? Ich habe mit meiner Frau Pfingsten einen herrlichen Spaziergang gemacht. Um drei Uhr morgens über Ziegelhausen und Schönau durch ein überirdisch schönes Thal nach Neckarsteinach, wo in einem Halbkreis um den Fluß auf einem Bergrücken vier wunderschöne alte Ruinen lauren ... Ich habe dort

Etwas erlebt, was am Rhein nicht zu finden ist, Gesang und Unschuld. Auf einem der Schlösser saßen sechs Mädchen auf einem flachen Thurm, der weit über den Neckar und alle Berge hinsieht, und sangen im reinen Orchesterton eine Reihe schöner Lieder in das sonnige Land hinaus. Ich setzte mich zu ihnen und bat sie, sich nicht stören zu lassen. Sie machten keine Miene und sangen herrlich weiter; Lieder, die ich wollte, sagten sie mir ruhig her ... In einem anderen Schlosse, hatte ich eine Szene, wie wir im Rüdesheimer, nur trauriger. Das Meckern einer Ziege führte mich in ein Gewölbe. In der Mitte stand ein Bette, eine rüstige alte Frau stand schnell auf und sprach wunderlich geschwind und leise, es war, als sei sie ein Hexe: ›Fünfzehn Jahre bin ich hier oben, mein Mann war ein Schuhflicker, aber ich hab nie seit der Zeit ein paar Schuh angehabt‹. Ich fragte sie, ob sie keine Lieder wisse? sie sagte: ›ich habe acht Kinder gehabt, fünf todt geboren, zwei sind gestorben, und das ich noch habe ist ein Stumm‹. Ich fragte sie abermals, da sagte sie schnell:

Ich hab ein Hirsch geschossen,
Davon hab ich ein Hosen,
Und wann ich die zerreiß,
Schieß ich sie dutzendweis –

Wir ließen sie, und ich dachte Deiner, denn dicht neben dem Schloß steht einsam und allein in der ganzen Gegend eine ungeheure Kiefer. Dieser Dein herrlicher vaterländischer Baum wird Dir zu sehen viel Freude machen.«

Einer der schönsten Briefe deutscher Romantik, noch ganz aus der Hochstimmung heraus verfaßt, der die beiden Freunde über der Sammlung alter Volkslieder *Des Knaben Wunderhorn* in gemeinsamer Forscher- und Schaffenslust vereint sah – das Buch, das ihre Namen für immer unzertrennlich und unvergeßlich macht.

Aber noch im gleichen Jahr stirbt Brentanos Frau, die Dichterin Sophie Mereau, und der Preuße Arnim erlebt *den Untergang unsres Staats* unter den Schlägen der napoleonischen Armee wie das »traurige Schicksal von Troja«, von dem die Bettine in einer düsteren Vorahnung geträumt, als sie im Juli des gleichen Jahres erfuhr, daß sich die Günderrode den Tod gegeben hatte, in Winkel am Rhein, wo sie einst zu dritt sich zuerst getroffen; »es geht so hart durcheinander in der Welt, daß man auf ein freundliches Zusammenkommen gar nicht mehr rechnen darf«, schreibt sie an Arnim.

Es hatte so anders begonnen.

Brentano war Arnim zuerst an der Universität in Göttingen begegnet, und sicher war er es vor allem, der den noch Unentschiedenen dahin brachte, sich nicht dem zweck- und folgerichtigen naturwissenschaftlichen Denken zu verschreiben (Arnim hatte beachtliche Studien zur Physik publiziert), sondern *der Welt der Poesie,* um *das Leben mit einem erhöhten Sinne und mit einem erfüllten Sinne zu leben (Die große Arbeit, eine Lebensaussicht).* Gemeinsam unternehmen die jungen Poeten 1802 ihre erste Rheinfahrt, sich Land und Leute, Sagen und Volksweisen der Landschaft vergegenwärtigend *in einem Rausch abwechselnder Freuden:* »Da wir miteinander in dem Thurm bei Rüdesheim gestiegen waren, da stelltest Du Dich an das einzige Fenster und sahst den Rhein ernsthaft hinauf. Ich aber stand im dunklen Thurm und spielte Guitarre ...

Es setzten zwei Vertraute
Zum Rhein den Wanderstab,
Der braune trug die Laute,
Das Lied der blonde gab. –«
(Brentano)

Als sich Arnim in den nächsten Jahren auf eine Bildungsreise durch verschiedene europäische Länder begibt, spürt er, der leicht zu Wehmut neigt, die Irritationen, denen er sich, jetzt die Welt als Künstler betrachtend, aussetzt: Mit der Entfernung von der märkischen Heimat nimmt das Gefühl der Fremde zu, die Sehnsucht nach dem Land, dessen Konventionen und Fesseln er doch bei einer Rückkehr zugleich fürchtet: *Man wird mich zu allerhand widrigen Geschäften bereden; ich bin zu starr, um mich zu fügen, zu biegsam, um jemand zu verletzen, und leider kenne ich mein Land, das mir in allem, wo ich gefällig hochfliegen könnte, die Flügel lähmt* (1803). Es sind Veranlagungen und Einsichten, wie man sie ähnlich aus Briefen Heinrich von Kleists kennt, der wie Arnim desillusioniert aus dem nachrevolutionären Paris zurückkommt; Arnim sagt: *Wenn man Hecksel schneidet, so wird alles Stroh gleich lang in der Lade, so hat es die Revolution mit den Franzosen gemacht.*

Zwischen Ideal und Realität immer entscheiden zu müssen, sich diesem zerreißenden Dualismus zu stellen, heimisch und fremd, traurig und froh, offen und in sich gekehrt, Arnim wird es zur zweiten Natur. *Die Einsamkeit hat mir einen großen Lebensplan angewiesen, den ich auf dem Frankfurter Marktschiffe schon ahndete,* entwirft er Brentano sein Glaubensbekenntnis: *Alles geschieht in der Welt der Poesie wegen, die Geschichte ist der allgemeine Ausdruck dafür, das Schicksall führt das große Schauspiel auf. Für den poetischen Genuß ist alles Sparen des Kaufmanns, für den Sonntag arbeitet der Handwerker, der Schüler für die Spielstunden; nur wenige, und das sind die Poeten, werden genug begünstigt, daß ihnen die Arbeit ein Spiel wird, und die müssen für die übrige Menschheit arbeiten, daß sie den Zweck ihres Lebens nicht verfehlen, daß sie nach der Arbeit einen poetischen Genuß finden. Wer sich daher Poet nennt, in diesem weitesten Sinne ... ist ein wahrer Märtyrer und Eremit, er betet und kasteiet sich für andre, damit sie das Leben haben; er ist der demüthige Petrus, der die Himmelsschlüsel hat und an der Thür sitzt, aber selbst nicht eintritt ...* (1802).

Die Poesie als der glückliche Zustand, in dem der Mensch zu sich selbst kommt, im weitesten Sinne Ziel jeder Arbeit; Arnim steht als Romantiker noch ganz im Banne bürgerlicher Aufklärung, freilich nach ihrem Sündenfall, der Revolution, aus dem Paradies der reinen Gedanken vertrieben. Denn die Gesellschaft zunehmender Arbeitsteilung, welche die Menschen nicht miteinander befreundet, sondern voneinander und sich selbst entfremdet, steht auf der Tagesordnung.

Die schöpferische Anstrengung, die Achim von Arnim mit Clemens Brentano, mit Joseph Görres (er gibt 1807 seine Schrift über *Die teutschen Volksbücher* heraus) in Heidelberg zusammenführt, erscheint uns, am Vorabend kapitalistischer Entfaltung und politischer Restauration, wie der phantastische Versuch einer Erneuerung durch Bewahrung des alten Bewährten, wie es Arnim in seiner idealistisch-überschwänglischen Sprache ausdrückt, *allen alles* wiederzugeben, *das allen gehört, was der Reichtum unsres ganzen Volkes, was seine eigene innere lebende Kunst gebildet, das Gewebe langer Zeit und mächtiger Kräfte, den Glauben und das Wissen des Volkes, was sie begleitet in Lust und Tod: Lieder, Sagen, Kunden, Sprüche, Geschichten, Prophezeihungen und Melodien ... das Grabmal der Vorzeit, das frohe Mal der Gegenwart, der Zukunft ein Merkmal in der Rennbahn des Lebens. Wir wollen wenigstens die Grundstücke legen ... da alle bereits eingefangen sind in einem großen Arbeitshause ... Der Nährstand, der einzig lebende wollte thätige Hände, wollte Fabriken, wollte Menschen, die Fabrikate tragen ... (Von Volksliedern).*

Solche Gedanken in seinem antizipatorischen, oft inkommensurablen Essay haben mit ihren Anfragen nach der Menschlichkeit unserer Zivilisation kaum von ihrer Brisanz eingebüßt. Was als »Heidelberger Romantik« in die Literaturgeschichte eingegangen ist – die Arbeit dieser drei Autoren im Austausch mit Altertumswissenschaftlern und Philologen wie Friedrich Creuzer und die Gebrüder Grimm, denen wir ja den Schatz unserer deutschen Sagen und Volksmärchen, den ersten Umriß einer deutschen Mythologie verdanken –, es dauert keine sechs Jahre. Als Arnim 1807 niedergeschlagen – *Wie ist so leer mein Sinnen* – mitten in einem *trügerischen Frieden,* Preußen verläßt und wieder in Heidelberg die Herausgabe der Folgebände zu *Des Knaben Wunderhorn* vorantreibt, will er mit seinem poetischen Programm an die Öffentlichkeit, er gründet die *Zeitung für Einsiedler.*

»Wer zehn Exemplare nimmt, darf gegen Erlegung der Einrückungsgebühren Aufsätze einschicken, Gegenbemerkungen zahlen das Doppelte, aber diese zu vermeiden, machen wir im Voraus bekannt, daß wir auch grob sein können, wenn wir wollen.« Diese Passage in der Ankündigung der Zeitschrift wird von der aufmerksamen Zensur beanstandet: ein neues vaterländisches Institut dürfe sich nicht als *grob* ankündigen. Arnim ändert *grob* in *höflich* – aber auch diese Änderung wird abgelehnt. Daraufhin schlägt Arnim, ironisch geradezu, für *grob sein können* strikt *ausstreichen können* vor – das gefällt der Zensur, und er erhält die Genehmigung.

Bettine, die an allen Unternehmungen Arnims Anteil nimmt, hat für die Gestalt des Einsiedlers eine Märchenfabel erfunden, die sie ihm schreibt:

»Es war einmal ein Mann, der wollte ein Einsiedel werden, da er in den Wald kam, freute er sich sehr seines Vorhabens und baut gleich eine Hütte von Bäumen, und der Wind blies durch Morgens und Abends, und wenn er seine Metten gesungen hatte und wollte einschlafen, so pfiff der Wind gar saubere Melodien ihm in die Ohren, das mogte er nicht vertragen. Da grub er sich ein Höle, dabei auch einen Brunnen, daß er gleich frisch Wasser haben konnte; da es aber Winter war, so war der Brunnen zugefroren, da es ihn durstete, wußte er kein Wasser zu finden, er paßte aber auf ein Stück Wild und ging ihm nach zu sehen, wo es sauft. Das Wild wandelt durch den kahlen Wald, und frißt und nagt an den Rinden und Knospen, aber gedenkt nicht zu saufen ...« Arnim hat die Geschichte, welche Bettine nicht ausführte, mit seiner Hand fortgesetzt:

Als er aber diese Bosheit des wilden Gethieres sah, hat er es erschlagen und sein warmes Bluth getrunken und ging wieder zu seiner Höhle, da war der Brunnen aufgethaut, aber das Wasser wollte ihm nicht schmecken, denn er sahe sich darin, wie er so roth schien von Blut, und des Bluts konnte er nicht mehr bekommen, weil alles Gewild vor ihm entflohen, seit er das erste erschlagen. Da öffnete er seinen Mund, von dem Himmel kam eine große Regenwolke und hing sich auf ihn, und was trocken lag auf der Erde, das zerfloß auf ihr zu Thau und tränkte seine Zunge und machte seinen Leib rein vom Blute, (füllete aber zugleich seine Höhle und versandete seinen Brunnen). Da ging er der großen Regenwolke nach und kam in eine große Stadt, die war gerade so breit als sie lang war und die Brunnen waren sehr tief unter der Erde und mit Stroh überflochten und liefen beständig, aber die Männer tranken da alle wenig, auch stand eine große Kirche dabey und die war leer und er stand drinnen als ein rechter Einsiedler und sang:

Kraut und Rüben
Die haben mich vertrieben.

Man mag das blutige Traumgleichnis nehmen wie man will; nicht zuletzt wegen solcher Somnambulismen in seiner Prosa wurde Arnim von den französischen Surrealisten als Vorläufer empfunden. Von seinem Einsiedlerbrunnen haben freilich nur wenige getrunken; die Zeitung, die Fragmente Hölderlins, frühe Balladen Uhlands, Gedichte von Justinus Kerner bekannt machte, erschien nur fünf Monate. Arnim faßte sie unter dem Titel *Tröst Einsamkeit* zu einem Buch. Die neue Wortbildung bringt die widerstrebenden Elemente seiner Poesie auf den Begriff, der in Versen wieder in die lyrische Landschaft zurückversetzt wird:

Im Walde, im Walde, da schrei ich mich aus,
Weil ich vor aller Welt schweige …

Waldgeschrei überschrieb er zuerst das Gedicht, später *Stolze Einsamkeit.*

»Er war wie jemand, der plötzlich die Gesellschaft verläßt, um in Waldeinsamkeit bloß mit den eigenen Gedanken zu verkehren«, schrieb Wilhelm Grimm nach Arnims Tod; und Arnim selbst hatte schon in einem Brief vom Juni 1827 gesagt, was ihn selbst bewegte: *Trösteinsamkeit … ist freilich ein Wort, das ich erfunden habe, aber Tausende verstehen die Sache besser als ich, der statt ihrer das Wort nur finden konnte. Ich suche die Einsamkeit mit all ihrer Sehnsucht, aber selten finde ich in ihr, was mich trösten kann …*

Ahnte er, daß er für seine Existenz längst das poetische Gleichnis gefunden hatte, das seine Lyrik bestimmt, das seinen großen historischen Roman *Die Kronenwächter* (1817), der unvollendet bleibt, so grandios eröffnet:

Wieder ein Tag vorüber in der Einsamkeit der Dichtung! Was denn ist diese Einsamkeit?

In den Manuskripten, die nach Arnims Tod zum zweiten Teil des Romans bekannt werden, findet sich – von allen Sammlungen deutscher Poesie bisher übersehen – ein erstaunliches Gedicht, das den unentschiedenen Streit zwischen Anspruch und Erfüllung, zwischen Diesseits und Jensseits, Zeit und Ewigkeit beklemmend verfolgt:

Aus meiner Zelle treibt mich fort
Die leere Einsamkeit …

Was bin ich der Welt, was ist die Welt mir schuldig? Es sind Verse – ihrer Epoche weit voraus – die sich von Strophe zu Strophe in eine Selbstanalyse hineinsteigern, deren inständiges Suchen uns ergreift, anrührend und gültig über anderthalb Jahrhunderte hinweg:

Weh jedem, dem hier nichts geschieht,
Weil alles scheint gering,
Weh jedem, der hier gar nichts sieht,
Weil er das Licht verhing,
Der sich in die Beschauung senkt
Und nichts zu schauen hat
Und, was er findet, immer denkt,
Daß er des Denkens satt …

Die Sehnsucht des Menschen nach seiner verlorenen Vollkommenheit durchschauert das Gedicht, »die bewußtlose Herrlichkeit der Natur« (Brentano) ist darin. Arnim sieht sie in Erscheinung eines künftigen Frühlings – er mag ihn in Wiepersdorf geschaut haben – in einem Garten mit einem Schneefall von Blüten; das Gedicht schließt:

Des Herzens Stimme schallt zurück
Aus jeder Nachtigall,
Die in dem Garten sucht ihr Glück
In weißer Blüten Fall,
O dieser Schnee, er ist so heiß,
Und dieser Duft so süß,
Wer's Frevel nennt, ich sag es leis,
Dies ist das Paradies.

III

Die Arnimschen Gräber sind auch in diesem Frühling am Rande des Parks neben der kleinen Kapelle des Wiepersdorfer Schlosses zu finden. Günter Eich schrieb den Arnims in Versen das Epitaph:

. . . .

Im Vogelruf gefangen,
Im Kiefernwind vertauscht
der Schritt, den sie gegangen,
das Wort, dem sie gelauscht.

Dem Leben, wie sies litten,
aufs Grab der Blume Lohn:
Für Achim Margeriten
und für Bettine Mohn!

. . . .

Im Mai 1982

Lebensdaten Achim von Arnims

1781 am 26. Januar wird Carl Joachim Friedrich Ludwig von Arnim in Berlin als Sohn Johann Erdmanns von Arnim, zeitweise Intendant der königlichen Oper, geboren. Die Mutter stirbt bei seiner Geburt; er wächst im Hause der Großmutter Caroline von Labes nahe dem Brandenburger Tore auf

1793 Besuch des Joachimsthaler Gymnasiums in Berlin

1798 Studium der Rechtswissenschaft, Physik, Mathematik und Chemie an der Universität Halle. Gründet mit dem späteren Historiker Friedrich von Raumer die Studentengesellschaft »Freunde freier Untersuchung«. Bekanntschaft mit dem Physiker Johann Wilhelm Ritter; Veröffentlichung von wissenschaftlichen Aufsätzen in den »Annalen der Physik« und der Untersuchung »Versuch einer Theorie der elektrischen Erscheinungen«. Freundschaftlicher Verkehr im Hause des Komponisten Johann Friedrich Reichardt am Giebichenstein, Bekanntschaft mit Ludwig Tieck

1800 Fortsetzung des Studiums in Göttingen mit dem Ziel einer naturwissenschaftlichen Laufbahn

1801 Die Freundschaft mit Clemens Brentano bestimmt Arnim, sich endgültig der Poesie zuzuwenden (»Die große Arbeit, eine Lebensaussicht«); erste Begegnung mit Goethe. Beginn einer Bildungsreise durch Europa

1802 Erscheinen von Arnims erstem Roman »Hollins Liebesleben«. Aufenthalt in Wien, Rheinreise mit Brentano, erste Begegnung mit Bettina Brentano in Frankfurt am Main. Reisen in die Schweiz, nach Oberitalien und Frankreich

1803 Aufenthalt in Paris. Erscheinen von »Aloys und Rose« und »Erzählungen von Schauspielen« in Friedrich Schlegels »Europa«. Reise nach London, nach Wales und Schottland

1804 Erscheinen von »Ariels Offenbarungen«, Arbeit an dem Stück »Friedrichs Jugend«. Heimreise nach Berlin, mit Clemens Brentano Plan zur Herausgabe der Volkslieder

1805 Aufenthalt in Heidelberg. Der Freundeskreis mit Clemens Brentano und Joseph von Görres, mit dem Altphilologen Friedrich Creuzer und dem Juristen Karl von Savigny, mit den Gebrüdern Jacob und Wilhelm Grimm in Kassel wird später als »Heidelberger Romantik« bezeichnet. Erscheinen von »Des Knaben Wunderhorn«, 1. Bd.; Besuch bei Goethe in Weimar

1806 Erscheinen von Arnims »Kriegsliedern« zu Beginn des Feldzuges zwischen Frankreich und Preußen. Nach der Niederlage von Jena und Auerstedt folgt Arnim dem preußischen Hof auf seiner Flucht nach Danzig und Königsberg

1808 Aufenthalt in Heidelberg zur Herausgabe der Folgebände von »Des Knaben Wunderhorn«. Von April bis August Herausgabe der »Zeitung für Einsiedler«, als Buch unter dem Titel »Tösteinsamkeit« zusammengefaßt

1809 Bewerbung für den preußischen Staatsdienst scheitert. Erscheinen des Novellenkranzes »Der Wintergarten«

1810 Aufsätze Arnims in den »Heidelberger Jahrbüchern« und in Kleists »Berliner Abendblättern«. Erscheinen des Romans »Armut, Reichtum, Schuld und Buße der Gräfin Dolores«; bis zum Tode ausführlicher freundschaftlicher Briefwechsel mit den Gebrüdern Grimm über künstlerische Fragen

1811 Arnim begründet in Berlin die »Christlich-deutsche Tischgesellschaft«. Heirat mit Bettina Brentano. Erscheinen des Schauspiels »Halle und Jerusalem«

1812 Geburt des Sohnes Freimund. Erscheinen einer zweiten Sammlung von Erzählungen

1813 mit Beginn des Befreiungskampfes gegen Napoleon ist Arnim Hauptmann eines Berliner Landsturmbataillons; er redigiert kurze Zeit das Blatt »Preußischer Korrespondent«, sieht sich in Folge kritischer Äußerungen vom Heeres- oder Staatsdienst erneut ausgeschlossen. Erscheinen der »Schaubühne«, 1. Bd., mit Stücken. Geburt des Sohnes Siegmund

1814 Übersiedlung der Familie auf das Gut Wiepersdorf. Rückzug Arnims aus dem öffentlichen berliner Leben

1815 Geburt des Sohnes Friedmund

1817 Geburt des Sohnes Kühnemund. Erscheinen des Romans »Die Kronenwächter«, 1. Bd.

1818 neben seiner Tätigkeit als Verwalter seiner Güter im Ländchen Bärwalde schreibt Arnim ständig literarische Aufsätze, Erzählungen, Gedichte; u. a. erscheint »Der tolle Invalide auf dem Fort Ratonneau«. Geburt der Tochter Maximiliane

1819 Aufsätze in der Zeitschrift »Der Gesellschafter«; Erscheinen des Schauspiels »Die Gleichen«

1820 Geburt der Tochter Armgard

1826 Erscheinen der Erzählungssammlung »Landhausleben«. Geburt der Tochter Gisela

1828 Aufenthalt zur Kur in Aachen, Reise nach Belgien und Luxemburg

1829 Reise über Leipzig, München, Salzburg nach Wien

1831 am 21. Januar stirbt Arnim in Wiepersdorf kurz vor Vollendung seines 50. Lebensjahres

1839–56 Herausgabe von »Arnims sämtliche Werke in 22 Bd.« von Wilhelm Grimm auf Initiative Bettina von Arnims

Bibliographie zum Nachwort

Aus der umfangreichen Sekundärliteratur zu Werk und Leben Achim von Arnims werden hier nur die Titel aufgeführt, die uns vor allem Anregung und Hinweise gaben:

Romantik – Erläuterungen zur deutschen Literatur, Hrsg. KURT BÖTTCHER u. Kollektiv für Literaturgesch., Berlin 1973

INGEBORG DREWITZ: Bettine von Arnim, Düsseldorf – Köln 1969

GÜNTER EICH: Gesammelte Werke, Bd. I, Frankfurt/M. 1973

JÖRN GÖRES: Was soll geschehen im Glücke, Jhb. der dt. Schillergesellschaft, 3. Jhg., Stuttgart 1961

JOSEPH VON GÖRRES: Gesammelte Briefe, Hrsg. FRANZ BINDER, München 1874

HEINZ HÄRTL: Arnim und Goethe, Diss., Halle 1964

DERS.: Nachwort zu Achim von Arnim Die Kronenwächter, Leipzig 1980

DERS.: Arnims Briefe an Savigny 1803–1831, Weimar 1981

HELENE M. KASTINGER RILEY: Achim von Arnim in Selbstzeugnissen und Bilddokumenten, Hamburg 1979 (dort umfangreiche Bibliographie zu Arnim)

JÜRGEN KNAACK: Achim von Arnim – Nicht nur Poet, Darmstadt 1976 (dort ausführl. Bibliographie zu dieser Thematik)

MAX KOCH: Arnim, Clemens und Bettina Brentano, J. Görres in Deutsche National-Literatur, hersg. von JOSEPH KÜRSCHNER, 146. Bd. in zwei Teilen, Stuttgart o. J. (1893)

WERNER MILCH: Die junge Bettine 1785–1811, Heidelberg 1968

MAX MORRIS: Einleitung des Herausgebers zu Achim von Arnims ausgew. Werken in vier Banden, Leipzig o. J.

Reinhold Steig: siehe: Arnims Werke
Varnhagen von Ense: Denkwürdigkeiten des eigenen Lebens, 2. Bd., Berlin 1971
Hans-georg Werner: Vorwort und Anmerkungen des Herausgebers zu Ludwig Achim von Arnim: Die Erzählungen und Romane, bisher 2 Bd., Leipzig 1981

Die wichtigsten Werke Achim von Arnims

Hier werden nur die für unsere Auswahl genutzten Ausgaben angeführt:

Bibliographien:

Otto Mallon: Arnim-Bibliographie, Berlin 1925 (Repro-Nachdruck Hildesheim 1965)
Ulfert Ricklef: Arnims lyrisches Werk, Register der Handschriften und Drucke, Tübingen 1980 (Reihe der Schriften Freies Deutsches Hochstift, Bd. 23)

Erstausgaben:

Achim von Arnim: Ariels Offenbarungen nach der Ausg. von 1804 Hrsg. Minor, Weimar 1912
Trösteinsamkeit – Zeitung für Einsiedler, 1808
Der Wintergarten, Berlin 1809
Landhausleben, Leipzig 1826

Werkausgaben:

Ludwig Achim von Arnim: Sämtliche Werke, Hrsg. Wilhelm Grimm, Bd. 1–22, Berlin 1839–1856
Bd. 23 Hrsg. Herbert R. Liedke und Alfred Anger, Tübingen 1976
Sämtliche Romane und Erzählungen Achim von Arnims, Hrsg. Walter Migge, München 1962–1965
Ludwig Achim von Arnim Die Erzählungen und Romane Hrsg. Hans-georg Werner, bisher ersch. 2 Bände, Leipzig 1981
Achim und Bettine in ihren Briefen, Hrsg. Werner Vortriede, Frankfurt/M. 1961

Werkauswahlsammlungen:

Ludwig Achim von Arnim, Auswahl in 4 Thl., Hrsg. Monty Jacobs, Berlin 1908
Achim von Arnims ausgewählte Werke in vier Bänden, Hrsg. Max Morris, Leipzig o. J.
Reinhold Steig: Achim von Arnim und die ihm nahe standen, Hrsg. R. Steig und Hermann Grimm in den drei Bänden: 1. Bd. Achim von Arnim und Clemens Brentano, Stuttgart 1894
2. Bd. Achim von Arnim und Bettina Brentano, Berlin 1913
3. Bd. Achim von Arnim und Jacob und Wilhelm Grimm, Berlin 1904
ders.: Achim von Arnims Werke, 3 Bände, Leipzig o. J. (1911)
ders.: Zur Einsiedlerzeitung: in Euphorion 1923
ders.: Aus der preußischen Unglückszeit. Patriotische Versuche und Vorschläge L. A. v. Arnims: in Deutsche Revue, Jhg. 38 (1913)
Ludwig Geiger: Achim von Arnim. Unbekannte Aufsätze und Gedichte, Berlin 1892
Des Knaben Wunderhorn, Hrsg. Hans-Günther Thalheim, 3 Bd., Berlin 1966

Zu dieser Auswahl und zur Textgestaltung

Das Werk Achim von Arnims, lange Jahre wenig beachtet, erlebt zur Zeit eine erstaunliche Renaissance, sicher, weil manche moderne Problematik, wenn auch unter dem Blickwinkel des beginnenden 19. Jahrhunderts, sich in seinem umfangreichen Schaffen bricht. Seine Schriften, davon viele aus Literaturarchiven erst eben erschlossen, sein öffentliches Wirken, aus einem umfangreichen Nachlaß in Briefen und Manuskripten ersichtlich, beschäftigt die Germanistik vor allem im letzten Jahrzehnt.

Nach der Ausgabe der »Sämtlichen Romane und Erzählungen« von Walter Migge, München, erscheinen jetzt »Die Erzählungen und Romane« kommentiert von Hans-Georg Werner, dem wir wesentliche Aufschlüsse über den Autor verdanken, im Insel-Verlag Leipzig. Eine Auswahl aus Arnims Werken in der Bibliothek deutscher Klassiker des Aufbau-Verlages Berlin u. Weimar ist angekündigt, so daß wir auf die umfängliche Prosa des Dichters hier verzichten konnten und uns vor allem seiner Lyrik angenommen haben, Proben aus »Des Knaben Wunderhorn« (in der Schreibweise der Arnim-Ausgabe von Steig und der Sämtl. Werke in 22 Bd.), dazu den Aufsatz »Von Volksliedern«. Arnims Lyrik ist bisher noch nicht entsprechend wissenschaftlich ediert, so daß wir uns vor allem, bei notwendig beschränkter Auswahl, an die Sammlungen gehalten haben, die als Band 22 von »Ludwig Achims von Arnim sämtlichen Werken«, bearbeitet von Varnhagen von Ense, und an den als Band 23 bezeichneten zweiten Teil, nach den Handschriften des Goethe-Schiller-Archivs Weimar, herausgegeben von Herbert R. Liedke und Alfred Anger, erschienen; wir geben die Gedichte, soweit wir sie dort fanden, in der alten Schreibweise dieser Ausgaben. Hinzu kommen andere dort nicht aufgenommene Gedichte z. B. aus Arnims »Trösteinsamkeit«, aus den Auswahlbänden von Reinhold Steig und aus Ausgaben von Arnims Stücken und Prosa (s. Lit.), z. B. aus der unlängst erschienenen von Heinz Härtl neu edierten Ausgabe des Romans »Die Kronenwächter«.

Die Abschnitte »Prosa und Stücke« sowie »Aufsätze« bringen neben einer bekannteren kurzen Erzählung Beispiele, die bisher kaum in Auswahlbänden vertreten waren oder erst in den letzten Jahren in wissenschaftlichen Abhandlungen zugänglich wurden, wie z. B. das Fragment »Friedrichs Jugend«. Wir schließen mit Stücken aus dem umfangreichen Briefwechsel der Arnims und haben uns dabei an die unvollständige Auswahl von Reinhold Steig und an die von Werner Vortriede veranstaltete wissenschaftliche Ausgabe gehalten (s. Litangabe). Mit der Wiedergabe einiger Kupfer nebst den dazu vermerkten Erklärungen aus Arnims »Trösteinsamkeit« hoffen wir, etwas von der Atmosphäre jener Zeit in unseren Dichtergarten zu übertragen.

Wir danken der Wissenschaftlichen Allgemeinbibliothek des Bezirkes Schwerin, der Deutschen Staatsbibliothek und der Universitätsbibliothek der Humboldt-Universität Berlin, Hauptstadt der DDR, wie der Staatsbibliothek Berlin/West für die freundliche Unterstützung und die Überlassung seltener Originalausgaben.

Inhaltsverzeichnis

III

PROSA UND STÜCKE

AUFSÄTZE

BRIEFE

ANHANG